I0823455

EL CORAZÓN DEL SAMURÁI

CARMEN SERENO

EL CORAZÓN DEL SAMURÁI

SUMA de letras

Papel certificado por el Forest Stewardship Council®

Primera edición: marzo de 2024

© 2024, Carmen Sereno
© 2024, Penguin Random House Grupo Editorial, S. A. U.
Travessera de Gràcia, 47-49. 08021 Barcelona

Penguin Random House Grupo Editorial apoya la protección del *copyright*.
El *copyright* estimula la creatividad, defiende la diversidad en el ámbito de las ideas y el conocimiento, promueve la libre expresión y favorece una cultura viva. Gracias por comprar una edición autorizada de este libro y por respetar las leyes del *copyright* al no reproducir, escanear ni distribuir ninguna parte de esta obra por ningún medio sin permiso. Al hacerlo está respaldando a los autores y permitiendo que PRHGE continúe publicando libros para todos los lectores.
Diríjase a CEDRO (Centro Español de Derechos Reprográficos, http://www.cedro.org) si necesita fotocopiar o escanear algún fragmento de esta obra.

Printed in Spain – Impreso en España

ISBN: 978-84-19835-53-6
Depósito legal: B-762-2024

Compuesto en Mirakel Studio, S. L. U.

Impreso en Liberdúplex
Sant Llorenç d'Hortons (Barcelona)

S L 3 5 5 3 6

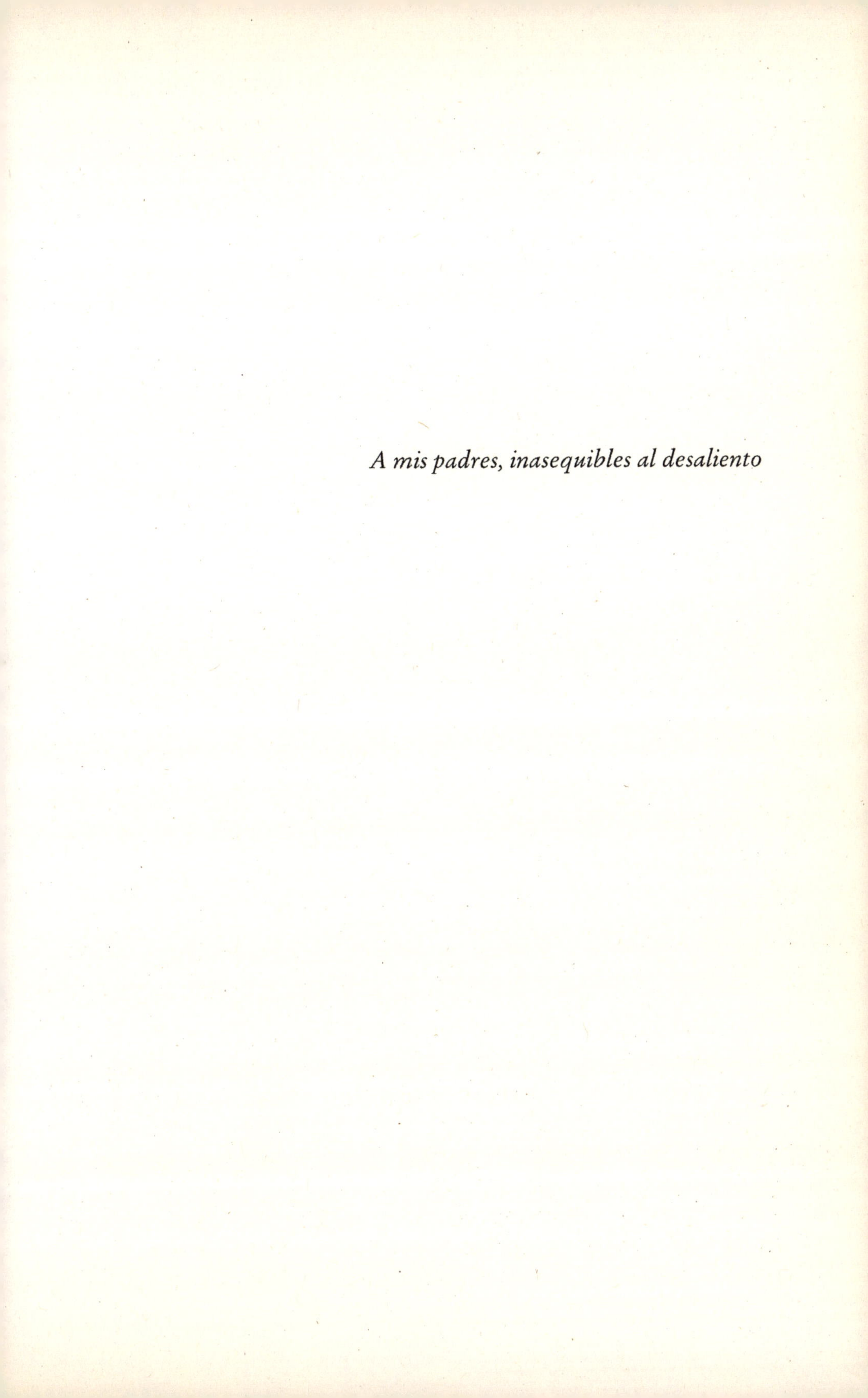

A mis padres, inasequibles al desaliento

La belleza pierde su existencia
si se le suprimen los efectos de la sombra.

Junichirō Tanizaki,
El elogio de la sombra

Si os adentráis en el camino inexplorado,
al final aparecerán infinitos secretos.

Inazō Nitobe, *Bushidō*

Parte I

Mia Kobayashi

1

Podría decirse que estaba en horas bajas. No había cubierto una sola noticia de interés desde que Nick Pulaski me robara la exclusiva sobre el vertido de metales pesados de un laboratorio de balística al río Potomac y se la vendiera a la CBS. Ahora, Pulaski era el flamante presentador del informativo de las ocho y yo, una redactora del *Washington Post* venida a menos. Involucrarme con ese manipulador había resultado una idea nefasta. Los tipos sin escrúpulos como Pulaski abundan en el gremio; traficantes de la información diaria, auténticas alimañas capaces de usar toda clase de medios con tal de ascender en el escalafón. Incluso si dichos medios implican ir por ahí seduciendo a tus propias compañeras de trabajo. Maldito encantador de serpientes… Ni siquiera entiendo qué le vi. Que no me hubieran despedido después de aquello suponía un acto de compasión sin precedentes para un diario con una reputación histórica de no admitir meteduras de pata, lo cual no significa que la mía quedara impune. Ellos lo llamaron «reasignación», pero, resultaba indudable, mi nuevo puesto en la sección de Cartas al Director no era otra cosa que un castigo velado, una forma amable de degradación. En términos prácticos, no hay nada más terrible para un periodista que pasar a ser irrelevante; ni siquiera perder la credibilidad es tan peligroso como permanecer al margen del relato en los tiempos que corren. Trascender es indispensable, aunque solo sea un instante.

Luego, murió mi padre; una pérdida inesperada que me rompió por la mitad, que acabó rompiendo a mi familia por la mitad. Así que, además de cabreada, me sentía profundamente triste. Perdida, sola, huérfana. En muchos sentidos.

Y entonces, surgió lo de Kaito Yamada.

Como un amuleto capaz de intervenir en el rumbo de los acontecimientos y volverlos a mi favor.

El chivatazo provenía de una fuente anónima. Había caído con discreción en la bandeja de entrada de Eugene Compton, jefe de redacción del *Post*, un viernes de aquel caluroso agosto de 2015 a última hora y, según sus propias palabras, lo había mantenido en vilo todo el fin de semana. Si la intuición no le fallaba —pocas veces lo había hecho a lo largo de veintisiete años de ejercicio que comprendían, entre otros hitos, la caída del comunismo en Europa del Este, la guerra del Golfo, el genocidio de Ruanda o el tsunami de Indonesia—, el asunto olía a podrido a un kilómetro de distancia. Cualquier deriva narrativa se perfilaba como una posibilidad. Compton me llamó el lunes por la mañana y me pidió que fuera a verlo lo antes posible. En la semiótica del periodismo y sus ritmos demenciales, «lo antes posible» quiere decir ya, ahora, en este preciso momento, ayer mejor que hoy. De modo que lo primero que hice en cuanto colgué el teléfono fue correr a su despacho.

—Tú hablabas japonés, ¿verdad? —me preguntó. Hice un gesto de asentimiento enfático—. ¿Y tienes el pasaporte en regla? —Volví a asentir, esta vez dubitativa. No entendía de qué iba aquello—. Perfecto. Entonces, haz las maletas. Te vas a Tokio. Me he enterado de algo. Y me da que podría ser una primicia.

Tardé unos segundos en procesar la información.

—Espera, espera. ¿Yo? ¿A Tokio? Pero... ¿no sería más lógico que lo cubriera Choi? A fin de cuentas, es el corresponsal en Asia-Pacífico.

Compton torció los labios en una mueca de contrariedad.

—Choi está muy liado con las protestas prodemocráticas de Hong Kong, no puede ocuparse de esto. Además, prefiero que lo hagas tú. Seguro que tardas menos en encontrar un buen *fixer*[1] —añadió, como si fuera obvio—. Piénsalo, Mia. Este podría ser el revulsivo que necesitas.

Me mordí las mejillas por dentro para reprimir una sonrisa cáustica. Tenía treinta y cuatro años; haber cometido un error de principiante con Pulaski no me convertía en una ingenua. Compton solo intentaba crear un ambiente de confianza en una situación de excepcionalidad, punto. No me encargaba el trabajo por méritos propios ni mucho menos por empatía, sino porque: a) Lamar Choi no estaba disponible y b) mis orígenes me otorgaban cierta ventaja. Aun así, ¿qué importaba? Tenía la oportunidad de volver a ser relevante como periodista y no pensaba dejarla escapar. Dominar el idioma de mi difunto padre me facilitaría mucho las cosas en un país donde las relaciones con la prensa extranjera no son fluidas. Por una vez me aprovecharía del hecho de ser diferente, algo que me había atormentado durante gran parte de mi infancia y mi adolescencia. Que los rasgos asiáticos paternos no hubieran prevalecido en la batalla genética por mi apariencia física —aunque, si uno observa con detenimiento mis ojos claros, se da cuenta de que hay una nota discordante en la forma, algo afilada en comparación con el resto de mis facciones—, no impedía que me sintiera como una especie de bicho raro por apellidarme Kobayashi en lugar de Smith o Johnson y tener

---

[1] Periodista local que provee de contactos y accesos a otros periodistas llegados del extranjero que investigan un caso concreto.

que pasar los fines de semana practicando caligrafía japonesa en el *hoshūkō*,[2] mientras la mayoría de mis amigas se divertían en la bolera o en el autocine de Union Market. Por suerte, esa sensación se había ido atenuando con el tiempo. Tal vez porque, a cierta edad, la necesidad de pertenencia al grupo acaba cediendo el paso a otras preocupaciones más propias de la madurez. Encontrar un propósito en la vida, por ejemplo. Uno que te ayude a entender mejor quién eres, a aceptar cómo eres. Y después, quizá, encontrar a alguien con quien compartirlo. Aunque dar con la persona adecuada a menudo parezca una cuestión de ensayo y error.

Inspiré hondo.

Mi jefe tenía razón. Alejarme de Washington unos días era justo lo que necesitaba. Por tantos motivos.

—De acuerdo —dije por fin—. Cuenta conmigo, Eugene. Te prometo que haré lo que haga falta para no fallar otra vez.

Iba a volver a Tokio.

Dieciséis años después.

---

2 Institutos de educación complementaria ubicados fuera de Japón donde se imparten clases en japonés.

2

El hotel estaba situado cerca del parque Sumida, en el corazón de Asakusa, uno de los barrios de Tokio que todavía conservan cierto aire tradicional. Apenas conocía la ciudad natal de mi padre, pero aquel lugar en particular sí lo recordaba bien. Cuando cumplí los dieciocho, *otōsan*[3] me llevó a visitar el templo Sensō-ji. Entramos por la puerta del Trueno, nos hicimos una fotografía bajo su imponente linterna roja de papel y compramos galletas de arroz en uno de los múltiples puestecillos de Nakamise-dōri. Turistas exaltados, vendedores que agasajaban a los clientes potenciales y grupos de colegiales alborotados se arremolinaban delante del templo y la pagoda anexa de cinco pisos, entre las legiones de peregrinos que buscaban purificarse con el humo del incienso que emanaba de un enorme caldero bruñido. Un olor acre impregnaba el aire. Era primavera, y los pétalos de cerezo flotaban como copos de nieve al caer de las ramas, a cinco centímetros por segundo.

Sonreí al evocar aquel recuerdo nítido de nuestro primer y único viaje juntos. Desde la ventana de la habitación, el templo no era más que una mancha cromática diluida en el exten-

---

3 Padre.

so tapiz de rascacielos y construcciones urbanas. En esencia, Tokio parecía la misma ciudad que en 1999; todo permanecía quieto, nada se movía, pese a sus constantes transformaciones. Ni siquiera las letras encarnadas como heridas de los carteles se habían alterado con el paso del tiempo. Hasta los cuervos, esos malditos pajarracos que proliferaban debido a la abundancia de basura orgánica, seguían emitiendo su tétrico graznido, encaramados a los postes eléctricos. Sin embargo, lo que mi retina registraba en ese instante se me antojaba distinto, irreal como un esbozo. De pronto, una lágrima me emborronó la vista. La ausencia de mi padre era igual que un sonido obstinado del que uno no se puede librar; un grifo que gotea, una mosca que zumba, un corazón que late en los estertores de la agonía. Para los sintoístas, una fe que él profesaba a su manera, el mundo de los vivos está irremediablemente conectado al de los muertos, pero aferrarse a una creencia no basta para aliviar el dolor sordo del duelo. Mucho menos cuando la pérdida es tan reciente. Solo hacía nueve meses que *otōsan* había exhalado su último aliento. Aún dolía. Y seguiría doliendo.

Traté de concederme una tregua emocional con algo más mundano. Por ejemplo, deshaciendo el equipaje. Mientras colgaba la ropa en el armario, repasé todo lo que sabía sobre Kaito Yamada hasta el momento. Nacido en la prefectura de Saitama en 1962, era el director ejecutivo de Rising Sun Investments Group, una importante compañía de capital inversión con sede en Tokio que también operaba en el extranjero. Según la fuente anónima, dicha compañía había financiado parte de la campaña electoral de Reggie B. Clark, el candidato republicano a la presidencia de Estados Unidos, a través de su filial norteamericana. La Ley Federal de Campañas Electorales no prohíbe las donaciones que provengan de filiales de firmas extranjeras en el país, así que, en principio, no había nada irregular en la operación. El asunto no habría pasado de anecdótico si el informante no hubiera mencionado que, además, Yamada era el dueño de Arai Entertainment Corp., una de las mayores empresas fabricantes de máquinas de *pachinko* de todo Japón.

Dos preguntas me atravesaron el cerebro como dardos envenenados.

La primera: ¿Qué interés tendría un empresario japonés en financiar al candidato republicano a la Casa Blanca?

Y la segunda: ¿Por qué este se arriesgaría a verse involucrado con la truculenta industria de los juegos de azar, aun sabiendo que, si tal asociación se descubriese, podría resultar perjudicial para su imagen pública?

Ahí estaba la trampa, en el *quid pro quo.*

En ese instante, visualicé mi objetivo con claridad. Había algo sobre la mesa mucho más importante que mi propia redención: la presidencia de la primera economía mundial. Las últimas encuestas señalaban a Clark como el ganador de las elecciones. El triunfo del discurso populista parecía un hecho, sobre todo en los llamados «estados rojos» o de tradición conservadora como Texas, Utah o Alaska. Pero si resultaba que ese charlatán con un gusto más que cuestionable por las armas de fuego andaba metido en algún tipo de actividad filodelictiva, el *Washington Post* se encargaría de evitar que se acomodara en el despacho oval durante cuatro largos años. Ocho, en el peor de los casos.

«Acabamos con Nixon gracias al Watergate y acabaremos con Clark si hace falta. Más que periodistas, somos perros de presa». Palabras textuales de Eugene Compton.

Una ducha de rigor más tarde, me puse el *nemaki*[4] de cortesía del hotel y me tumbé en la cama. Cogí el móvil y le envié un mensaje escueto a mi madre: «Estaré fuera de Wash-

---

[4] Bata unisex de algodón con mangas de tubo que usan los huéspedes en posadas tradicionales, balnearios u hoteles.

ington unos días. Riégame las plantas. Ya sabes dónde están las llaves».

No necesitaba saber más. Y tampoco se lo merecía. Tenía suerte de que no hubiese bloqueado también su número de teléfono. Traté de dormir. Aunque estaba agotada, enseguida deduje que el desfase horario me impediría conciliar el sueño. El reloj marcaba las cinco y cuarenta de la tarde. Era inútil intentarlo siquiera, había demasiada claridad. Y, de todos modos, la adrenalina me rugía en la sangre. En los días previos, había encontrado un reportaje muy interesante sobre el auge del *pachinko* durante la «década perdida». Lo firmaba un tal Hotaru Matsuda, del *Asahi Shimbun*. En ningún momento mencionaba a Yamada, pero era un buen punto de partida. Yo le había enviado un correo electrónico, sin mostrar mis cartas. «Me gustaría profundizar en los orígenes del juego de azar más popular de Japón desde un ángulo costumbrista», fue mi coartada. Matsuda me respondió que fuera a verlo al periódico cuando llegara a Tokio, e incluso me facilitó la dirección: 5 Chome-3-2 Tsukiji, Chuo City.

Así pues, decidí tomarme la invitación de mi colega japonés al pie de la letra. ¿Para qué perder tiempo? No había ido allí de vacaciones. Con un poco de suerte, Hotaru Matsuda sería uno de esos esclavos del teletipo que no se levantan del escritorio hasta pasada la medianoche; exactamente igual que yo hasta que lo de Pulaski me impuso el paréntesis. Llené los pulmones con determinación y me incorporé de un salto para vestirme. Escogí unos vaqueros no demasiado ajustados, un par de sandalias planas y una blusa blanca lo bastante formal. Japón es un país donde las apariencias cuentan; debía mostrar un aspecto profesional. Salí del hotel con el móvil en la mano, confiando en que el GPS me indicara el camino más corto a la estación de Ueno. «Diríjase al oeste por...». «Gire a la izquierda en...». «Y ahora a la derecha». Allí busqué un taxi; sería más rápido que adentrarse en la laberíntica red ferroviaria tokiota. Las puertas traseras del primero que encontré libre se abrieron de forma automática en una invitación a acomodarme en el interior, que olía a ambientador de flor de olivo dulce. El conductor estaba escuchando una pieza informativa radiofónica sobre cómo la instalación masiva de cámaras en distintos espacios públicos tras el ataque con gas sarín en el metro en 1995 había hecho descender el número de delitos violentos dos décadas después. Sus guantes blancos apenas se movían en el volante. Centré la vista en el paisaje. Las franjas verticales que quedaban entre los edificios permitían contemplar un cielo de matices anaranjados. La ciudad aparecía dividida entre los lugares iluminados por el sol poniente y los sumidos en las sombras, que se desvanecían en cuanto el vehículo los dejaba atrás.

Tardamos unos veinte minutos en llegar. Pagué la carrera y me bajé del taxi. La redacción del segundo periódico más popular de Japón se encontraba en una zona de edificios altos de hormigón, impersonales y nada estéticos, cerca de la estación de Shimbashi. El que albergaba el *Asahi Shimbun* parecía una maqueta de cartón gris con un montón de pequeñas ventanas de aluminio dispuestas de manera uniforme. Entré por la puerta giratoria y atravesé el vestíbulo. Custodiaba la recepción una joven con el pelo recogido en un moño tirante y un pañuelo de seda anudado al cuello. Una fragancia arbórea aleteaba en el ambiente.

—Buenas tardes —me saludó, antes de bajar la cabeza a modo de reverencia—. ¿En qué puedo ayudarla?

—Soy Mia Kobayashi, del *Washington Post*. Vengo a ver a Hotaru Matsuda. Si no se ha marchado aún, claro.

—Un momento, por favor. —Descolgó el teléfono y anunció mi llegada. *Hai. Hai.* Asintió un par de veces con diligencia y colgó al cabo de unos segundos—. Me temo que Matsuda-san está muy ocupado. Si vuelve mañana, tratará de atenderla.

—Ya veo. Quizá tendría que haber llamado antes —reconocí, y esbocé una sonrisa con la que intenté disimular mi frustración—. En fin, ¿a qué hora podría recibirme?

—Lo siento, no lo ha especificado.

Parpadeé igual que si acabase de salir de un trance hipnótico. «Bueno, tal vez lo sabríamos si cogieras de nuevo el teléfono y se lo preguntaras. Vamos, hazlo, ¿qué te lo impide?». Una reacción pasivo-agresiva de ese tipo habría sido lo normal en Washington, pero si algo conocía yo de la cultura japonesa era la importancia de medir las palabras para evitar a toda costa una confrontación dialéctica no deseada. Los buenos modales son más importantes que la honestidad. Por eso, me esforcé en tragarme mi orgullo occidental igual que una píldora amarga y me limité a responder sin contravenir el *tatemae*. O lo que es lo mismo, el código de lo socialmente aceptable.

—De acuerdo. Volveré mañana por la mañana.

Como no había ni un solo taxi por la zona, esta vez opté por tomar la línea Yamanote en la estación de Shimbashi. «Atención, atención: el tren JY13 con destino a Ikebukuro-Shinjuku está a punto de entrar en el andén. Por su seguridad, manténgase detrás de la línea amarilla», oí a través de la megafonía, mientras esperaba en una fila ordenada como cualquier trabajador. Las luces led de color azul diseñadas para combatir las cifras crecientes de suicidios bañaban los andenes; se suponía que otorgaban un efecto calmante a quienes tuvieran el impulso de arrojarse a las vías. El tren apareció a toda velocidad antes de detenerse. Había leído en alguna parte que la Yamanote transporta entre tres y cinco millones de personas al día. Cuando las puertas del vagón se abrieron, tuve la impresión de que un vertido humano salía a borbotones. Acto seguido, sentí como si un cuerpo extraño me engullera y me empujara hacia dentro. Un continuo ataque de codos y bolsas me impulsaba, hasta que por fin conseguí sujetarme a un asidero. Pasé por alto algunas miradas sutiles —otras, no tanto— y me dediqué a observar la variedad de pasajeros que subían y bajaban en cada estación: *salarymen* con trajes de mala factura y expresión cansada tras un día más en las fauces de la maquinaria corporativa en Tokio Central, estudiantes uniformadas con el típico *sailor fuku* en Kanda o jóvenes *otaku* de hombros encorvados en Akihabara. Curiosamente, nadie hablaba con nadie. El que no daba cabezazos dormido, estaba absorto en la pantalla de su teléfono móvil; un videojuego, la edición vespertina de algún periódico digital o el manga de moda. Me encontraba en una de las ciudades con mayor densidad de población del mundo y, pese a ello —o acaso por ello—, tenía la sensación de que era demasiada la gente que no tenía con quien charlar. O que no quería, como esos *hikikomori* que tanto me habían llamado la atención siendo yo una adolescente.

El sol ya se ponía por el oeste cuando llegué a Ueno. Junto a la salida de la estación que da al parque homónimo, crecía un *ginkgo* centenario ajeno al hambre voraz de la urbe. Víctimas de ese apetito atroz eran las docenas de sintecho que tapizaban el parque del azul de los plásticos que cubrían sus hogares improvisados. Sentí desazón. No era la primera vez que los veía, a decir verdad. En 1999, mi padre me había contado que, cada cierto tiempo, cuando la familia imperial anunciaba una visita a la zona, los desalojaban una o dos semanas. Así pues, daba la impresión de que, en el Tokio de 2015, la modernidad tecnológica, la actividad frenética y la aparente prosperidad económica seguían conviviendo sin pudor con una soledad monstruosa. De camino, me detuve en un *konbini*, una tienda abierta las veinticuatro horas, para comprar un refresco. Escogí el de lima limón, un clásico. Mientras esperaba mi turno para pagar, desfilaron ante mis ojos docenas de personas que quizá no habrían podido hacer la compra antes a causa de sus prolongados horarios laborales y que debían contentarse con una cena precocinada. Esas personas también eran víctimas. Del exceso de trabajo, del consumismo salvaje de uno de los países más endeudados del mundo, de un código social demasiado estricto... De otro tipo, sí, pero víctimas, en definitiva. En ese instante me vi reflejada en todos aquellos rostros de aire lánguido, no sabría decir por qué. La misma soledad, las mismas carencias, las mismas obligaciones, puede que incluso los mismos miedos. No eran buenos tiempos para nadie. En ninguna parte.

Una vez fuera del establecimiento, atravesé una calle oscura, enmarañada de cables eléctricos que colgaban de un poste a otro, y regresé al hotel. Y mientras me desvestía en mi habitación, contemplé ensimismada los ángulos incontables de aquella infraestructura inmensa envuelta en una aurora de neón.

—Es raro estar de vuelta sin ti, *otōsan.* Pero haré que valga la pena. Te lo prometo —dije en voz alta.

3

Me desperté temprano. Había dormido poco; sueños fragmentados e incoherentes me habían desvelado varias veces durante la noche. Cuando abrí los ojos, noté un martilleo persistente en la cabeza. Los párpados me pesaban, pero hice un esfuerzo por levantarme de la cama. Descorrí las cortinas a un amanecer cegador; los rayos de sol irrumpieron centelleando sin tregua en la habitación del hotel. El cielo era de un azul límpido, con un fino ribete dorado allí donde se unía al horizonte. A lo lejos, el lustre plateado de los rascacielos y la armadura blanca y naranja de la Torre de Tokio ocultaban los bordes difuminados del monte Fuji. Me aseé deprisa, consulté el correo electrónico y los mensajes del móvil —nada importante, salvo uno de mi madre que ignoré de forma deliberada; no era el momento de lidiar con sus reproches— y bajé a la cafetería. Pedí sopa de miso, arroz, *nattō*,[5] pescado frito y una taza de té *oolong*. De niña, detestaba el clásico desayuno japonés. «¡Puaj, qué asco! ¿No podemos tomar cereales como la gente normal?», solía protestar. «El concepto de normalidad es un atributo subjetivo, Mia-chan. Y te recuerdo que el arroz también es un cereal»,

---

5 Soja fermentada.

replicaba mi padre, siempre pedagógico. Viajar lo cambió todo. Ver Tokio a través de sus ojos —o una pequeña parte de esa ciudad inabarcable— no solo me hizo más consciente de mi herencia cultural, también me ayudó a reconciliarme con ella. Y fue liberador. Creo que eso era justamente lo que pretendía cuando decidió romper un exilio voluntario que duraba ya más de dos décadas. Volvió a Japón por mí, ahora lo sé.

Ojalá lo hubiéramos hecho más veces.

Quince minutos después, me sumergí en el bullicio de la hora punta con el ánimo mejorado. En el distrito empresarial, los edificios brillaban al sol y una neblina de bochorno titilaba en el asfalto. La multitud caminaba en tromba, en una dura pugna por ganar posiciones. Las amplias avenidas, las circunvalaciones que pasaban por encima cargadas de tráfico y las vías del tren rugían con fervor. Por desgracia, el buen humor me duró poco. Hotaru Matsuda seguía sin estar disponible esa mañana.

Era desesperante.

—Pero ¿le ha dicho cuándo va a poder recibirme? —le pregunté a la recepcionista del *Asahi Shimbun*, con una leve nota de histeria en la voz.

La joven se limitó a repetir la misma fórmula de cortesía envuelta en una máscara de serenidad del día anterior: «Lo lamento mucho, pase usted una buena jornada». Resoplé frustrada. Me hervía la sangre. Compton quería partes de los avances a diario y no tardaría en exigirme el primero; no podía perder más tiempo esperando a que ese hombre se decidiera a hablar conmigo. Buscaría a otro periodista versado en el tema y listo. Claro que eso me llevaría unos días, lo que sin duda cabrearía a mi jefe. «Espabila, Mia. Llevas una semana en Tokio y lo único que has conseguido es gastarte un tercio del presupuesto en billetes de metro y sushi para llevar». En mi cabeza, la frase sonó real, con la tesitura y el timbre exactos de una amenaza.

Quiso el destino que la suerte se pusiera de mi lado de forma inesperada. Sucedió que, en el mismo instante en que me disponía a salir del edificio, choqué contra un empleado que miraba su teléfono distraído. *Sumimasen,*[6] *sumimasen.* Reverencia, reverencia. En el choque, el hombre perdió su tarjeta de acceso sin darse cuenta y yo me agaché para recogerla.

—¡Oiga, espere! —exclamé, sin que las palabras alcanzaran ya su canal auditivo.

Observé la identificación que tenía en la mano. Arata Endo, empleado número 6.998. Si mi padre hubiera estado allí, habría esgrimido algún argumento sobre la importancia de saber leer el significado que encierran las casualidades de la vida. Una idea me atravesó la mente igual que un relámpago. Levanté la mirada de nuevo. Arata Endo había desaparecido de mi campo visual y con él, cualquier atisbo de culpabilidad por lo que estaba a punto de hacer.

«Es ahora o nunca», me dije.

Contuve el aliento mientras pasaba el torno de acceso con aquel trozo de plástico caído del cielo y no lo solté hasta que el ascensor se hubo parado en la segunda planta. Lo que vi a continuación no se parecía a lo que me había imaginado. El ambiente en la redacción del *Asahi Shimbun* era completamente distinto al de cualquier periódico norteamericano. Nada de redactores correteando estresados de acá para allá, ni jefes de sección que reclamaban a gritos una entrega, ni teléfonos que, más que colgarse, se estrellaban, ni murmullos junto a la máquina de café, siempre a pleno rendimiento. Allí solo se oía el sonido de las teclas y el eco lejano de una impresora que escupía papel. Los paneles halógenos bañaban de una palidez mortecina los rostros que asomaban por encima del laberinto de cubículos individuales; docenas de caras de ex-

[6] Disculpa casual.

presión circunspecta sobre hombros caídos, algunos con surcos oscuros bajo unos ojos que no se despegaban de las pantallas. Todo el mundo parecía concentrado en su tarea. Pregunté por Hotaru Matsuda. Lo encontré de pie, los brazos cruzados sobre el pecho, frente a un plano enorme de Tokio que presidía la sala.

Carraspeé.

—¿Matsuda-san?

El hombre se volvió y me miró como a una mosca en su *sashimi*; mi pelo rubio por herencia materna parecía actuar igual que un chaleco reflectante para un cazador. La sombra de una barba incipiente le cubría las mejillas. Daba la impresión de haber dormido en la oficina por lo menos tres noches seguidas. Con suerte, habría librado un festivo en el último mes.

—¿Quién es usted? —exigió con recelo. El pliegue epicántico y las pestañas gruesas conferían a su expresión una dulzura de la que desconfié enseguida.

—Mia Kobayashi, del *Washington Post* —contesté. Tras la consabida reverencia, me fijé en si Matsuda reaccionaba con algún gesto de sorpresa o interés, aunque solo mostró confusión—. Le pido disculpas por abusar de su tiempo. Como le avancé por correo electrónico, me gustaría hacerle unas preguntas sobre la industria del *pachinko*. Leí su reportaje. Un análisis brillante —añadí, forzando una sonrisa. No soportaba tener que masajear el ego de nadie; de hecho, me parecía humillante. Pero quizá me allanaría el camino. A fin de cuentas, hay ciertas cosas que funcionan igual en todas partes.

Observé que Matsuda torcía el gesto con incomodidad. Sus ojos se convirtieron en un par de pozas oscuras.

—¿Es americana?

La pregunta me descolocó.

—Pues sí, pero mi padre es… era de Tokio. De Setagaya, para ser exactos. Así que podría decirse que soy mitad japonesa. Creo que aquí lo llaman…

—*Gaijin* —respondió por mí.

Una palabra que había perseguido a *otōsan* durante gran parte de su vida, que lo había enfrentado a su propia familia antes de cortar lazos de manera definitiva y que lo había obligado a abandonar su hogar. «Si te casas con esa extranjera, traerás la deshonra a esta casa. Es una *gaijin*. No es como nosotros». Y ahora, había salido de la boca de aquel japonés impertinente y grosero igual que un dardo envenenado.

—Iba a decir *half*. «Mestiza» es más apropiado. —Esbocé una sonrisa breve y reconduje la conversación—. Matsuda-san, usted me comentó que podríamos vernos cuando llegara a Tokio, ¿recuerda?

—Pues, sintiéndolo mucho, no va a poder ser —dijo, y cruzó las manos formando una equis en señal de negación—. Búsquese a otro; yo tengo mucho lío. La central nuclear de Sendai se ha vuelto a poner en funcionamiento tras lo de Fukushima, y, por si eso fuera poco, la Dieta acaba de aprobar una reforma militar que contraviene el artículo 9 de la Constitución. Deduzco por su expresión que no lo sabía, claro que no me sorprende. Ustedes los americanos se creen el ombligo del mundo —remató.

«Menudo imbécil».

—Con el debido respeto, Matsuda-san, si no tenía intención alguna de ayudarme, podría habérmelo dicho.

Matsuda me clavó una mirada penetrante. Una pequeña vena azul le apareció en la frente, sus labios finos se cerraron con fuerza.

—Por favor, márchese.

Quise replicar, pero comprendí a tiempo que sería inútil. De modo que me limité a hacer un gesto maquinal de asentimiento y me di la vuelta con toda la dignidad que pude. Una docena de pares de ojos entornados me observaban, aunque fingí indiferencia. No me había alejado más que unos pocos pasos cuando oí que el periodista murmuraba:

—¿Mitad japonesa? Y una mierda. ¿Qué sale cuando se mezcla agua limpia con agua sucia? Más agua sucia, obviamente.

Lo ofensivo no eran las palabras en sí, sino lo que se desprendía de ellas. Por ejemplo, que el hecho de que corriera sangre nipona por mis venas carecía de valor. Poco importaba que me apellidara Kobayashi, que hablara japonés con acento de la capital o que conociera la inclinación exacta para cada reverencia, según el grado de formalidad de la situación. Había sobrestimado mi ascendencia. *Half* o *gaijin*, las etiquetas daban igual.

Yo tampoco era como *ellos*.

Y si estiraba el brazo, no encontraría a nadie al otro lado.

4

No podía dejar que nadie me viera así. Necesitaba salir del edificio cuanto antes, pero el dispensador de papel secamanos estaba vacío y tampoco parecía que llevara pañuelos en el bolso. Mientras rebuscaba, mis dedos se toparon con la tarjeta de acceso de Arata Endo, olvidada en un pequeño bolsillo interior; la había guardado allí pocos minutos antes, mientras me escabullía por el ascensor, con la promesa autoindulgente de que la devolvería enseguida. Qué ingenua. Había creído de veras que aquel trozo de plástico blanco me traería suerte, pero solo había servido para procurarme un río de lágrimas de frustración que ni siquiera podía enjugarme. En ese momento, oí el ruido imaginario de una puerta que se cerraba a mi espalda con un estruendo grotesco. «Haré lo que haga falta para no fallar otra vez». La promesa me pesaba como una losa. ¿Qué diría Compton cuando se enterase de que había permitido que ese japonés maleducado jugara conmigo? Tendría suerte si no me obligaba a subirme al primer avión de vuelta a Washington y me despedía en el tiempo que se tarda en decir *sayōnara*. «¿Y si el problema de base soy yo? ¿Y si me falta algo fundamental que todo periodista debería tener, y en realidad no sirvo para este oficio?», me cuestioné. Sacudí la cabeza. No, me negaba a pensar de esa forma. Lo mío era vocacional. De niña me imaginaba describiendo el mundo tal como era, con su belleza y su fealdad. Siempre me ha interesado la búsqueda de la verdad, a pesar de que, con los años, haya descubierto que es un concepto muy relativo.

De nuevo, me asaltó el ruido de una puerta, aunque esta vez no fue imaginario. A continuación, una mujer entró en el cuarto de baño. Melena por debajo de las orejas, cara redonda y un aura de belleza amable acentuada por su párpado doble. Traté de recomponerme de inmediato; la mujer, a su vez, curvó los labios de manera compasiva.

—Él no merece sus lágrimas, Kobayashi-san —dijo.

Le devolví una mirada confusa.

—¿Cómo sabe usted mi nombre?

—La he oído hablando con Matsuda. Tenga. —Me ofreció un pañuelo de papel, que agradecí con una leve inclinación de la cabeza—. Me llamo Ryoko Fujiwara, trabajo en el archivo. Se me han acabado las tarjetas de visita, le pido disculpas. Si le sirve de consuelo, sé muy bien cómo se siente ahora mismo. Yo también estoy sujeta a un doble escrutinio. —En ese punto, hizo una pausa antes de proseguir—. Soy de origen coreano, una *zainichi*. Mis abuelos vinieron de Corea antes de la guerra y se naturalizaron después de la contienda. Y su única hija, es decir, mi madre, se casó con un japonés. Digamos que me he acostumbrado a los comentarios ofensivos de los tipos como Hotaru Matsuda. ¿Puedo hacerle una pregunta? —No esperó a que respondiera—. ¿Por qué le interesa el *pachinko*?

Antes de contestar, sopesé mis palabras con sumo cuidado.

—Digamos que... me interesa ver el lado más sórdido de Tokio, los bajos fondos. Como periodista de investigación, ya me entiende. Y creo que el *pachinko* es la casilla de salida ideal.

—Comprendo. En ese caso... —Ryoko Fujiwara sacó un cuaderno y un bolígrafo del bolso y anotó algo en una hoja que arrancó igual que una receta médica—. Busque a este hombre —me dijo, a la vez que me entregaba la nota—. Dígale que va de mi parte. Es un tanto peculiar, pero le aseguro que no hay nadie en Tokio que conozca los bajos fondos mejor que él.

Utsuki Watanabe, Sucesos, *Jiji Press*.

—¿Por qué hace esto, Fujiwara-san? ¿Por qué me ayuda?

En los labios de la mujer se dibujó un gesto dulce, como si insinuara un preciado secreto.

—Porque no encontrará lo que necesita en la redacción del *Asahi Shimbun*. Y porque a mí nadie me ofreció un pañuelo la primera vez que lloré en este mismo cuarto de baño. Buena suerte, Kobayashi-san.

5

La oscuridad densa de finales de agosto se me echó encima cuando logré salir de la estación de Shinjuku, la más grande de Japón y, tal vez, del mundo entero; un laberinto de dimensiones descomunales en el que a diario se cruzan millones de desconocidos. El cielo parecía una tira de papel carbón, sin una sola estrella. Esa noche era especialmente sofocante, a causa del calor obstinado que mantenía la ciudad sumergida en un baño de vapor. Mi piel, que había permanecido fresca y seca gracias al aire acondicionado del tren, se humedeció enseguida por el sudor. Activé el GPS del móvil, introduje la dirección en caracteres hiragana y seguí las indicaciones.

Utsuki Watanabe me había citado en un *izakaya* cercano a la salida oeste de la estación, en una calle estrecha de edificios tan juntos que apenas se veía el horizonte. No tardé demasiado en llegar. Al abrir la puerta corredera de aquel pequeño establecimiento con aire de taberna de la era Shōwa, percibí una mezcla de olores penetrantes: salsa de soja, cerveza y humo. El cocinero, un tipo calvo con una toalla blanca enrollada en la cabeza, me recibió con el clásico *irasshaimase* de bienvenida sin descuidar los fogones, a la vista de los clientes. Escaneé el local, sumido en un barullo de platos, cubiertos y risotadas. Aunque era algo tarde para cenar, la barra y las pocas mesas que había estaban ocupadas. Un grupo de hombres con el nudo de la corbata flojo y las camisas remangadas hasta los codos celebraban a voz en grito lo que parecía una fiesta de trabajo. Dos mujeres se ocupaban de servirles la bebida. *Kanpai*!, exclamaban al unísono antes de vaciar las copas, mientras ellas sonreían con aire afectado. Continué buscando. En la barra, vi a un hombre que sorbía unos fideos encorvado sobre el cuenco. Su complexión fuerte y su cara ancha contrastaban con unos ojos minúsculos, escondidos tras unas gafas redondas con los cristales empapados por el vapor. Perlas de sudor se aferraban a una sombra de barba que le confería un aura franca, casi socarrona. Era él, no había ninguna duda.

Me acerqué a la barra.

—¿Watanabe-san? —El hombre ladeó la cabeza y me repasó de arriba abajo sin dejar de sorber sus fideos. Percibí cierta intensificación en su mirada, como si buscara la herencia asiática en mis rasgos. Lo más seguro es que no la encontrase—. Soy Mia Kobayashi, del *Washington Post*. Le agradezco mucho que haya accedido a verme —dije antes de inclinarme en una reverencia.

Utsuki Watanabe soltó los palillos, se limpió con la servilleta y me tendió la mano. Una anomalía tras otra en el código social japonés, que desaconseja el contacto físico, y a la que, sin embargo, respondí de igual manera. Tenía unos dedos gruesos que me inyectaron cierta dosis de calidez en el agarre.

—Habla usted un japonés excelente —admitió, con una voz áspera que sonaba como si llevara toda la vida fumando Golden Bat sin filtro—. Y también lo escribe, como pude comprobar en el mensaje que me envió ayer. ¿Cuántos *kanji* conoce?

—Pues..., no sé. Diría que unos tres mil.

—¿Tres mil? ¡Vaya! Más que muchos japoneses. Y más que yo, desde luego. Pero, por favor, siéntese. —Me invitó a que ocupara la silla contigua—. Si tiene hambre y desea acompañarme, le sugiero que pruebe los *yakisoba*. O si prefiere algo un poco más ligero, el *edamame*[7] y los boquerones secos con huevas son los mejores de por aquí.

Había picado algo antes de acudir al encuentro, así que me limité a pedir una cerveza bien fría. Tras el primer sorbo, entorné los ojos con curiosidad.

—¿De qué conoce a Ryoko Fujiwara?

—Fuimos juntos a la universidad. Somos buenos amigos desde entonces. ¿Y usted?

—De nada, en realidad. Se solidarizó conmigo después de que un colega suyo del *Asahi* me tratara de forma humillante.

Una sonrisa espontánea afloró en los labios de Watanabe y se le ramificó por todo el rostro.

—Suena como algo típico de Ryoko. Es una abanderada de las causas perdidas. Por curiosidad, ¿quién fue? El que la trató mal.

—Quizá no debería...

—¿Tener con él la consideración que él no tuvo con usted? —atajó.

Creí apreciar un brillo repentino en los cristales de sus gafas, un brillo misterioso y opaco, como ocurre en las series de anime cuando algún personaje dice algo de gran trascendencia. O tal vez hubiera sido un efecto óptico provocado por el humo y la luz de las lámparas colgantes.

Bebí otro trago de cerveza y me lamí la espuma de los labios.

—Hotaru Matsuda, de Nacional —confesé por fin.

Watanabe desdeñó el nombre con un movimiento seco de la mano.

—No me diga más. Matsuda encaja a la perfección en el estereotipo de periodista arrogante que se cree superior mien-

---

[7] Vainas de soja tiernas que suelen tomarse como aperitivo.

tras los demás nos movemos en un estrato de mediocridad —sentenció. Los orificios nasales se le ensanchaban al hablar, fruto del ímpetu con el que se expresaba—. Pero ¿sabe qué? Ese cretino no es más que un lameculos acostumbrado a plegarse ante cualquier injerencia política. Siempre el mismo tipo de titulares y el mismo tipo de artículos. ¿No le parece que eso contradice la esencia de nuestro oficio, Kobayashi-san? La prensa es la única que puede mantener a raya al poder. Somos los guardianes de esta frágil democracia que tenemos. Mire si es frágil que el propio Ministerio de Defensa creó una base de datos con las opiniones políticas de la gente, amparándose en la ley de secretos oficiales. —Entonces, se acercó a mí como si buscara crear una atmósfera confidencial y susurró—: A propósito, conozco a muchos tipos que podrían partirle a Matsuda la columna de un mazazo por un módico precio.

Compuse una mueca de horror que se deshizo en cuanto comprendí que se trataba de una broma. El hombre se echó a reír, y el sonido ronco de su risa rebotó en el espacio reducido de la taberna.

Me caía bien ese Watanabe. Tenía lo que los japoneses llaman *dokuzetsu*, una lengua afilada; algo inusual en una sociedad constreñida por la moderación.

—Ahora entiendo por qué Fujiwara-san dijo que nadie conoce los bajos fondos de Tokio tan bien como usted.

—Conque eso dijo, ¿eh? —De nuevo, apareció la expresión de complacencia que le transformaba la cara en un terreno lleno de surcos—. La verdad es que llevo quince años cubriendo sucesos. Me pateo las calles de esta ciudad desmesurada prácticamente cada noche desde entonces y tengo una buena red de contactos; supongo que algo sé de lo que pasa ahí fuera.

—Y seguro que también posee un talento prodigioso para ganarse a la gente moviéndose sin transición entre la diplomacia y el engaño.

El hombre hizo un gesto que podría interpretarse como una rendición.

—Parece que me ha calado usted rápido.

—No se crea —repliqué con un ademán—. El mérito es suyo. Por ser transparente.

—Bueno, puede que eso se considere una cualidad en América, pero en Japón no acarrea más que problemas, se lo aseguro. —Un breve silencio se instaló entre ambos. Si no resultó incómodo fue precisamente por su corta duración y porque la acústica del lugar lo impedía—. ¿Qué quiere saber sobre el *pachinko*?

Asentí varias veces seguidas, como si hubiera recordado de repente el propósito del encuentro.

—Todo. O lo que esté dispuesto a contarme —respondí, mientras sacaba un cuaderno de notas y un bolígrafo del bolso. Abrí el cuaderno por la primera hoja, destapé el bolígrafo y miré a mi interlocutor de hito en hito—. ¿Cómo funciona, para empezar?

Watanabe sacudió la cabeza con incredulidad.

—No necesita tomar notas como en la facultad, Kobayashi-san. Lo que necesita es trabajo de campo. El periodismo se parece bastante a la prostitución: ambos se aprenden en la calle. —Echó un vistazo a su reloj y a continuación dio una palmadita apremiante sobre aquella barra de madera sin barnizar—. Vamos, termínese la cerveza, ¿quiere? La oferta expira a medianoche.

6

Kabukichō se desplegó ante mis ojos como una extensa mancha policromática y estridente. Una vez franqueado el pórtico que marcaba la entrada al mítico barrio rojo, inagotables luces de neón anunciando todo tipo de placeres inconfesables envolvían a los transeúntes en su fulgor. Bares, restaurantes, *love hotels* de temática extravagante, clubes de entretenimiento adulto, salones de masaje o locales de información gratuita sobre aquel enorme supermercado de la lujuria se enredaban unos con otros. Los japoneses lo llaman *mizu-shōbai*, literalmente, «comercio del agua». Dicen que el término se originó durante el sogunato Tokugawa, un periodo en el que proliferaban las posadas que ofrecían baños calientes y relajación. Aunque también hay quien ha encontrado una explicación más pragmática: en las actividades de la vida nocturna, los ingresos dependen en gran medida de factores volubles como la lealtad del cliente, el clima o el estado de la economía. Así pues, el éxito y el fracaso cambian tan rápido como una corriente de agua.

El corazón me hervía de una emoción inclasificable mientras observaba aquella galaxia magnética de ideogramas que, al caer la noche, transformaba Tokio en una ciudad distinta, menos estricta, menos eficiente y menos ordenada. Una ciudad de infinitas posibilidades donde la gente se quitaba la máscara diurna para liberarse del estrés de ser una *hataraki ari*, una hormiga trabajadora, y dar rienda suelta a sus pulsiones interiores.

—¿De verdad no había estado nunca en Kabukichō? —me preguntó Watanabe, con las cejas enarcadas como las ramas de un sauce, al tiempo que esquivábamos el abordaje agresivo de los repartidores de folletos de los locales.

—Pues no —reconocí, algo avergonzada. Mis conocimientos de la geografía nocturna tokiota se limitaban a unos pocos lugares comunes aprendidos en novelas y películas—. Solo he estado en Tokio una vez antes, y de eso hace mucho. Vine con mi padre cuando cumplí la mayoría de edad.

—¿Un viaje iniciático?

Sonreí. Fue una sonrisa nostálgica, arrancada del fondo de algún cajón.

—Sí, algo así. Él era un hombre muy serio. Dudo que se hubiera sentido cómodo en un ambiente como este. —Dejé volar la mirada sobre un grupo de chicos ruidosos vestidos como *idols* con el pelo oxigenado, proclamando el rechazo del camino tradicional escogido por los *salarymen*, que también abundaban en la zona, borrachos como bueyes de Kobe.

—¿Qué me dice de usted? ¿Se siente cómoda?

—Todavía lo estoy decidiendo.

—Bueno, si le sirve de consuelo, Kabukichō ya no es lo que era. Sigue siendo muy sórdido, eso es innegable. Aquí encuentra uno de todo: drogas, prostitutas, locales de sadomasoquismo, tiendas de *hentai*, subastas de bragas usadas, tours sexuales para extranjeros, tugurios que ofrecen felaciones a precio reducido, timbas ilegales de *mahjong*, restaurantes de sushi corporal frecuentados por la Yakuza, facciones de las Tríadas chinas o la mafia coreana… —Silbé, impresionada—. ¿Sabía que este es el único sitio de Japón donde la policía lleva chaleco antibalas? De hecho, se rumorea que hasta las ventanas de la comisaría son a prueba de balas. Normal que su padre no quisiera ni acercarse. Lo que ocurre es que el país se prepara para acoger las Olimpiadas, y las autoridades se han propuesto limpiar la zona a conciencia. Si se llegara a repetir una tragedia como la del incendio del edificio Meisei,[8] ¿qué imagen daríamos al mundo? Así que muchos clientes prefieren ir a Roppongi en busca de diversión porque es un distrito más selecto y hay menos redadas. De todas formas —añadió—, la economía japonesa lleva estancada desde lo de Fukushima y los efectos se han notado en todas partes.

La exégesis de Watanabe me sirvió para crearme una fotografía mental realista. En aquella parte desconocida de la ciudad que me había mostrado mi padre, cada esquina me confrontaba ahora con una realidad que no podía ignorar. Continuamos caminando, con el guirigay de las voces, las risas beodas y la música de los karaokes como compañía acústica. La aburrida rutina del día se replegaba sobre sí misma como un viejo decorado que debía sustituirse por otro, y la muchedumbre se adueñaba poco a poco de aquel enjambre de callejuelas transfiguradas. Chicas vestidas de doncellas y colegialas saludaban a mi colega con un ronroneo melifluo. Daba la sensación de que las conociera a todas.

Le deslicé una mirada reprobatoria.

—No son prostitutas, si es lo que está pensando. Son chicas de compañía —se apresuró a aclarar.

—De donde yo vengo, eso se consideraría un eufemismo.

La expresión de Watanabe se torció en una mueca sarcástica.

---

[8] En 2001, un incendio provocado en el edificio Meisei, que albergaba un bar de chicas de compañía y un club ilegal de *mahjong*, se saldó con cuarenta y cuatro víctimas mortales, la mayoría mujeres jóvenes. Se la considera una de las peores tragedias ocurridas en Japón, desde la Segunda Guerra Mundial y antes del desastre de Fukushima.

—Me sorprende usted, ¿sabe? Domina el idioma; sin embargo, no parece que comprenda del todo la mentalidad del país. A la mayoría de los occidentales les resulta difícil entender el concepto japonés de club de alterne, donde a las mujeres, y cada vez más a los hombres, se les paga también por dar conversación. Ustedes aceptan el sexo como moneda de cambio, pero se resisten a admitir que otras maneras de relacionarse puedan ser objeto de compraventa. Le aseguro, Kobayashi-san, que hay gente que viene a Kabukichō solo para hablar.

En ese punto, y después de lo que había visto durante las últimas cuarenta y ocho horas —en el metro, en el *konbini*, en el parque de Ueno y ahora en el barrio rojo—, creí entender la razón: porque no tenían con quien hacerlo. De modo que se sumergían en una especie de ficción pactada que le otorgara a su rutina gris de obligaciones y apariencias un matiz de color indulgente.

—¿Es su caso?

Frunció los labios.

—Podría decirse que sí. Con la diferencia de que yo pago por información. Chicas y chicos de compañía, estríperes, porteros, vendedores ambulantes, camellos de poca monta, chaperos, putas, pandilleros… La élite de la mierda, como ve. —Esbozó una mueca de autosuficiencia—. Mi red de contactos es extensa y variada. Gracias a ellos sé lo que pasa en los bajos fondos de Tokio antes incluso de que haya sucedido.

—¿Y por qué no cuenta con ningún policía entre sus fuentes? Es lo habitual en Sucesos.

Watanabe se detuvo en seco, lo que me obligó a detenerme también, volvió la cabeza y me miró por encima de sus gafas redondas, con aquellos ojos extraordinariamente pequeños escrutándome como si me pusieran a prueba.

—Hace usted muchas preguntas.

—Lo siento, no pretendía…

—No se disculpe, no era una crítica —me cortó—. Claro que, si aspira a ser una buena periodista de investigación, debería olvidarse del manual y arriesgarse de vez en cuando. Ya sabe, pisar realidad y respirar un poco de aire no acondicionado. Verá, a la policía japonesa se le da de perlas manipular a la prensa, y ciertos colegas están dispuestos a pasar por el aro con tal de conseguir una primicia. Matsuda es de esos; yo no. La cuestión es, Kobayashi-san, en qué lado quiere estar usted. ¿Cómo era esa expresión? Ah, sí. O formas parte de la solución o formas parte del problema. —Y aquí, hizo una pausa dramática—. Venga, continuemos; me muero por fumarme un cigarrillo.

Una manzana al sur, encajonado entre un *sex shop* y un restaurante coreano con la persiana metálica medio bajada, había un edificio destartalado con un letrero de neón que proclamaba una única palabra: PACHINKO. Su estela arrojaba heridas rosadas y amarillas sobre las puertas automáticas, que se abrían y se cerraban cuando captaban movimiento. Al otear el interior, alcancé a ver unos cuantos trabajadores de oficina y estudiantes de instituto con la mochila a los pies, todos ensimismados en el juego, como encerrados en una burbuja.

—Así que esto es lo que entiende usted por «trabajo de campo».

—No querrá escribir sobre el *pachinko* sin haber entrado en uno en su vida, ¿verdad?

Suspiré.

—Tiene razón.

Dentro de la sala, el ruido era ensordecedor y los destellos que emitían las máquinas, muy molestos. Una nube de humo se aferraba al techo de modo pertinaz. La mugrienta moqueta rosa que cubría el suelo apestaba a horas perdidas. Mientras observaba los pasillos, con las estridentes cancioncillas electrónicas y el golpeteo frenético de los botones trepanándome el cerebro, pensé en mi padre; no sé por qué. Las hileras de personas que seguían con mirada enajenada el camino de las bolitas plateadas en su descenso hacia la victoria representaban lo que más odiaba en el mundo: la debilidad del espíritu. Pero yo sentí otra cosa, una oleada de compasión que se incrementó al deducir que algunos debían de llevar tanto rato jugando que necesitaban echarse colirio en los ojos para aliviar el escozor. O tal vez fuera empatía, porque, en esa nueva forma de soledad que comenzaba a desmontar mi visión idílica de Tokio, reconocía partes de mí misma.

Watanabe se sentó frente a una máquina libre, se llevó un cigarrillo a la boca y se recreó en su propio gesto al encenderlo. Dio una calada profunda y sonora, como si recibiera oxígeno tras una larga apnea. Yo, que permanecía detrás de la silla, traté de ahuyentar el humo con la mano. El jugador contiguo me dedicó una mirada maliciosa que ignoré. «Supongo que el control de las expresiones faciales es una norma de protocolo social no aplicable en esta zona franca», me dije a mí misma, entornando los ojos.

—¿Podría prestarme mil yenes, Kobayashi-san? —me preguntó mi colega, al tiempo que ladeaba el cuello. Tenía el pitillo colgando de los labios y una voluta de humo enroscada alrededor del rostro.

—¿Me está pidiendo dinero para jugar? —repliqué, sin disimular ni un ápice el tono de censura.

—Considérelo un gasto colateral de su investigación. No creería que la iba a asesorar gratis, ¿verdad? Soy japonés, no idiota.

Un resuello sarcástico se me escapó de la garganta.

—Desde luego, es usted un japonés bastante atípico. Demasiado franco, diría yo.

—La verdad, no creo que eso sea un problema para usted. Los americanos admiran la franqueza. ¿Me presta la pasta o no?

Resignada, saqué el monedero del bolso y de mala gana puse un billete sobre la palma de Utsuki Watanabe, que lo introdujo en una ranura a la izquierda de la máquina. A cambio, obtuvo una buena cantidad de bolitas de acero de once milímetros de diámetro. Justo al lado de dicha ranura, figuraba el logotipo de Arai Entertainment Corp., la empresa de Kaito Yamada.

—A ver, el juego consiste en lanzar estas bolitas hacia abajo —comenzó a explicar de manera ilustrativa—. La mayoría caen al fondo y se pierden, pero algunas van a parar a agujeros que dan más bolitas. Con este botón —indicó, señalando a su derecha— podemos regular la velocidad de caída. Así, ¿lo ve? Por eso, decimos que el *pachinko* es un juego de habilidad más que de azar. Como el *pinuboru*. —Se refería al *pinball*—. Si el jugador acumula grandes cantidades de bolitas, puede seguir jugando o hacer que se las canjeen por un premio. Hay que joderse, pero qué malo soy —masculló.

—¿Dinero?

Watanabe sacudió la cabeza. Partículas de ceniza se desprendieron del cigarrillo y aterrizaron sobre sus rodillas fornidas.

—Eso está prohibido por ley.

—Entonces ¿qué tipo de premio?

—Desde juguetes o chocolate hasta pequeños electrodomésticos. Y luego está el «premio especial», una baratija plateada o dorada dentro de una caja de plástico transparente. Suele cambiarse por cada cuatrocientas bolitas ganadas. ¿Se ha fijado en el restaurante coreano ese de ahí fuera? Bueno, pues no es un restaurante de verdad. Si le toca el especial y lo lleva allí, se lo compran por mil quinientos yenes. Así es como se vulnera la estricta ley japonesa. Nada, parece que hoy no es mi día de suerte. —Dicho esto, apuró el cigarrillo, prácticamente consumido ya, lo aplastó contra un cenicero y se levantó—. Y, ahora, Kobayashi-san, ¿va a decirme para qué ha venido a Tokio en realidad?

El corazón se me aceleró tanto que necesité un punto de apoyo. Lo encontré en el respaldo de la silla.

—No sé a qué se refiere.

Él me estudió unos segundos con la mirada por encima de las gafas, como si tratara de adivinar cuál era mi juego, y yo tuve que sostenérsela. Un parpadeo, uno solo, y estaría perdida.

—Si espera que me crea que un periódico como el *Washington Post* la ha enviado a una de las ciudades más caras del mundo solo para que dé cuenta de las contradicciones de nuestra sociedad y pueda escribir una columna moralizante, entonces es más ingenua de lo que pensaba. Cuéntemelo. O puede apañárselas usted solita.

Me planteé cuánto debía revelarle. Si quería saber más, sus habilidades me resultarían útiles. Y tampoco es que contara con otros activos sobre el terreno. No obstante, la idea de que un periodista de sucesos con una dilatada trayectoria en una agencia de noticias conociera la verdadera naturaleza de mi misión en Tokio no me atraía en absoluto. ¿Y si me la volvían a jugar como con Pulaski?

—No tengo ninguna garantía de que vaya a respetar el código deontológico. Me da la impresión de que es usted un verso suelto.

Watanabe se echó a reír con un soniquete agudo y flemático.

—Lo que hay que oír... ¿Es que no se fía de mí? Le prometo que no me iré de la lengua ni trataré de sacar tajada del asunto —aseguró, con un tono monótono—. ¿Le parece una garantía solvente o prefiere que le firme un documento con mi propia sangre?

De repente, algo me hizo clic en el cerebro. Regresé mentalmente a nuestro encuentro en el *izakaya*, una hora antes. No debía ser casualidad que a Watanabe se le hubiese iluminado la cara cuando el nombre de Ryoko Fujiwara había salido a colación. Decidí jugarme el todo por el todo.

—De acuerdo, se lo contaré. Pero se lo advierto, no me subestime. Si intenta joderme, me encargaré de que Fujiwara-san se entere. —La expresión socarrona de mi interlocutor demudó en un rictus de seriedad, lo que demostraba que no me había equivocado. A pesar de todo, mi intuición permanecía intacta—. ¿Le ha quedado claro?

—Cristalino como el agua de un estanque.

—Bien. —Desvié la vista y la posé sobre la máquina. Señalé con la barbilla el logotipo de Arai Entertainment Corp.—. ¿Qué sabe de Kaito Yamada?

Un brillo especulativo le cubrió la mirada.

—¿Por qué le interesa a un periódico norteamericano un fabricante de máquinas de *pachinko*?

—Yo he preguntado primero —lo acorralé, implacable.

—Está bien, está bien —claudicó—. Según tengo entendido, Yamada no es trigo limpio. —Bajó la voz y adoptó un aire de privacidad antes de proseguir—. Sobre sus empresas corren constantes rumores de corrupción. Las malas lenguas dicen que tiene tratos con la Yakuza; tal vez esté relacionado de alguna manera con el negocio ilegal de los premios. Hace tiempo hubo un caso de falsificación de resguardos en el que estaba implicada el hampa, que con aquel sistema logró estafar millones de yenes a los grandes empresarios del juego, excepto a uno; adivine a quién.

—Necesito algo más que conjeturas, Watanabe-san.

—Me temo que ahí no puedo ayudarla. Eso es todo lo que sé —dijo, encogiéndose de hombros. De pronto, se le iluminaron los ojos, como si hubiera recordado algo importante, algo que nos podría servir para llegar a un entendimiento—. Pero hay alguien que quizá sí pueda. Se llama Takehiro Fujimoto.

—¿Quién es?

—El único poli honrado que conozco en esta ciudad.

7

Takehiro Fujimoto tenía esa mirada desapasionada que a veces se ve en algunos veteranos. Llevaba el pelo gris oscuro muy corto, y cada arruga de su rostro quemado por el sol parecía contar una historia. Se había retirado tres años antes, tras dedicar casi toda su carrera a luchar contra el crimen organizado. Los casos de extorsión, ajustes de cuentas o corrupción se amontonaban en su hoja de servicios, en ocasiones sin llegar a resolverse, algo que le quitaba el sueño, como demostraban unas bolsas debajo de los ojos del tamaño de la isla de Sado. Era el único policía —lo de «expolicía» no le gustaba, pues creía que, con placa o sin ella, se es un agente de la ley hasta que se espira el último aliento— en el que Utsuki Watanabe confiaba sin reservas. Había sido su fuente durante mucho tiempo y aún hoy acudía a él de vez en cuando. En Japón, si un policía filtra información a la prensa se juega el puesto de trabajo, pero Fujimoto consideraba útil a Watanabe para sus propósitos. Digamos que su relación se basaba en un intercambio beneficioso. Por eso, su disposición a colaborar no tenía una naturaleza altruista; más bien estaba relacionada con el hecho de que se sintiera profundamente decepcionado con el sistema.

Llegué a esa conclusión después de pasar gran parte de la mañana siguiente con él. Me contó que la jubilación lo había instalado en una rutina inalterable. Todos los días se despertaba temprano y salía en cuanto los comercios de los alrededores de la estación de Shibuya subían las persianas. En hora punta, cruzaba la famosa intersección de cinco calles; un hervidero de estudiantes somnolientos y trabajadores con prisa que, pese a lo caótico del tránsito, se esmeraban en esquivarse con una fluidez prodigiosa, igual que una aleta de tiburón que va cortando el agua. Hay quien opina, no sin cierto fundamento, que los habitantes de Tokio tienen un sensor invisible que les permite evitar choques masivos en mitad de la calle. En la fachada del centro comercial 109, templo de la moda *kogal*,[9] una pantalla led gigante retransmitía las noticias más destacadas de las últimas horas, entre anuncios de cosmética y bebidas carbonatadas. Aquel día en particular, un lanzador de los Yomiuri Giants se había lesionado, la temperatura había vuelto a subir y el Nikkei se desplomaba por segunda jornada consecutiva. Después de dejar atrás la masa de gente con sus trajes de color uniforme, el policía caminaba un kilómetro hacia el norte. En Harajuku, frontera entre los cedros solemnes del santuario Meiji y el frenesí de las compras en Takeshita-dori, entraba en una cafetería que servía un *tamagoyaki* delicioso; por lo visto, se había aficionado a desayunar la clásica tortilla enrollada. Leía la prensa, tomaba café y luego, si hacía buen tiempo, andaba por el parque Yoyogi con el fervor de un peregrino.

Fue justamente allí, en la entrada al parque, donde había quedado en encontrarme con Fujimoto y Watanabe, aunque este avisó a última hora de que no acudiría.

—A Utsuki-kun nunca le ha gustado madrugar —reconoció Fujimoto—. Como vive de noche, tiene los ritmos circa-

---

[9] Estilo de moda basado en el uniforme escolar femenino.

dianos cambiados. ¿Le parece bien que demos un paseo? —Asentí. El aire traía aroma de hortensias y lirios, y se oían con nitidez las voces y las risas lejanas—. No soporto estar sin hacer nada, me aburro enseguida. Lo normal, después de tanto tiempo en activo.

Comenzamos a caminar despacio por una alameda poblada de zelkovas; columnas de luz dorada se filtraban entre las ramas.

—¿Cuántos años ha sido usted policía, Fujimoto-san?

—Más de cuarenta. Cuatro décadas entregado en cuerpo y alma a este país y a su emperador —afirmó, con un deje sarcástico que no me pasó desapercibido.

—Watanabe no tiene muy buena opinión sobre las fuerzas del orden japonesas.

—La prensa nacional tampoco es un dechado de virtudes. Japón no siente el mismo entusiasmo por la libertad de expresión que el Tío Sam. Aquí, las lealtades van y vienen de acuerdo con las estrategias personales y con los equilibrios globales de poder. De todos modos, al bueno de Utsuki no le falta razón. Puede que la tasa de criminalidad sea baja, pero tenemos un problema mucho más grave que los delitos de sangre, y es el de la corrupción endémica. Ese virus lleva años atacando al sistema inmunológico del país. Y todas las organizaciones están enfermas, incluida la policía.

—No crea que en América es muy diferente. Enron, Tyco, Worldcom... —Enumeré con los dedos como quien recita un informe de memoria—. Supongo que habrá oído hablar de algunos de los fraudes financieros más grandes de la historia reciente.

—Al menos ustedes abren investigaciones oficiales. Aquí, en cambio, parece que estemos predispuestos a hacer la vista gorda y a aceptarlo todo.

Dudé un instante antes de preguntar:

—¿También a la Yakuza?

—Especialmente a la Yakuza —respondió, trazando un arco en el aire para enfatizar sus palabras—. Las autoridades son, o, mejor dicho, somos incapaces de ponerle freno. Claro que, cuando formas parte de un monopolio, tratar de acabar con él no juega a favor de tus intereses. ¿Sabe? El porcentaje de participación en las últimas elecciones no llegó al cincuenta por ciento. ¿Cómo vamos a cambiar las cosas si a la mitad de la población no le importa nada más que el dinero y los bienes materiales? Desde los políticos hasta los burócratas, pasando por el asalariado que bebe el sake más barato, todos ansían dinero. ¡Dinero, dinero, dinero! —exclamó, igual que si arengara a las masas.

Su respiración sonaba entrecortada, pero no quiso ni oír hablar de sentarse. En vez de eso, desenroscó una botella de quién sabe qué tipo de tónico vigorizante comprado en alguna de las máquinas expendedoras que abundan en las calles de Japón y bebió un trago.

—Ginseng —aclaró—, un reconstituyente.

Esbocé una sonrisa asertiva. Cruzamos el puente de madera sobre el estanque y continuamos paseando. Al otro lado, bajo el auspicio de un alcanforero, una pareja de novios con quimonos de boda tradicionales posaba para un reportaje fotográfico.

—¿Está casada?

—No. Para eso, antes debería haber encontrado a la persona adecuada y no soy precisamente afortunada en el amor —confesé. Empleé un tono difuso, como si me hubiera asaltado una sensación vaga de resentimiento, melancolía o una mezcla de ambas cosas.

Era cierto. Todas mis relaciones habían sido un fracaso; un camino que se bifurcaba sin remedio cuando alguna de las partes, por lo general yo, decidía que el trabajo era demasiado importante, y la otra, por lo general él, se cansaba de ceder. Las empezaba con ilusión, aunque enseguida se quedaban estancadas, aplastadas bajo el peso de los deseos dispares. Creí que esa dinámica cambiaría con Nick Pulaski, lo llegué a creer de veras; al fin y al cabo, los dos sentíamos la misma pasión arrolladora por nuestra profesión. Pero me equivoqué de pleno. Resultó que lo suyo, más que una pasión arrolladora, era una ambición desmesurada.

Y me hizo demasiado daño como para volver a confiar en nadie a la ligera.

Sobre todo en un hombre.

—Bueno, aún es joven. Seguro que encuentra a esa persona, tarde o temprano. Pero, si me permite un consejo, Kobayashi-san —y aquí volvió la cabeza y me miró con aquellos ojos como canicas viejas—, cuando lo haga, aférrese a ella para no acabar sola. A cierta edad, la soledad acelera la transición a la muerte. Créame, sé muy bien de lo que hablo.

Paseamos en un silencio de pájaros canturreando. Un paso siguió a otro paso y otro, a otro más. Me fijé en una niña que leía un libro a la sombra de un árbol, los pies descalzos en un balanceo distraído.

—Fujimoto-san, necesito entender el ecosistema en el que se desenvuelve la mafia japonesa —dije, dispuesta a reconducir la conversación.

—Puede llamarla mafia, aunque la mayoría de ellos prefieren el término *gokudo* para referirse a sí mismos.

El camino final.

Como había visto todas las películas de Takeshi Kitano, sabía que la Yakuza se estructura igual que una familia. Los nuevos reclutas, los llamados *chinpira*, prometen lealtad a la figura paternal, el *oyabun* o jefe del clan. A través de intercambios rituales de sake se forjan vínculos que dan origen a hermandades. Se tatúan todo el cuerpo como seña de identidad, aunque a diferencia de los occidentales, mantienen oculta la tinta de su piel. Cuando un miembro de la familia comete un error, se amputa un dedo a modo de arrepentimiento o sumisión, generalmente el meñique. En el arte tradicional de la espada japonesa, el meñique es el dedo que ejerce más presión sobre la empuñadura; por lo que, sin él, un guerrero no podía blandir bien su espada y se encontraba en desventaja en la batalla. Una manera nada sutil de recordarle a una oveja descarriada la importancia del redil.

—En la época de los samuráis, el honor lo era todo. Claro que, cuando las organizaciones se hacen demasiado grandes, las cosas se descontrolan. Muchos yakuzas ya no respetan las líneas rojas.

Arqueé las cejas con aire incrédulo.

—No me diga que siente nostalgia.

Fujimoto se detuvo antes de contestar. Parecía que su intención fuera la de secarse el sudor de la frente con un pañuelo, pero yo estaba acostumbrada a pausas como esa, a la búsqueda de las palabras adecuadas, de respuestas limpias.

—Es complicado —convino por fin, al tiempo que doblaba el pañuelo y se lo guardaba en el bolsillo—. Verá, de los criminales esperamos que se comporten como lo que son; así es más fácil mantenerlos a raya. La Ley Anti-Boryokudan[10] fue de mucha ayuda en ese sentido. El problema es que gran parte de la Yakuza se ha modernizado hasta el punto de convertirse en auténticos emprendedores. Más que una banda de matones tatuados con catanas, que también, ahora parecen empresarios respetables. Salvo que no lo son, claro. No son más que escoria, una banda de sociópatas. Para que se haga usted una idea, en 2007, el Keisatsu-chō publicó un libro blanco donde contaba que la Yakuza se había infiltrado en centenares de empresas que cotizan en bolsa.

---

10 En 1991, las autoridades japonesas aprobaron la Ley Anti-Boryokudan (que literalmente significa «grupo violento») y que definía a los *boryokudan* como «cualquier organización que ayuda a sus miembros a cometer actos delictivos habitualmente». Dicha ley, considerada como la primera de las tres grandes normativas contra el crimen organizado, supuso un mazazo para la Yakuza.

—¿Qué es el Keisatsu-chō?

—La Agencia Nacional de Policía, el FBI japonés. Nadie admitiría lo que voy a decirle ahora, ni siquiera *off the record*, pero la sospecha de alianzas entre la Yakuza y el Partido Liberal Democrático siempre ha estado ahí. ¿Entiende ahora por qué es tan difícil acabar con ellos?

—Porque son parte del sistema.

El hombre asintió con una sonrisa que le realzaba las arrugas.

—Así es. No obstante, el tráfico de drogas, la prostitución y otro tipo de prácticas tradicionales del oficio, como los sobornos o las extorsiones, siguen siendo la especialidad de algunos clanes. Solo que ahora, para evitar la cárcel, operan de forma clandestina, como la mafia clásica, lo cual dificulta las cosas. Antes, sus oficinas estaban a la vista de todos, incluso llevaban una tarjeta de visita con el emblema de la familia; sí, como lo oye. Pero esos malnacidos han aprendido a ocultarse mejor, y la predictibilidad lo es todo en la lucha contra el crimen. Oiga, ¿le apetecen unos *takoyaki*? —Señaló un puesto de comida ambulante que nos quedaba a la izquierda, muy cerca de la villa olímpica construida para los Juegos de 1964.

—Claro, por qué no.

Nos dirigimos hacia allá y pedimos dos raciones de buñuelos de pulpo espolvoreadas con láminas de bonito seco y rociadas de mayonesa. Fujimoto insistió en pagar. Por momentos, ese hombre me recordaba a mi padre. Nos sentamos a comer en las escalinatas que daban al Gimnasio Nacional Yoyogi, el edificio distintivo de las Olimpiadas, sosteniendo los platos de cartón entre las manos.

—¿Cuánto tiempo piensa quedarse en Tokio?

—Pues... —Me puse la mano delante de la boca mientras masticaba. La esponjosidad de la masa de harina se me mezcló en el paladar con el sabor intenso del pulpo. Tragué—. Hasta que encuentre lo que he venido a buscar.

—¿Y qué es?

—Respuestas —contesté. Dejé el plato de cartón a un lado y adopté un aire de seriedad profesional—. Sobre Kaito Yamada. Sabemos que ha financiado parte de la campaña electoral del candidato del Partido Republicano a la Casa Blanca.

Al policía le relampaguearon los ojos al oír mis palabras. Vació el aire de las mejillas con un fuerte resoplido y afirmó:

—Yamada tiene negocios con Ren Hosokawa.

—¿Quién es Ren Hosokawa?

—El jefe del clan Itabashi, una de las mayores organizaciones criminales de Japón. Si quiere mi opinión, no es aconsejable tenerlos en contra. Cuenta con más de cuarenta mil miembros, y eso sería cabrear a mucha gente. El caso es que Yamada y él viajan con frecuencia a Estados Unidos. A Hosokawa le gustan los casinos, ¿sabe? Dicen que se fundió un millón de dólares en el Caesars Palace él solito.

Un estremecimiento de preocupación me sobrevino.

—Pero ¿cómo se convierte un mafioso japonés en un cliente vip de Las Vegas? La compañía de capital inversión que dirige Yamada tiene una filial norteamericana, es lógico que entre y salga del país con libertad. En cuanto a Hosokawa..., no lo entiendo. Las reglas de la Comisión del Juego de Nevada son muy estrictas.

—Que yo sepa, hasta hoy la Agencia Nacional de Policía no ha facilitado una lista actualizada de miembros de la Yakuza al FBI, por eso a los americanos les cuesta tanto seguirles la pista.

—¿Y qué papel juega Yamada en el clan? Watanabe cree que podría estar relacionado con los premios en metálico del *pachinko*.

Fujimoto negó con la cabeza repetidas veces.

—Es mucho más complejo —aseguró. Se limpió la boca con una servilleta de papel que arrugó antes de depositarla en el plato—. Los matones con tatuajes, relojes de oro y gafas de sol ahumadas que se ven en Shinjuku no son más que herramientas para los hombres como Ren Hosokawa. Esa gente forma parte de un sistema. Verá, el imperio del clan Itabashi está cimentado sobre una lista interminable de empresas tapadera: inmobiliarias, constructoras, agencias de trabajo temporal, entidades de crédito rápido y, por supuesto...

—Salas de *pachinko*.

—Exacto. Hace poco, la policía de la prefectura de Chiba intervino un local que operaba al margen de la legalidad. La empresa titular era una sociedad limitada con sede en Tokio que no estaba registrada ante las autoridades. Unas cuarenta y cinco máquinas incautadas, si no recuerdo mal, todas de Arai Entertainment Corp. Menuda sorpresa, ¿verdad? Sin embargo, no hay constancia de su compraventa por ninguna parte.

—¿Y qué adujo Yamada?

—Que se las habrían robado.

—No tiene sentido.

—Naturalmente que no. La Yakuza se nutre del juego y el juego se nutre de la Yakuza. Pero es muy difícil probar su relación, al igual que es difícil seguir el rastro del dinero. Dicen que a Hosokawa le gustan los bancos suizos para blanquear fondos.

—Tal vez Yamada sea una especie de interlocutor en los negocios de Hosokawa en el extranjero —argumenté, tras haber analizado la posibilidad.

—Puede ser. Ahora bien, los motivos de esa financiación, sean cuales sean, trascienden lo político. Ahí hay gato encerrado, no me cabe la menor duda.

—¿Y qué hay de todos esos clubes de... entretenimiento adulto de Kabukichō? ¿Quién los gestiona? ¿También Hosokawa?

—No. Ese tipo de negocios son cosa del Suginami-rengō, el segundo grupo criminal más importante. Una escisión del clan Itabashi dirigida por un tipo llamado Sato Hattori.

—¿Una escisión? O sea, que Hosokawa y Hattori son enemigos.

—Acérrimos —afirmó de manera categórica.

—En ese caso, quizá Sato Hattori esté dispuesto a hablar. ¿Cómo podría acercarme a él?

—No puede. Desde que lo intentaron matar hace tres años, Hattori va siempre acompañado del Samurái.

—¿Quién es el Samurái? —pregunté, con un interés cada vez más creciente.

De pronto, la expresión de Takehiro Fujimoto se ensombreció, como en señal de algo malo.

—Cuidado, Kobayashi-san. Se está adentrando en un terreno muy peligroso.

8

Me despedí de Takehiro Fujimoto con una sensación de urgencia que me latía por todo el cuerpo, de las sienes a las yemas de los dedos pasando por el plexo solar. Docenas de palabras chocaban en mi mente las unas contra las otras en un vaivén caótico; era mucha la información que debía procesar y, para ello, necesitaba organizarla. Antes, había otra cosa que quería hacer. Caminé hacia Omotesandō, con sus avenidas llenas de tiendas de marcas internacionales y su arquitectura de diseño, y tomé el metro hasta Jimbōchō, el epicentro de los libros de segunda mano. Conocía el distrito porque *otōsan* me había llevado a la librería Isseido, especializada en rarezas y antigüedades. Buscaba una edición especial de *El elogio de la sombra*, de Junichirō Tanizaki. Recuerdo que me sorprendió que una buena parte de los libros estuvieran expuestos en la calle, pero enseguida deduje que tal disposición conseguía que los transeúntes se detuvieran y desconectaran del ajetreo diario en aquel pequeño oasis.

Entré en la librería. El olor mohoso del papel viejo flotaba en el ambiente. Recorrí los pasillos uno por uno hasta que encontré lo que había ido a buscar: un volumen completo sobre la historia de la Yakuza desde sus orígenes inciertos en el periodo Edo. Era caro y no se encontraba en perfecto estado, pero no me importó. Había algo en el entramado criminal nipón que me fascinaba de un modo visceral, y, tras el encuentro con Fujimoto, me descubrí a mí misma deseando saber más. ¿Cuál habría sido el detonante de la división de clanes? ¿Habrían intentado matar a Sato Hattori por ese motivo o acaso el jefe del Suginami-rengō tenía información comprometedora sobre Ren Hosokawa y sus negocios con Kaito Yamada? ¿Y quién era ese tal Samurái que lo acompañaba siempre?

«Samurái».

Solo el nombre daba miedo.

Aunque estaba ansiosa por marcharme, esperé pacientemente mientras el vendedor envolvía el libro con papel de embalar y lo sujetaba con un hilo de forma ceremoniosa. Los japoneses se emplean a fondo en todo lo que hacen, de lo más importante a lo más trivial, y conceden especial atención a los detalles. El hombre me tendió el paquete con ambas manos, y con ambas manos lo recibí yo.

—*Arigatō gozaimasu* —dije, antes de abandonar el establecimiento.

Todavía no era hora punta; sin embargo, la estación de metro estaba abarrotada. En el andén, advertí un pequeño tumulto frente a las vías que me resultó extraño. Le pregunté a una mujer de mediana edad qué ocurría, y esta me explicó sin el menor atisbo de angustia que había un hombre tirado en la vía. Ahogué un grito de perplejidad con la mano. No se sabía si estaba vivo o muerto; era difícil saberlo a menos que alguien tuviera los arrestos para bajar a comprobarlo. Pero nadie parecía preocupado ante la posibilidad de que un destino fatal arrollara a aquella persona anónima sobre la que todos especulaban en voz muy baja; para unos, se habría arrojado él mismo, acaso desesperado por las deudas de juego o los créditos impagados; para otros, no sería más que un *salaryman* borracho que habría perdido el equilibrio. La indiferencia era manifiesta en cada uno de los rostros, que, tras la curiosidad inicial, apartaron la vista. Existe una especie de entendimiento tácito que gobierna las relaciones sociales, por el que fingimos que no sabemos lo que en realidad sí sabemos. O que no hemos visto lo que en realidad sí hemos visto. Tal vez los tokiotas estuvieran tan acostumbrados a presenciar situaciones como aquella que ya ni siquiera les afectasen. Dicen que el sufrimiento ajeno se acaba naturalizando hasta que deja de tener impacto; es un mecanismo de defensa, un sistema de protección. En el mundo periodístico ocurre constantemente. Por eso, las noticias de tragedias humanas que se dilatan en el tiempo pierden el interés del ciudadano enseguida, por muy duras que sean. Pero aquello estaba ocurriendo allí, delante de nuestras narices. Miré hacia un lado y otro, esperando que sucediera algo. No era así como me habían educado mis padres, en la impasibilidad ante el dolor humano. Si nadie ayudaba a aquel hombre, lo haría yo misma, aunque supusiera un peligro para mi propia integridad física. Justo en el momento en que me disponía a encaminarme hacia las vías, una alarma comenzó a sonar con estruendo en el recinto de la estación.

El protocolo en caso de *jinshin-jiko*[11] obligaba a paralizar la circulación de trenes hasta que un grupo de trabajadores, en este caso de Tokyo Metro, acudiera a rescatar al «accidentado». Sucedió así, con una rapidez extraordinaria que tampoco pareció sorprender a nadie. Gracias a Dios, el hombre solo estaba inconsciente, por lo que su familia se ahorraría tener que pagar a la compañía ferroviaria los gastos derivados del «accidente». Después, todo volvió a la normalidad y fue como si no hubiera pasado nada. El tren llegó, las puertas se abrieron y la gente continuó con su rutina. A mí, en cambio, me costó asimilar lo que había presenciado. Por un instante,

---

[11] Literalmente, «accidente provocado por cuerpo humano». Puede tratarse indistintamente de un suicidio o de una caída casual a las vías ferroviarias.

incluso se me humedecieron los ojos pensando en aquel pobre hombre, en la familia que podría haber dejado atrás, si esa alarma no hubiera sonado. Paradojas de la vida, en ningún momento pensé en mí misma ni en el riesgo que podría haber corrido de haberlo ayudado. Ni tan siquiera en que yo también podría haber dejado atrás a alguien.

Cuando llegué al hotel, algo más calmada, encendí el portátil y me senté en la cama con las piernas cruzadas y la espalda apoyada contra el cabezal. En Washington todavía eran las dos de la madrugada, no podía llamar a Compton. Decidí redactar un informe detallado acerca de la posible relación de Kaito Yamada con la Yakuza. No tenía pruebas —saber algo y poder probarlo son dos cosas distintas—, pero dejé claro en mis conclusiones que continuaría investigando por esa línea. De qué manera encontraría esas pruebas sin ponerme en riesgo era algo sobre lo que aún debía meditar. El mismo Fujimoto me había advertido que meterse con la Yakuza era muy peligroso. «Puede escribir todos los artículos que quiera sobre sus guerras entre facciones o sus tatuajes; ahora bien, si se pone a mirar de dónde sacan la pasta o qué hacen con ella, esos tipos se convertirán en su peor pesadilla». Un latigazo me sacudió. Traté de olvidar sus palabras y volví a centrarme en mi investigación. La información sobre el clan Itabashi abundaba en internet. Había noticias, reportajes, fotos del *oyabun* e incluso una especie de fanzine que algún fanático había publicado en la red en un intento de blanquear sus actividades delictivas. Por lo visto, Ren Hosokawa tenía una faceta filantrópica que salió a relucir tras el desastre de Fukushima, cuando donó una importante suma de dinero para la recuperación de las zonas afectadas. Resultaba chocante que los que extorsionaban, explotaban y asesinaban por sistema, apelaran al código de honor para ayudar a su pueblo en una situación de crisis.

A continuación, escribí «Sato Hattori» en la barra de búsqueda. Decían de él que era un tipo implacable con fama de exigir una lealtad sin fisuras, que ejercía la violencia con sadismo y que había hecho fortuna gracias al narcotráfico y a la prostitución. Mientras Hosokawa apostaba cada vez más por la expansión internacional de sus negocios a través de la infiltración en el mercado de valores, la construcción o las altas finanzas, Hattori intentaba quedarse con el control total de Tokio. Lo habían detenido dos veces. La primera, por agresión y lesiones. No cumplió condena, se libró con una multa de cincuenta mil yenes. La segunda, por extorsión; un año de cárcel y a la calle. Salté de un titular a otro para concluir que, primero) las hostilidades entre ambas organizaciones estaban al rojo vivo desde que el Suginami-rengō hubiera decidido independizarse, tres años atrás, por desavenencias internas; segundo) un sicario, quizá contratado por el propio Hosokawa, había intentado matar a Sato Hattori a plena luz del día, pero este se había salvado gracias a la oportuna intervención de un desconocido del que no se sabía nada, y tercero) dadas las circunstancias, era evidente que Hattori se vengaría tarde o temprano, lo que desembocaría en una guerra intestina con una interminable cadena de venganzas que mantenía a las autoridades en alerta máxima.

No encontré nada concluyente sobre el Samurái.

A decir verdad, no encontré nada en absoluto.

Dos horas más tarde, me masajeé los ojos hasta que los párpados me estallaron en prismas blancos y afilados. Apagué el portátil. La enemistad entre Ren Hosokawa y Sato Hattori no explicaba por qué Kaito Yamada había financiado la campaña electoral de Reggie B. Clark, lo cual era frustrante. ¿Dónde encontraría la pieza que le faltaba a aquel rompecabezas tan complejo? En internet seguro que no. Y en un libro antiguo sobre samuráis desterrados y reconvertidos en mercenarios, tampoco. Necesitaba acercarme de alguna forma al mundo del hampa. Y necesitaba hacerlo sin que me descubrieran. Era vital que no me descubriesen.

Pero ¿cómo?

Mientras la pregunta me revoloteaba en el cerebro igual que un insecto atrapado en un tarro de cristal, noté que me rugían las tripas. Estaba tan cansada para salir que decidí pedir algo del menú del servicio de habitaciones. Ojeé la carta.

—Veamos... Crujiente de berenjena con miso, no. *Katsu sando*, no. Brochetas de pollo *teriyaki*, tampoco. Bandeja de sushi variado, no. Sopa *udon* con tempura de langostinos... —Pausa. En mi interior, algo cambió de repente, algo que no supe ver de inmediato. Volví atrás por intuición—. Bandeja de sushi variado —leí de nuevo—. ¿Qué demonios pasa con el sushi? —me pregunté a mí misma, en un intento por entender de dónde salía aquella inquietud—. Vamos, Mia. Lo tienes delante de las narices. Piensa, piensa, piensa.

Entonces recordé lo que me había dicho Watanabe sobre Kabukichō: «Aquí encuentra uno de todo: drogas, prostitutas, locales de sadomasoquismo, tiendas de *hentai*, subastas de bragas usadas, tours sexuales para extranjeros, tugurios que ofrecen felaciones a precio reducido, timbas ilegales de *mahjong*, restaurantes de sushi corporal frecuentados por la Yakuza...».

Y fue como si alguien hubiera destapado el tarro de cristal y el insecto, que hasta entonces había permanecido atrapado, hubiera salido volando de golpe.

—¡Claro, eso es! —exclamé, y me incorporé como activada por un resorte.

A continuación, llamé a Utsuki Watanabe, que respondió a los cuatro tonos con su voz áspera de fumador.

—Me temo que voy a requerir su ayuda de nuevo, Watanabe-san.

—¿Qué necesita esta vez? —preguntó, entre bostezos.

—Más trabajo de campo.

El hombre suspiró al otro lado de la línea.

—Cuente con ello —concedió, tras un breve silencio.

9

El local estaba situado en el barrio portuario de Tsukiji, cerca del Palacio Imperial, y la humedad de la bahía se dejaba notar. Me asomé despacio a la esquina que daba a la puerta trasera: en el callejón desierto, dos gatos se peleaban alrededor de un contenedor de basura rebosante de restos de pescado maloliente. Por un momento pensé en largarme de allí, pero no lo hice. Aquella era mi mejor alternativa; la única, a decir verdad. No sabía gran cosa acerca de esa práctica hasta que mi colega me habló de ella. El *nyotaimori*, o el arte de servir sushi en el cuerpo desnudo de una mujer, era muy popular entre los hombres de negocios y, sobre todo, entre la Yakuza. En Japón no se hace ninguna transacción seria sin una cena larga con mucho sake. Debido a su naturaleza privada y controvertida, las peculiares reuniones se llevaban a cabo en establecimientos que solo conocían las personas indicadas.

Personas como Utsuki Watanabe, por ejemplo.

Fue él quien mencionó aquel sitio varios días después de que le hubiera contado mi idea.

—He preguntado por ahí. No es el más sofisticado de Tokio, pero dicen que algunos miembros de los clanes suelen frecuentarlo porque es más discreto que Kabukichō. Además, parece ser que la propietaria hace la vista gorda con las *gaijin* que no tienen permiso de trabajo, lo cual es una ventaja para usted. No hay contrato ni registro de ningún tipo, se paga por sesiones. De lo único que se tiene que preocupar es de presentarse en una dirección a una hora concreta; ella se encargará de todo. —Tras una pausa especulativa, agregó—: ¿Está segura de que quiere seguir adelante con esto, Kobayashi-san?

Esbocé una negativa.

—Nunca he estado menos segura de nada en toda mi vida.

Vacié el aire de los pulmones y enfilé hacia la puerta desvaída, junto a la que se amontonaba una pila de cajas vacías en un equilibrio tan precario como mi propio aplomo. Pulsé el timbre dos veces seguidas. Esperé. Una mujer abrió al cabo de unos segundos. Debía de ser la dueña. Las pronunciadas arrugas de sus párpados sugerían que había dejado atrás la sesentena. Llevaba un quimono de color azul oscuro y el pelo recogido en un moño salpicado de canas que no lograban suavizar la severidad de su expresión.

—¿Vienes a hacer la prueba? —demandó, brusca.

Dudé un instante antes de responder. O, mejor dicho, fingí que dudaba.

—*Sorry, I don't speak Japanese.*

Seguí hablando en inglés, sin tener la certeza de que mi interlocutora me entendiese, claro que tampoco importaba. Le expliqué de una forma deliberadamente lenta, con un acento impostado, que me llamaba Laura, que era australiana y que necesitaba dinero con urgencia. Por desgracia, había perdido el pasaporte en Ginza. Una extranjera en apuros, la tapadera perfecta. La mujer, que no parecía conmovida por el relato, me repasó de arriba abajo como si me estuviera sometiendo a un estricto control de calidad hasta que por fin dijo:

—*No puroburemu. Forow me.*

Había funcionado.

En el interior, el olor a pescado crudo y a desinfectante era nauseabundo. Seguí a la mujer hacia un vestuario junto a la cocina donde aguardaban otras dos mujeres con quimono; parecían ayudantes. La propietaria me ordenó que me quitara la ropa. Aunque la idea de desnudarme delante de tres desconocidas me incomodaba, tuve que hacerlo. Una de las ayudantes me puso un termómetro infrarrojo en la frente mientras la otra me examinaba la cara interna de brazos y muslos en busca de elementos indeseados. Marcas, cicatrices, heridas, vello. Después, me indicaron que me tumbara en una camilla metálica; debía procurar quedarme quieta. La idea era que aprendiera a soportar la exposición prolongada de la comida fría sobre la piel, a moverme de la manera más imperceptible posible y a controlar la respiración. No fue nada fácil. Una hora más tarde, me ayudaron a incorporarme. Tenía los músculos entumecidos, pero había pasado la prueba. Si les dejaba un número de teléfono, me enviarían un mensaje de texto en cuanto hubiera una reserva. Salvo que tuviera la regla, ese día debería acudir con una hora de antelación para los preparativos. Y era fundamental que fuera siempre depilada. ¿Lo había entendido? Asentí.

Me disponía a salir del local, cuando la dueña me interceptó.

—Espera. *No go.*

Por lo visto, una de las modelos acababa de avisar de que estaba enferma y no había chicas disponibles para la mesa de esa noche. Necesitaba que la sustituyera.

—I pay more money. OK?

La desesperación le teñía la voz. Era comprensible. En ese tipo de negocios, la reputación lo es todo, y, si no cumplía, la suya quedaría en entredicho. Quién sabe cuánto le habría costado hacerse un hueco en una ciudad donde la intimidad es un producto que pocas veces se sirve gratis.

—*OK, then. Let's do it.*

Cuanto antes empezara, mejor.

De vuelta en el vestuario, me lavaron, me exfoliaron la piel y me secaron con esmero. A medida que se acercaba el momento de la verdad, algo indescriptible se me iba asentando en el corazón. Algo pesado y frío. Una vez me hubieron peinado y maquillado, me guiaron por un largo pasillo hacia mi debut. O, más bien, hacia mi puesta en escena. Tras unas puertas de *shōji*, apareció un salón comedor decorado al estilo tradicional. La iluminación tenue le confería un aire discreto, casi ilícito. Sonaba música de *shamisen*. Una mesa alargada con un cojín de seda roja en el extremo presidía el centro; junto a ella, había un carro de servicio con la comida y los ornamentos preparados para la ocasión. Al tumbarme en la mesa, se me erizó la piel. Mi reacción natural fue la de cubrirme los pechos con una mano y el pubis con la otra, hasta que no me quedó más remedio que ceder el testigo a las flores y a las hojas de banano sobre las que iría colocado el sushi, pues el contacto directo de los alimentos con la epidermis no estaba permitido. Me sentía como si se hubiera apoderado de mí una ilusión deconstructiva de la realidad. Como si no supiese quién era esa mujer que yacía desnuda sobre la madera fría.

Cuando terminaron de prepararme y me quedé sola en el salón, la idea de escapar me perforó el cerebro igual que un rayo. Sin embargo, las puertas correderas se abrieron antes de que dicha idea pudiera materializarse. Tragué saliva con dificultad. La extraña sensación que notaba adherida al cielo de la boca no desapareció. Un numeroso grupo de hombres bastante ruidosos comenzaron a desfilar ante mis ojos entornados. A pesar de que me habían advertido que no debía mirarlos, sí pude percibir cómo me miraban ellos.

—¡Vaya! Pero ¿qué tenemos aquí? Menudo ejemplar. Es muy guapa, más que la de la semana pasada —comentó uno.

—Y rubia natural —comentó otro—. Me encantan las rubias naturales de tetas grandes y caderas anchas. Son una exquisitez en Japón. Tanto como la carne de ballena.

—Desde luego. Habrá que preguntarle a la vieja Fumiko dónde la ha conseguido.

Los tipos se echaron a reír, y a mí me inundó una rabia por dentro que amenazaba con desbordarse. Traté de controlar la respiración. «Aguanta», me repetía a mí misma, la vista centrada en el techo, mientras la presencia invasora de los palillos se acercaba a la bandeja humana en que se había convertido mi cuerpo. Por suerte, no podían tocarme ni tampoco interactuar conmigo, y conforme avanzó la noche, logré evadirme. La sensación de estar envuelta en una membrana invisible que amortiguaba los ruidos se fue intensificando; las voces, las risas, los vasos chocando unos con otros, las mandíbulas masticando, todo sonaba lejano e irreal, como envasado al vacío. De todos modos, no habría sacado nada en claro de esos tipos que solo parecían interesados en hablar de líos extramatrimoniales, una terapia de alargamiento de pene supuestamente milagrosa o la liga de béisbol japonesa.

La sesión terminó al cabo de unas horas. «No pienso volver a comer sushi en mi vida», pensé, mientras me metía en la ducha. Bajo el chorro de agua tibia, me froté todo el cuerpo con limón para eliminar el olor a pescado, tal como me habían aconsejado. No obstante, por más fuerte que frotara, no conseguía deshacerme de la costra de suciedad profunda e invisible que tenía adherida a la piel. ¿Valía la pena pasar por una experiencia tan degradante solo para intentar conseguir información? Continuaba haciéndome la misma pregunta sin hallar una respuesta satisfactoria cuando la propietaria del local apareció en el vestuario y me puso en la mano un sobre con setenta mil yenes. No quería el dinero, la mera idea de tocarlo me provocaba rechazo; claro que, si no lo aceptaba, todo aquello habría sido en vano. Así las cosas, me tragué mis principios y me guardé el sobre en el bolso. Al menos, hasta que decidiera qué hacer con él. Entonces, la mujer me dijo que esperaba contar conmigo para la reserva de la noche siguiente.

—*Very imporutantu customer* —apostilló.

Y tuve una corazonada.

10

Estaba convencida de que se trataría de algún yakuza. Con un poco de suerte, quizá incluso fuera un miembro del Suginami-rengō. Lo que no me imaginaba era que ese cliente tan importante sería el mismísimo Sato Hattori, jefe del segundo grupo criminal más poderoso de Japón y enemigo público número uno de Ren Hosokawa. Cuando el hombre apareció, una sensación de peligro me invadió por completo. Había algo oscuro en su aura, la clase de oscuridad de la gente que no tiene miedo a nada. Rondaría los sesenta. Era delgado, tanto que los pómulos se le marcaban de un modo intimidante. Tenía el pelo blanco, perfectamente peinado hacia atrás, vestía un traje de raya diplomática y olía a humo de puro. Lo acompañaban otros tres. Dos de ellos se apostaron junto a las puertas correderas; parecían escoltas. El tercero se sentó frente a Hattori. Llevaba las típicas gafas de cristales ahumados de los mafiosos japoneses, una permanente de rizos apretados, camisa de cuello rígido y una ostentosa cadena de oro que centelleaba cada vez que se movía.

Hattori le sirvió un vaso de sake y se lo ofreció por encima de mi cuerpo.

—Te agradezco mucho que hayas venido con tan poco tiempo de margen, Toshiro. Dime, ¿cómo están las cosas por allí abajo?

—Ya sabes, como siempre. Nos las arreglamos. Quizá los de Kansai no tengamos los modales refinados de vosotros, los de Kantō, pero tenemos la polla bastante más grande —aseguró, haciendo un gesto vulgar con la mano. Arrastraba las erres al hablar, igual que los malos de las películas. Su acento era distinto.

—Eso habría que verlo —murmuró Hattori. A continuación, alzó su vaso y exclamó—: *Kanpai!*

El hombre llamado Toshiro lo imitó. Bebió un trago largo, dejó escapar una nada elegante exhalación de placer y posó el vaso con gran estruendo sobre la mesa. Todo ello en una rápida progresión: trago, exhalación, vaso.

No eran hombres de modales refinados.

—Bueno, amigo mío. ¿Para qué me has hecho venir a Tokio? Supongo que no habrá sido solo para agasajarme, ¿verdad? No es que en Osaka no tengamos diversión —dijo, a la vez que tomaba una pieza de *sashimi* de entre mis pechos.

Me sentí profanada, como si los palillos fueran la extensión de unos dedos que me tocaban sin mi consentimiento. Pero no podía permitir que mi cuerpo me traicionase. Esa reunión iba a cambiar el rumbo de la investigación, lo intuía. Y nada, ni siquiera el rechazo que me provocaban aquellos tipos, me haría flaquear. Esa noche, en ese lugar, notaba la puñalada del presentimiento, de la corazonada.

Una mueca de sonrisa afloró en los labios de Sato Hattori, brillantes de sake.

—Supones bien. Quiero hacerte una propuesta. Una alianza secreta entre nuestras familias.

—¿Una alianza secreta? —repitió Toshiro incrédulo, sin dejar de masticar—. Se la jugaste a Hosokawa, Sato. No eres de fiar.

—Entonces ¿a qué cojones has venido? —contraatacó.

Era una pregunta retórica, obviamente.

Toshiro emitió un gruñido exasperado y lo señaló con los palillos, un gesto desaconsejado en la etiqueta por considerarse de mala educación.

—Habla, maldita sea. Antes de que me arrepienta.

Sato Hattori rellenó los vasos de sake.

—La situación en Tokio se ha vuelto insostenible y temo que acabe estallándonos en la cara —comenzó a relatar—. Desde la escisión, mis hombres y yo nos hemos visto obligados a actuar en todo momento con la máxima cautela para no chocar con... la organización matriz —dijo con desdén—. Y ya sabes lo delicado que puede llegar a ser el equilibrio. Últimamente, hasta tengo que dormir con el móvil pegado a la almohada.

—Por culpa de quién, ¿eh? ¿Quién ha desestabilizado las cosas?

—Pero ¿qué coño dices? Te recuerdo que Hosokawa intentó matarme.

—Porque tú lo jodiste primero a él. Ahora, ten pelotas para asumir las consecuencias.

—*Orra!* —vociferó, golpeando la mesa lo bastante fuerte como para que sintiera vibrar hasta la última fibra de mi cuerpo. Luego, exhaló y se atusó unos mechones que se le habían separado del resto de su espesa cabellera blanca—. Nuestros clanes deben unir fuerzas para neutralizar a los indeseables que nos han puesto en el punto de mira de la policía. A este paso, pronto tendremos cada uno a un puto *marubō*[12] metido por el culo. Y eso no es lo peor: si no hacemos algo, Hosokawa seguirá arrinconándonos hasta que nos convirtamos en residuos; matones de poca monta a cargo de burdeles baratos, menudeo y timbas ilegales. ¿Es eso lo que quieres, To-

12 Agente de policía especializado en la persecución de grupos violentos.

shiro? ¿Pasar por semejante vergüenza? —El de Osaka me miró de reojo y enseguida volvió a mirar a su interlocutor—. Bah, no te preocupes por ella. El diablo puede adoptar formas muy agradables, pero te aseguro que esta zorra extranjera ni siquiera entiende nuestra lengua.

Había pronunciado la palabra «extranjera» con un desdén al que empezaba a acostumbrarme. Noté que se me disparaba el pulso. El corazón me latía con tanta fuerza que por un momento temí que se oyera desde fuera. No podía delatarme. Si lo hacía, estaba muerta.

—¿Cuál es tu plan? ¿Vas a cargarte a Hosokawa por fin? No me necesitas para pegarle un tiro en la nuca, Sato.

—Si quisiera cargármelo, lo habría hecho hace tres años, cuando mandó que me acuchillaran, ¿no te parece? No. Por mucho que me apetezca ver a ese soplapollas bajo tierra, no puedo arriesgarme a enviar el mensaje equivocado. Y, de todas maneras, nunca me ha gustado mancharme las manos de sangre. Hay que dejar el despiece de carne para los carniceros, amigo mío.

—Entonces ¿qué tienes en mente?

—Sé de buena tinta que los beneficios derivados de sus actividades en el extranjero se han multiplicado en el último año. Y también sé por qué. Quiero darle donde más le duele.

—¿Cómo? ¿Vas a contratar a un *sōkaiya*[13] que le joda la reputación?

Hattori negó con la cabeza.

—Mejor aún. Voy a sacar de la ecuación a Kaito Yamada. —Moví los dedos de los pies de forma inconsciente. Por suerte, ninguno de los dos se percató—. Así que, cuando las cosas se pongan feas, quiero que tú y tu gente nos respaldéis. Será

---

13 El término hace referencia a un tipo especial de práctica mafiosa que tiene como objetivo chantajear y extorsionar a grandes empresas y corporaciones, bajo la amenaza de desvelar secretos administrativos o hacer correr falsos rumores para dañar su imagen pública.

más difícil para Hosokawa tomar represalias contra dos familias que contra una. Y, desde luego, el marcaje policial será mucho más complicado, sobre todo ahora que Tokio se prepara para las Olimpiadas.

—Lo que dices parece sensato. ¿Qué gano yo a cambio?

Silencio.

—Corea del Norte. Tendrás línea directa con mi contacto en Pionyang y nos repartiremos el pastel. El setenta y cinco por ciento de las ganancias para mí y el veinticinco restante para ti.

—No me jodas, Sato. Cincuenta y cincuenta. O ya te pueden ir dando por el culo a base de bien, ¿me has oído?

Casi al mismo tiempo que las palabras salían de la boca de Toshiro, uno de los hombres que custodiaban la puerta hizo un amago de desenfundar la pistola, oculta bajo la chaqueta. Temblé. En mis treinta y cuatro años de vida, jamás había visto una de cerca, y eso que había nacido en el único país del mundo con más armas que habitantes. Por el bien de todos, Hattori alzó la mano en un gesto disuasorio que sirvió para que su perro guardián se relajara al instante.

—De acuerdo —concedió, entre exhalaciones—. Que así sea.

—En ese caso, cuenta conmigo.

Y dicho esto, sellaron el trato con un apretón de manos por encima de mi cuerpo trémulo. Hay cierto tipo de negocios que solo pueden cerrarse con el contacto físico, incluso en Japón.

—Llama al Samurái. Dile que se prepare —dijo entonces Hattori, dirigiéndose de nuevo a su escolta. Este inclinó la cabeza en una reverencia.

Después, los cuatro abandonaron la sala. Y yo, que me había olvidado de respirar durante los últimos segundos, me obligué a mí misma a tomar conciencia del aire que me entraba y me salía limpiamente por la nariz.

11

—A ver si lo he entendido bien —dijo Eugene Compton desde su despacho en la redacción del *Washington Post*. Su imagen nítida ocupaba casi toda la pantalla del portátil. Parecía agotado—. Por un lado, tenemos a Sato Hattori, la quintaesencia de la Yakuza más tradicional, y por otro, a Ren Hosokawa, que representa la modernización de la mafia japonesa. El primero está conspirando contra el segundo, y para eso necesita el apoyo de... ¿cómo se llamaba el tercero en discordia?

—Toshiro —respondí—. Toshiro Takeda. Es el jefe del clan Suita-kai con base en Osaka, aunque su influencia se extiende por toda la región de Kansai. Es la tercera organización criminal más poderosa del país.

Compton resopló y se pasó las manos por el pelo, lo cual no mejoró en nada su aspecto.

—Jesús, menudo lío. Vale. Parece que Hattori cuenta con información sensible sobre los negocios de Hosokawa, en los que Kaito Yamada estaría implicado de algún modo. Así que decide cargarse a nuestro hombre para, primero —enumeró, presionando con el índice derecho sobre la yema del izquierdo—, vengarse del intento de asesinato y, segundo, desestabilizar a su enemigo. Un tipo listo, ese Hattori. Y rencoroso de cojones.

—Bueno, lo que dijo en realidad fue que iba a sacar a Yamada de la ecuación. Sin especificar cómo —maticé.

Un resuello sarcástico brotó de la garganta de mi jefe.

—Nunca he sido un hacha en matemáticas, pero la lógica me dice que sacar un elemento de una ecuación significa literalmente eliminarlo. En fin... —Sacudió la mano, dando a entender que quería pasar a otra cosa—. Dices que Hattori ofreció a Takeda entrar en el negocio de Corea del Norte. ¿Cuál es la relación de la Yakuza con los norcoreanos?

—La Oficina 39.

Observé que varios estados diferentes cruzaron el rostro de mi interlocutor en un lapso muy breve de tiempo, como las sombras de las nubes que se desplazan deprisa. De la incredulidad pasó al asombro y del asombro, a la estupefacción.

—¿La agencia secreta del Gobierno de Pionyang que se encarga de generar divisas para financiar al régimen? —Asentí y Compton silbó impresionado—. Vaya, esto se pone cada vez más interesante.

—Según un informe de la CIA, y cito textualmente —dije, y desvié la vista de la pantalla para consultar mis anotaciones—, «una oficina creada en 1974 por Kim Jong-il y asumida por su hijo Kim Jong-un a partir de 2011 que provee apoyo fundamental para el liderazgo norcoreano mediante actividades económicas ilícitas y el manejo de fondos en negro». —Volví a mirar a mi jefe, que me escuchaba con atención—. Langley estima que recaudan entre quinientos y dos mil millones de dólares al año.

—Eso es mucha pasta para un país con sanciones internacionales. ¿De qué tipo de actividades ilícitas estaríamos hablando?

—Falsificación de moneda y producción de *shabu*, la metanfetamina de Asia. Japón es su mercado más lucrativo y la Yakuza, su principal intermediario. He estado investigando, Eugene. Se supone que los negocios entre Pionyang y el crimen organizado terminaron en 2007, cuando la policía decomisó un carguero norcoreano en el puerto de Hososhima. Pero mi fuente no dice lo mismo. Hattori tiene el monopolio de la distribución de la droga. De hecho, es bastante probable que las desavenencias entre Hosokawa y él se hubieran originado por eso.

—Ya, pues espero que don Garganta Profunda sea de fiar.

Takehiro Fujimoto era de fiar, no me cabía ninguna duda. De alguna manera, se las había arreglado para extraer un buen volumen de información de la base de datos de la comisaría de Shibuya, guardarla en una memoria USB y deslizármela con discreción sobre la mesa de la cafetería donde quedamos en vernos, dos días después del encuentro entre Hattori y Takeda. Cuando le pregunté cómo lo había hecho, el expolicía se limitó a responder que alguien le debía un favor. Era demasiado arriesgado. Aun así, me ayudaba porque creía que ningún medio nacional se atrevería a sacar a la luz los trapos sucios de Kaito Yamada. «La prensa japonesa es la más sumisa del mundo. Si le pide a un periodista que investigue un asunto que se salga de los clubes *kisha*[14] patrocinados por el Gobierno y sus amigos empresarios, es probable que le cierren el chiringuito. Es como luchar contra los *yūrei* o contra cualquier otra criatura fantástica», adujo. No obstante, en su cruzada personal para erradicar la corrupción de la superestructura social, también había espacio para la preocupación. «No sé qué ha oído ni dónde y tampoco sé si quiero saberlo, pero le aconsejo que se ande con mucho cuidado. Ya le dije que esa gente es peligrosa, Kobayashi-san. La mayoría de los yakuzas respetan a los civiles; Sato Hattori, en cambio, tiene fama de

[14] Asociación de reporteros de medios específicos con permiso para asistir a las conferencias de prensa de las fuentes gubernamentales, autoridades locales u organismos corporativos.

dejar tierra quemada a su paso. Si la descubre, la arrastrará hasta los montes de Okutama en mitad de la noche, le pegará un tiro y la enterrará en una zanja».

Un escalofrío me recorrió la espalda al recordar la advertencia de Fujimoto.

—¿Has averiguado algo sobre ese tal Samurái? —preguntó Compton entonces, lo que hizo que regresara al presente.

—No mucho. Apenas hay información contrastada sobre el sujeto. Por lo visto, es uno de los hombres más misteriosos del submundo del hampa. Aunque corren muchas historias acerca de su apodo.

Unos decían que era un asesino despiadado que rebanaba a sus víctimas con una catana; otros, que era cuarto *dan* de kendo, un arte marcial considerado el heredero directo de la esgrima japonesa clásica. Algunos incluso afirmaban que tenía cicatrices en los lóbulos de las orejas a causa de los golpes recibidos con el sable de bambú durante la práctica de dicha disciplina; por lo visto, no le gustaba ponerse las prendas protectoras reglamentarias para entrenar. Nadie parecía saber nada de su pasado, ni cómo se llamaba en realidad. No figuraba en ningún registro policial. Pero si en algo coincidía todo el mundo era en su lealtad inquebrantable hacia Sato Hattori.

Eugene Compton tamborileaba con los dedos en la mesa igual que si tocara una melodía vertiginosa en el piano. Su mirada desprendía esa especie de fuego frío que solía asaltarlo cuando olía a pólvora, a noticia.

—Todo esto parece sacado de una novela de Tom Clancy. —Sacudió la cabeza con una sonrisa ausente—. Aunque debo admitir que estás haciendo un gran trabajo, al más puro estilo Bernstein y Woodward. Lo de hacerte pasar por australiana para colarte en ese sitio ha sido digno de un auténtico periodista de investigación. No me he equivocado contigo, Kobayashi. Sabes dónde dar con la información y cómo usarla, y ese es el secreto del éxito en nuestro oficio.

—Gracias, Eugene. Significa mucho para mí.

—Deja los agradecimientos para tus amiguitos los japos. Si quieres que te sea sincero, dudo mucho que Lamar Choi hubiera tenido agallas para hacer algo así.

—Y yo dudo que esos yakuzas hubieran querido comer sushi de su cuerpo desnudo —dije, imitando el acento australiano.

Ambos reímos. La conversación languideció por unos instantes; Compton la reanudó enseguida.

—Bueno, te diré lo que quiero que hagas ahora: quiero que tires del hilo de Corea del Norte. Continúa investigando por esa línea, ¿de acuerdo? —Asentí con determinación—. Es posible que la clave de la rivalidad entre los dos clanes esté ahí, en los negocios de Hattori con Pionyang, y quizá eso nos acabe llevando de alguna forma hasta Yamada. —Pausa—. ¿En qué estás pensando?

—Podría tratar de buscar al Samurái —sugerí, ante la mirada perpleja de Compton—. ¿Qué? No es tan descabellado. Si es cierto que es la sombra de Hattori desde hace tres años, sabrá muchas cosas. Tal vez le interese contármelas. Para perjudicar a Hosokawa —puntualicé.

—Sí, claro. O tal vez le interese más clavarte la catana en el estómago, sacarte las tripas y llevárselas a su querido jefe de recuerdo. Por el amor de Dios, Mia. Una cosa es hacerte pasar por modelo de sushi corporal y otra, meterte en la puñetera boca del lobo tú solita. Ese tipo es un sicario, un profesional. Y lo más probable es que también sea el ejecutor de Kaito Yamada.

—No tenemos pruebas de eso, Eugene. Si me dejas intentarlo…

—Olvídalo, ni hablar. Busca una fuente alternativa como sea, pero ni se te ocurra ir tras él. ¿Entendido?

Suspiré.

—Entendido.

Fin de la videollamada.

12

El Glass Geisha era uno de los pocos *hostess clubs* apartado del histrionismo de Kabukichō. Estaba situado en Golden Gai, un pequeño laberinto de seis callejones al este del barrio rojo donde se concentra un ramillete de minúsculos locales nocturnos. El ambiente era oscuro, apenas iluminado por los rótulos luminosos de los establecimientos y las farolas colgantes. Daba la impresión de estar adentrándose en el Tokio de los años cincuenta, con sus callejuelas estrechas y sus edificios de dos pisos que albergaban todo tipo de tugurios en los que beber y fumar sin límite: bares musicales, salones de *mahjong* o casas de té con la entrada cubierta de hiedra; evasión para los tokiotas que buscaban liberarse de las preocupaciones de la vida diaria. De hecho, el «distrito dorado» surgió precisamente durante la posguerra como un mercado negro que ofrecía ocio adulto por las noches y todavía hoy conserva algo de la atmósfera de aquel entonces.

Cuando llegué al lugar de encuentro, Utsuki Watanabe se bajó las gafas hasta la punta de la nariz y me contempló boquiabierto, como si fuera testigo de una visión mágica.

—Caramba, Kobayashi-san... Está usted... imponente —atinó a decir—. ¿No prefiere que nos olvidemos de este asunto y vayamos a pasarlo bien a algún karaoke?

Para la ocasión, me había comprado un vestido negro ajustado y unos zapatos de tacón muy distintos de mi estilo informal. Según los japoneses, trae mala suerte estrenar calzado por la noche, pero la alternativa eran unas sandalias que no combinaban con aquella ropa, así que preferí arriesgarme.

—Déjese de tonterías y dígame que tiene un plan.

Watanabe torció el gesto en una sonrisa.

—Tengo un plan.

La idea de husmear en el Fuurinkaikan, el gigantesco edificio de Shinjuku donde se decía que se concentraban muchos yakuzas, era absurda. Por eso había recurrido a Watanabe, que tenía amigos hasta en el infierno. «Deme un día o dos y averiguaré dónde buscar a alguien del Suginami-rengō». Uno de sus múltiples contactos en los bajos fondos le había hablado de un tal Keisuke Matsumoto. No era uno de los pesos pesados del clan, pero acudía al Glass Geisha varias veces por semana. La *mama-san* del club pagaba a la organización el preceptivo impuesto obligatorio a cambio de protección y chicas nuevas que reclutaban por ahí; al parecer, Matsumoto velaba por el cumplimiento de las «normas de la casa» en el establecimiento, uno de los muchos controlados por la red de Sato Hattori. De manera que decidimos plantarnos allí. No teníamos ninguna garantía de que nos saliera bien la jugada; de hecho, si pensábamos en ello como en un cuerpo humano, era como tratar de llegar a la cabeza a través de los talones. Pero había que intentarlo costara lo que costase.

—Soy toda oídos.

Mi colega me dejó claro desde el principio que sería yo quien corriera con los gastos derivados de la investigación. «Y le garantizo que no serán pocos. Seguramente habrá que motivar a los porteros para que pasen por alto su condición de *gaijin* y la dejen entrar al club. Arréglese y traiga efectivo». Así pues, había encontrado una forma de invertir lo ganado en el *nyotaimori* sin que me pesara en la conciencia. O no demasiado.

—Usted tenga el dinero a mano, solo por si acaso. Yo me encargo del resto.

La entrada al Glass Geisha estaba flanqueada por dos nigerianos como dos armarios, lo habitual en muchos locales del *mizu shōbai*. Me examinaron con reticencia; sin embargo, al darse cuenta del incentivo que les ofrecía, cambiaron la expresión e hicieron una reverencia. Uno de ellos abrió las puertas dobles del club; el otro murmuró algo en un micro oculto bajo la solapa de su chaqueta. A continuación, bajamos unas escaleras hasta un vestíbulo de aire rococó donde nos recibió la *mama-san*, *irasshaimase*, *haitte kudasai*, que nos acompañó a la sala principal. Araña de cristal en el techo, unos cuantos sofás para conversaciones más íntimas, un camarero con chaleco detrás de la barra, muebles tapizados de terciopelo y una iluminación tan tenue que las velas de las mesas parecían focos. Habría una docena, todas ocupadas. Conté una cubeta de hielo, un cenicero, una botella de whisky o algún otro licor, una jarra de agua y al menos un par de vasos en cada una de ellas. Al fondo, sobre un pequeño escenario, una pelirroja muy llamativa cantaba *La vie en rose* con una voz que sonaba igual que un ronroneo.

—Watanabe-san, ¿cuál es exactamente la función de estas chicas? —pregunté con discreción, de camino a la barra.

—Digamos que son geishas modernas. Hablan con los clientes, les encienden los cigarrillos, les sirven la bebida... Su cometido es entretenerlos y hacer que se sientan especiales para que pasen el mayor tiempo posible en el club invitándolas a copas. Como contrapartida, deben tratar de no emborracharse o excusarse cada dos por tres para ir al retrete a vomitar el alcohol.

—Qué horror. Debe de ser extenuante —murmuré—. ¿Y tienen que...?

—¿Acostarse con los clientes? Ni mucho menos. La prostitución es ilegal en Japón. Solo si incluye penetración, claro

—especificó—. De todos modos, siempre se puede llegar a algún tipo de acuerdo si las dos partes lo consienten o... si la chica en cuestión se siente presionada.

Resoplé asqueada. Cuanto más me adentraba en las entrañas de Tokio, más rápido se desvanecía esa visión impoluta que me había construido de la ciudad natal de mi padre. En la urbe de las contradicciones por antonomasia, parecía que la belleza y la devastación fueran de la mano a menudo.

Al llegar a la barra, Watanabe sugirió que nos separásemos.

—No creo que sea muy conveniente que nos vean juntos, podríamos levantar sospechas. Usted quédese aquí y mantenga los ojos bien abiertos; yo iré a echar un vistazo. Si ve algo que le llame la atención, no haga nada. Envíeme un mensaje de texto y vendré volando, ¿de acuerdo? En cuanto al dinero, será mejor que me ocupe yo de administrarlo. —Hizo un gesto con la mano que parecía significar «traiga para acá ese fajo de billetes»—. Ya sabe, en caso de que me vea en la obligación de sobornar a alguien para sacarle información.

Tenía que estar de broma.

—¿Cómo espera que encuentre a Matsumoto entonces? Si me quedo aquí sentada sin hacer nada, lo más probable es que me confundan con una de esas chicas.

—Bueno —dijo, se recolocó las gafas y arrugó los labios con aire reflexivo—, a lo mejor es lo más conveniente, dadas las circunstancias.

Negué de forma categórica.

—Ni lo sueñe. Ya he tenido bastante con el *nyotaimori*.

Watanabe se encogió de hombros.

—Pues tómese una copa y observe. Al fin y al cabo, es lo que hacemos los periodistas, ¿no?

—Si usted lo dice...

Cuando desapareció de mi campo visual, pedí un whisky con soda que me sirvieron enseguida, acompañado de un bol de tiras de calamar seco. Mientras me lo tomaba, oteé el local, examinándolo todo y al mismo tiempo nada en particular. En una mesa, un cliente manoseaba a su acompañante mientras esta trataba de zafarse sin perder la sonrisa. En otra, la misma pelirroja que había cantado en el escenario descorchaba una botella de champán del caro. Dar con Matsumoto no iba a ser tarea fácil. Por lo que a mí respectaba, todos los tipos parecían iguales: groseros, ruidosos, mal vestidos, con un claro desconocimiento de los límites y una intimidante aura de violencia; cualquiera podría ser un yakuza. A decir verdad, no me sentía cómoda en ese lugar. Solo esperaba que mi colega aprovechara bien sus recursos y consiguiera una identificación positiva lo antes posible.

Suspiré.

Entonces, me fijé en el hombre al otro lado de la barra. Estaba solo, la vista en su vaso de cristal, que hacía girar entre unas manos grandes y bonitas, de huesos finos, aunque muy masculinas, con aire ausente. ¿Quién era? ¿Un cliente? Lo dudaba. Algo me decía que no debía observarlo con tanto detenimiento; sin embargo, me descubrí incapaz de apartar la mirada de él. Tenía el pelo liso, en un corte escalado a la altura de la nuca, tan negro que brillaba bajo la luz de las lámparas halógenas, y un rostro de rasgos simétricos y afilados. La mandíbula, los pómulos, la nariz, la boca, la nuez que se le desplazaba en la garganta con cada trago. Parecía irradiar un calor controlado, un calor que me alcanzaba sin que pudiera tocarlo. De pronto, alzó la cabeza y sus pupilas oscuras se clavaron en las mías como dos puñales. Me escrutó con ojos fijos, unos ojos tan rasgados que parecían trazos de *shodō.*[15] La música, el humo y, sobre todo, su forma de analizarme —nada habitual en Japón, donde las miradas entre desconocidos se deslizan igual de rápido que una puerta corredera de papel— me saturaban los sentidos. Tal vez por eso noté una

[15] Caligrafía japonesa.

presión en los hombros, más frágiles de lo habitual. Extrañamente, la presión se incrementó cuando un grupo de personas se interpuso entre nosotros, lo que me impedía verlo desde mi posición. La barra se despejó al cabo de unos minutos que me resultaron eternos, pero él ya no estaba.

Se había marchado.

Lo que ocurrió a continuación no fue meditado, sino fruto de un impulso incontrolable que ni siquiera yo comprendía. Lo busqué con la mirada por todo el club hasta que lo divisé yendo a la salida, así que desoí las instrucciones de Watanabe y fui tras él. Alguien intentó pararme en el camino, un cliente que debía de haberme confundido con una chica de compañía, supongo, pero logré zafarme de él y continuar hacia la puerta.

En la calle no había ni rastro de aquel tipo misterioso. Era como si se lo hubiera tragado la tierra.

—¿Han visto salir a un hombre ahora mismo? —pregunté a los porteros—. Moreno, con el pelo más o menos por debajo de las orejas —expuse, y lo ilustré con un gesto—; camisa blanca y americana negra.

—No. Nosotros nunca vemos ni oímos nada —respondió uno, con un acento africano muy marcado, sin mirarme a la cara.

Resoplé frustrada. «Claro, cómo no». Decidí probar suerte en uno de los callejones adyacentes, pero estaba demasiado oscuro y no me daba muy buena espina, de modo que di media vuelta con la intención de salir de aquella ratonera. Dos tipos con pinta de pandilleros aparecieron de repente y me acorralaron. El sonido de mi propio latido comenzó a martillearme en los oídos. Aquello no auguraba nada bueno.

—¿Te has perdido, guapa? —preguntó uno—. ¿Buscas compañía?

Intenté mantener la calma para que no percibieran que estaba asustada. Era lo más inteligente en esa situación.

—No, gracias. Solo estoy buscando la salida.

—Será mejor que vengas con nosotros. Nunca se sabe lo que puede pasar —agregó el otro, en un tono espeluznante que remató con una horrible sonrisa de depredador.

Tragué saliva con esfuerzo. Debía salir de allí como fuera.

—No hace falta, de verdad. Mi amigo me está esperando aquí al lado —repliqué, sin poder evitar que mi voz sonara angustiada.

Di un paso hacia atrás.

Y otro.

Y otro más.

—Vamos, no te hagas la estrecha —dijo el de la sonrisa de depredador, al tiempo que recortaba la distancia que nos separaba—. Si lo estás deseando. Sois todas iguales. Decís que no, pero en realidad queréis decir que sí.

Dio un paso hacia delante.

Y otro.

Y otro más.

Cuando noté su asqueroso aliento a cerveza barata, me armé de valor y le escupí en la cara. Ni siquiera supe de dónde había salido eso. Tal vez fuera instinto de supervivencia. O tal vez una temeridad.

—Pero ¡serás zorra! —exclamó, perplejo, mientras se limpiaba la saliva con la mano—. ¡Te vas a enterar! ¡Yo te enseñaré lo que es bueno, maldita *gaijin*! ¡Tú! ¡Cógela por detrás, que no se escape! —le ordenó a su compinche.

El segundo en discordia vino a por mí. No le costó inmovilizarme.

—¡Suéltame! —grité, forcejeando.

—¡Estate quietecita!

Creí que me iban a golpear o algo mucho peor. Una sensación de pánico se me introdujo por las suelas y me trepó hasta las sienes, que palpitaban sin control. «Puñeteros zapatos nuevos, me habéis traído mala suerte de verdad». De pronto, vi que unos brazos enfundados en una americana negra irrumpían en la penumbra y apresaban por el cuello a mi atacante. Este intentó oponer resistencia, aunque fue en vano. El otro se quedó inmóvil, anclado al suelo, las manos alzadas en son de paz, el rostro deformado en una mueca de estupor.

Parecía que hubiera visto a un fantasma.

—Si agarras a alguien por la cabeza, mandarlo al otro barrio es una mera cuestión de ángulo y velocidad. Solo hay que aplicar la fuerza adecuada en el momento de torcer el cuello —relató, con una calma arrolladora. Tenía una voz profunda, áspera y dulce a la vez. Un desagradable gorgoteo brotó de la garganta de su presa, que pataleaba para soltarse del abrazo letal—. No se trata así a una dama. Volved a hacerlo y me aseguraré de que no lo contéis. ¿Queda claro?

—S-sí... —murmuró con dificultad.

—No te oigo.

—¡He dic-cho q-que s-sí, j-joder!

Solo entonces lo soltó. El tipo, que respiraba con mucha dificultad, se llevó las manos a la garganta entre jadeos de angustia.

—Largo de aquí, escoria.

No hizo falta una palabra más. Los dos pandilleros echaron a correr callejón abajo con el miedo escrito en la cara. Desde luego, sabían que ese hombre, fuera quien fuese, no se andaba con chiquitas. Yo, en cambio, permanecí donde estaba. Aturdida, nerviosa, temblando como un junco solitario. Si hubiera podido silenciar mi pulso de alguna manera, lo habría hecho en ese preciso instante. Cuando mi salvador se aproximó, su rostro de piel brillante como el jade apareció de entre las sombras. Era él. El hombre del club. De cerca, su mirada resultaba aún más penetrante, más intensa, y ese par de ojos afilados me atravesaron el alma; parecía que estuvieran viendo a través de mí.

—¿Estás bien? —me preguntó.

Tuve que alzar la barbilla para dirigirme a él en igualdad de condiciones. Era muy alto, mediría alrededor de metro ochenta y cinco, lo que superaba con creces la estatura media japonesa.

—Sí, gracias. Y gracias también por quitármelos de encima. No sé lo que habría pasado si no hubieras aparecido a tiempo.

Me observó sin parpadear, con una neutralidad letal en el rostro.

—No es aconsejable que una mujer ande sola por un callejón de noche.

Dejé escapar un resuello de indignación.

—¿Debería sentirme insultada?

—No, pero lo haces.

—Ya, bueno. Tal vez esté un poco cansada de que los hombres pongan el foco sobre nosotras para justificar su conducta.

Quizá hubiera sido demasiado brusca con él, teniendo en cuenta que acababa de impedir que me agredieran. Pese a ello, descubrí un asomo de indulgencia entre dos parpadeos. Esbozó una leve sonrisa, y un par de hoyuelos le dulcificaron la expresión. Mostraba un anormal dominio de sí mismo, una serenidad que casi resultaba condescendiente y una seguridad que rozaba la arrogancia.

—Lo tendré en cuenta la próxima vez.

—No habrá próxima vez.

—Mejor. Y ahora, vete a casa.

El sentido común me decía que debía hacerle caso; sin embargo, hasta la última fibra de mi cuerpo se empeñó en que me quedara donde estaba.

Antes de que girase sobre los talones, lo agarré de la manga.

—Espera.

Volvió la cabeza despacio. Clavó la vista en la mano temblorosa que lo sujetaba del antebrazo y después me miró a los ojos en una lenta progresión. Noté la tensión justo en el centro del pecho. Lo solté. Puede que no utilizara un tono amenazante. Que no arrastrara las erres al hablar como los malos de las películas. Que no le faltara ningún dedo. Salvo por el traje negro, aquel hombre ni siquiera parecía un yakuza. Solo que, definitivamente, lo era. Uno muy peligroso, a juzgar por cómo habían huido despavoridos ese par de matones. Aun así, lo que sentí en ese momento distaba mucho de parecerse al miedo.

Me aclaré la garganta y dije:

—Estoy buscando a alguien. Se llama Keisuke Matsumoto. Tal vez lo conozcas o sepas dónde puedo encontrarlo.

El hombre se limitó a dedicarme una caída de párpados fría y calculada, y de la misma forma fría y calculada, se encendió un cigarrillo. En la penumbra, la llama de su mechero plateado le iluminó la cara. Frunció el ceño al aspirar la primera calada, apretó los labios, hundió las mejillas. Luego, exhaló el humo poco a poco, el pitillo entre el índice y el pulgar, igual que los tipos duros.

—¿Cómo te llamas?

—Mia.

—Mia qué más.

—Kobayashi.

Por alguna razón, me sentí obligada a decirle la verdad, aunque en el fondo intuyera que, con aquella imprudencia, me estaba asomando a un abismo.

—¿Y para qué buscas a Matsumoto?

—Así que lo conoces —determiné. Yo le había dado una verdad y él me había dado otra.

—Soy yo quien hace las preguntas aquí —zanjó, sin perder el aplomo que había mostrado hasta entonces.

—Necesito hablar con él. Es importante. ¿Puedes decirme dónde encontrarlo, por favor?

Un silencio frágil, cargado de miradas tensas, se acomodó entre nosotros. Vi cómo se le contraía un músculo de la mandíbula. Fue un movimiento sutil, casi imperceptible, pero me bastó para entender que algo oscuro se le había desplegado por dentro.

—Vete a casa, Mia Kobayashi. Este no es lugar para ti —sentenció.

Y después, la noche se tragó su silueta espigada como si nunca hubiera existido. No reaccioné hasta que me di cuenta de que el móvil me vibraba dentro del bolso. Era Watanabe.

La tensión se disipó de golpe.

13

Los neones transformaban las calles de Shinjuku en un gigantesco caleidoscopio que el alba se encargaría de disolver en unas pocas horas. Un espectáculo fascinante al que, no obstante, comenzaba a acostumbrarme.

—Si Fujimoto se entera de que la he llevado a un club de chicas de compañía y que, encima, la he perdido de vista, me arrancará las pelotas y hará brochetas *yakitori* con ellas —se lamentó Watanabe, camino a la estación. Acto seguido levantó las manos, como si hubiese dicho algo innecesario.

—Descuide. No tengo ninguna intención de preocupar a Fujimoto-san con nuestra aventura nocturna.

Watanabe exhaló.

—Siento mucho lo que ha pasado, Kobayashi-san. Pero si me hubiera hecho caso y se hubiera quedado sentada en la barra del Glass Geisha, esos dos... —me reprendió, y apretó los labios como para retener en la garganta alguna palabra malsonante— no la habrían molestado.

Era el colmo.

—Yo no lo llamaría «molestar», sino «acosar». Y no es culpa mía que haya tipos por ahí que se crean con derecho a comportarse como animales depredadores cuando ven a una mujer sola —le rebatí, en un tono de censura—. En otras circunstancias, habría ido a la comisaría más cercana a poner una denuncia, pero, en fin, esto es Tokio, no Washington. Por suerte, ese hombre misterioso ha aparecido a tiempo y se ha encargado de ellos.

—Sí, claro, un yakuza. Me deja usted más tranquilo. —Siseó—. A propósito, ¿qué le ha dicho? ¿Algo de interés para la investigación?

«Mi nombre. Eso es lo que ha dicho», pensé. Al evocar cómo lo había pronunciado, con aquella voz serena que imponía respeto sin pedirlo, sentí un agradable estremecimiento. Paladeé la sensación. Era consciente de mi imprudencia, de lo torpe que había sido al dejarme llevar por una maraña de emociones confusas sin valorar el error que cometía diciéndole cómo me llamaba. Aun así, me gustaba cómo había sonado en sus labios. Claro que esos pensamientos eran de naturaleza privada.

Hice un gesto maquinal de negación.

—Nada en particular. De todas maneras, estoy convencida de que conoce a Keisuke Matsumoto.

—En cualquier caso, creo que no deberíamos volver a pisar el Glass Geisha. Yo tampoco he conseguido dar con Matsumoto, pero he estado sondeando a algunas empleadas del club y me temo que son muy reticentes a hablar; supongo que los esbirros de Hattori las tienen amenazadas.

—Entonces ¿qué vamos a hacer?

—No se preocupe, ya se me ocurrirá algo.

Nos separamos en la estación de Shinjuku. Watanabe vivía en Sengoku, al nordeste, cerca de los vestigios del viejo Tokio, una de las pocas zonas que sobrevivieron tanto al Gran Terremoto de Kantō de 1923 como a los bombardeos de la guerra, así que íbamos en direcciones opuestas. Antes de despedirse, me hizo prometerle que tomaría un taxi hasta la puerta de mi hotel en Asakusa. Sin embargo, en cuanto se perdió entre la masa de pasajeros que se apresuraban para no perder el último tren, experimenté una fuerte necesidad de dejar que las corrientes urbanas me llevaran donde quisieran. Eché a andar. Me dolía la cabeza; parecía que tuviera dentro una colmena abarrotada de abejas, zumbando todas a la vez. No quería pensar en nada, solo contemplar los millones de luces de aquella ciudad incapaz de permanecer a oscuras. El parpadeo rojo en los rascacielos como advertencia para los aviones que vuelan bajo; el histrionismo halógeno de las salas recreativas y los restaurantes de comida rápida; los fluorescentes de las máquinas expendedoras de bebidas; los faros de los taxis, trasladando de un extremo a otro los deseos ocultos tras la fachada de pulcritud, como una criatura que despierta al anochecer para mostrar su verdadera naturaleza. *Otōsan* solía decir que, como está dispuesta de forma orgánica, uno siempre acaba encontrando su camino en Tokio. Con todo, aquella noche, mientras caminaba, decidí que eran las luces las que definían su particular naturaleza. Más que la arquitectura, los sonidos o los aromas. También había penumbra, callejuelas apenas iluminadas por el haz amarillento de las farolas, tan separadas entre sí que las sombras se desvanecían sin dificultad en el espacio oscuro que quedaba en medio. En ese instante, me sentí como si me arrancaran físicamente de donde estaba y me devolvieran al callejón de Golden Gai. Una sacudida me recorrió entera con la agresividad de un zarpazo. Si ese hombre no hubiera aparecido... Pensé en su rostro, una composición hecha de líneas suaves y también brutales que, igual que Tokio, poseía cierto magnetismo animal. Era hermoso. Su piel, sus ojos, su pelo, la perfecta estructura ósea de su cara y hasta su maldita nuez eran hermosos. ¿Quién sería? ¿Cómo se llamaría? Su identidad poco importaba. No había ninguna duda de que era un yakuza. Y eso debería haber sido motivo suficiente para que me olvidara de él. Cuando el lobo enseña los colmillos, lo sensato es retroceder.

14

Había vuelto a hacerlo. Era la segunda vez en menos de veinticuatro horas que faltaba a mi palabra. No me sentía orgullosa, pues mi padre había pasado gran parte de su vida tratando de inculcarme la importancia de ser una persona que cumple. En la batalla entre el *giri*, el deber, y el *ninjō*, el sentimiento más visceral, la victoria debe ser para el primero. De lo contrario, uno puede caerse al pozo sin fondo del *haji*, la vergüenza, el deshonor. *Otōsan* opinaba que la palabra de una persona es tan valiosa como la suma de todas sus posesiones. Cuando alguien asegura que va a hacer algo, tiene el deber moral de hacerlo. Si no, estaría rompiendo un pacto tácito basado en la confianza, y la confianza es clave en cualquier relación, del tipo que sea. El problema es que, a veces, para cumplir con el deber hace falta romper ese pacto. En el periodismo pasa todo el tiempo; quizá por esa razón la profesión ande un tanto devaluada. A menudo, las fronteras entre el *giri* y el *haji* se mezclan hasta confundirse. El fin no siempre justifica los medios, claro, pero, en ocasiones, un periodista se ve en la obligación de sortear ciertos vericuetos morales para llegar al meollo de la cuestión. Se miente, se finge y se juega con la palabra hasta desvirtuarla para conseguir la verdad; qué paradójico. Los principios se vuelven laxos con facilidad cuando se someten al valor de una noticia. Seguramente, él no estaría de acuerdo con mis argumentos, lo cual no significa que no comprendiera las demandas de mi profesión. O de aquella historia en particular, del gran reto que suponía para mí tras el hundimiento de mi carrera, de la oportunidad que se me había presentado para reflotarla y demostrar que sí podía, que sí valía, que estaría a la altura.

En el fondo, sabía que estaba haciendo lo correcto.

Cuando Watanabe me llamó para avisarme de que esa noche no podríamos vernos, tal y como habíamos acordado, sentí que me encontraba frente a uno de esos momentos sagrados del periodismo de fronteras desdibujadas.

—Me han soplado que va a haber redadas en Kabukichō, y quiero estar en primera línea de fuego —me había dicho en el transcurso de la llamada telefónica—. Verá, circula el rumor de que los reporteros de *Jiji* redactamos las noticias solo después de leerlas en *Kyodo Press*, y estoy hasta las narices. ¡Con la de calle que han pisado mis pies! En fin, reanudaremos la investigación en cuanto se hayan calmado las aguas. Prométame que no irá usted sola por ahí, podría ser peligroso. Y, sobre todo, no se acerque al Glass Geisha.

—Se lo prometo.

Nada más colgar el teléfono, tuve claro que haría justo lo contrario de lo que me había pedido Watanabe. Debía ir a por todas. Como aún era temprano, fui a comprar un par de *onigiri*[16] a la tienda de conveniencia más cercana al hotel. Las engullí de vuelta en mi habitación, con un refresco del minibar, y después de darme una ducha, me arreglé. Esta vez, me decanté por un estilo informal apuntalado por unas sandalias planas, en caso de que volviera a verme en la necesidad

[16] Bolas de arroz.

de salir corriendo. Me estremecí. Pensar en lo sucedido la noche anterior significaba pensar en mi salvador. Pero debía centrarme. Solo volvía al Glass Geisha porque necesitaba dar con Keisuke Matsumoto, no porque esperase encontrarme con él.

No de forma consciente.

Eran más de las diez cuando me planté frente a la entrada del club, bajo una capa de falsa seguridad en mí misma que había ensayado delante del espejo. Traté de disimular la oleada de palpitaciones que podrían delatarme y encaré a los porteros con decisión.

—Buenas noches.

—¿Y tu amigo? —preguntó uno, devolviéndome una mirada de recelo—. ¿Hoy no viene contigo?

—No, hoy vengo yo sola.

—Pues no podemos dejarte pasar.

Medité mi respuesta unos segundos. Watanabe se había quedado con el dinero, así que no podría sobornarlos. Tenía dos opciones: actuar con sensatez y dar media vuelta o actuar con sentido de misión. Me decanté por la segunda, aunque fuera arriesgada. O aunque para ello tuviera que improvisar acciones cuyas consecuencias ni siquiera podía medir.

—¿Es que hoy no os interesa ganaros un extra? —dejé caer, fingiendo que me habían ofendido—. Bueno, en ese caso —dije, al mismo tiempo que sacaba el móvil del bolso con una parsimonia casi insultante, como si al mundo le sobraran los minutos—, no me queda otra opción que pedirle a Matsumoto-san que venga a abrirme la puerta personalmente. Supongo que conoceréis a Keisuke, ¿verdad? —añadí, desafiante.

Era una locura.

Y también mi salvoconducto. Al menos, por el momento.

El cruce de miradas que se dedicaron el uno al otro destilaba complicidad, el tipo de complicidad de quienes saben reconocer una amenaza velada. Acto seguido, se apartaron para dejarme pasar.

—Justo lo que pensaba —mascullé, con toda la dignidad que pude.

Cuando entré, suspiré aliviada. Aquella era, sin duda, una de esas raras aunque gratificantes ocasiones que daban sentido a mi vocación. En el interior del club, el ambiente era idéntico al de la noche anterior: las mismas chicas fingiendo interés; los mismos hombres ruidosos fingiendo creérselo; la misma pelirroja cantando en el escenario, salvo que esta vez interpretaba un tema de Yūki Uchida. Me senté en la barra, en el mismo sitio. Sin darme cuenta —o puede que sí—, llevé la vista hacia el extremo contrario, donde había estado él, y lo reviví todo a cámara lenta. ¿Estaría allí si no albergara la esperanza, por pequeña que fuera, de volver a verlo? Una parte de mí misma conocía la respuesta a esa pregunta. Y justo esa parte era la que debía silenciar. Decidí centrarme en mi objetivo. De nuevo, le pedí un whisky con soda al camarero, que me lo sirvió acompañado del mismo aperitivo.

—Disculpe, ¿puedo hacerle una pregunta? —lo interpelé. Al principio me miró con extrañeza, aunque asintió enseguida—. ¿Sabe si Matsumoto-san está por aquí?

—¿Keisuke? No, hoy tampoco ha venido. ¿Para qué lo busca?

Silencio.

«Vamos, Mia, improvisa».

—Pues… la verdad es que me gustaría hablar con él de negocios. Me han dicho que está reclutando a chicas nuevas para el club y yo…, digamos que estaría interesada en el trabajo.

Supe que había sonado convincente por el gesto de asentimiento de mi interlocutor. Watanabe tenía razón, después de todo: lo que más me convenía, dadas las circunstancias, era parecer una *hostess*.

—Vuelva mañana. Quizá tenga más suerte.

Tragué saliva.

—¿Y... qué me dice del hombre que estaba ahí sentado anoche? —Señalé el extremo contrario de la barra con un gesto de la barbilla—. ¿Él tampoco ha venido?

—Lo siento, no sé a quién se refiere.

Sonreí.

—A mí me parece que sí.

La expresión del camarero se ensombreció.

—¿Quién es usted?

Sin embargo, antes de que pudiera responder, alguien gritó de repente:

—¡Una redada!

El caos transfiguró el lugar en cuestión de segundos. La música cesó y la gente empezó a correr de un lado a otro; las chicas gritaban, el camarero recolectaba a toda prisa el dinero de la caja registradora y algún que otro cliente incauto arrojaba al suelo una papelina por demás sospechosa. Yo sabía que debía reaccionar; aun así, me quedé paralizada. Entonces, en el mismo instante en que un grupo de agentes de la Policía Metropolitana de Tokio irrumpía en el local, noté que alguien me agarraba por detrás.

—¡Ven conmigo! ¡Deprisa!

No tuve miedo. Me dejé guiar sin pensarlo por aquella mano cálida que tiraba de la mía con firmeza, arrastrándome hacia un almacén destartalado que daba a la salida trasera. Una vez fuera del club, continué corriendo detrás de él por un laberinto de callejuelas, con el estómago atenazado por la adrenalina. Me fijé en su espalda, tan ancha que ocupaba todo mi campo de visión, y en cómo la velocidad del movimiento le agitaba el pelo. «Pero ¿es que has perdido la cabeza, Mia?», me reprendí a mí misma. Pronto empecé a notar que me faltaba el aire. Delante del santuario Hanazono, un pequeño refugio de silencio en medio de la vorágine de Shinjuku, me detuve de golpe.

—Espera..., no puedo..., no puedo seguir —admití entre resuellos, y me doblé por la mitad, las manos apoyadas sobre las rodillas.

Mi ángel de la guarda particular no dijo nada.

Se alejó unos pasos, compró una botella de agua mineral en una máquina expendedora y me la ofreció por toda respuesta.

—Gracias —susurré, con la voz todavía inestable.

Me sentí revitalizada en cuanto bebí. Lo miré. Sin los zapatos de tacón, me daba la impresión de que era infinitamente más alto. Traté de convencerme de que mi frecuencia cardiaca acelerada se debía al esfuerzo físico y no a los nervios ante su proximidad.

Él analizó mi expresión con calma. No parecía tan afectado por la carrera como yo; quizá estuviera acostumbrado a tener que salir corriendo de los sitios.

—Así que tú otra vez, ¿eh?

—No, *tú* otra vez —contraataqué.

El hombre esbozó una ligera sonrisa, y aquel par de magníficos hoyuelos volvió a hacer acto de presencia en sus mejillas. Duró poco.

El semblante se le oscureció al preguntar:

—¿Por qué estabas en el club?

—Ya sabes por qué.

—No. Lo único que sé es que no tienes miedo. Y deberías.

—Solo intento hacer mi trabajo, ¿vale?

—¿Tu trabajo?

Suspiré, una larga exhalación que sonó a lamento.

—Soy periodista. Del *Washington Post*.

La forma que tuvo él de apretar los párpados y luego de soltar el aire por la nariz muy despacio denotaba que aquello suponía un gran problema.

—Joder —masculló.

—Si me ayudaras a encontrar a Matsumoto...

—¿Para qué? —soltó sin concederme un segundo de tregua.

—Ya te dije que necesito hablar con él. —Pausa. Era el momento de ir un paso más allá—. Con él o... con cualquier otro miembro del Suginami-rengō —añadí desesperada.

—Dame una sola razón por la que debería ayudarte, Mia Kobayashi.

Que recordara mi nombre me calentó el corazón.

—Porque ya lo has hecho antes, comoquiera que te llames.

Entonces, tensó la mandíbula mordiendo la densa brisa nocturna y me miró de un modo brutal, tanto que me sentí como si me rodeara la garganta con la mano. Había algo indescifrable en sus pupilas oscuras, que centelleaban bajo la hilera de farolillos que iluminaba la entrada al templo.

—Me parece que no tienes ni idea de dónde te estás metiendo. ¿Qué crees que vas a conseguir yendo al Glass Geisha cada noche? —Chasqueó la lengua—. Sea lo que sea lo que buscas, será mejor que te olvides del tema.

Las palabras, aunque contundentes, no me terminaban de entrar en la cabeza; parecía que un filtro lo impidiera, que mi corazón se negase a aceptar lo que la realidad me escupía a la cara: que aquella gente era peligrosa, que él era peligroso. No, retirarse no era una opción. Había trabajado duro y me había arriesgado mucho. Todavía no tenía las 5W[17] de aquella historia, pero estaba segura de que iba por buen camino. Contar lo que alguien no quiere que se sepa, de eso trata el ejercicio del periodismo. Porque ninguna noticia lo es si el mundo no se entera de ella.

—Ni hablar, no pienso hacerlo. He venido a Tokio a investigar un asunto y ningún yakuza me lo va a impedir.

---

17 Técnica del periodismo y de la comunicación en general que permite responder a las preguntas básicas para entender una noticia. Su nombre viene de las preguntas en inglés (*who*, *what*, *when*, *where*, *why*).

Él me observaba en silencio, con esa frialdad tan característica. Habría dado lo que fuera por saber en qué estaba pensando.

—Como quieras. Pero si nos volvemos a encontrar, te aseguro que no seré tan amable.

Después desapareció.

15

Cuando salí de la ducha, me puse el *nemaki* que me dejaba cada día el servicio de habitaciones y encendí la televisión por pura rutina. En el informativo vespertino de la NHK estaban hablando otra vez de las redadas de la noche anterior en varios locales de entretenimiento adulto de Kabukichō. Quité el volumen. Imágenes mudas se superponían unas a otras en la pantalla: plano general de los agentes en el momento de la entrada a un club, plano medio de varias personas de espaldas a la cámara, plano detalle de sus muñecas esposadas, primer plano del portavoz policial. El lenguaje de la información es el mismo en cualquier parte. Y, de todas maneras, conocía los hechos de primera mano, o parte de ellos, aunque se lo hubiera ocultado deliberadamente a Watanabe. Supe por él que habían precintado el Glass Geisha hasta nueva orden.

—Esto no se ha filtrado a la prensa, pero será cuestión de días que lo reabran. Hattori desembolsará un buen pellizco y asunto arreglado, así es como funcionan las cosas en esta ciudad. En fin, usted tómese un descanso, Kobayashi-san. La llamaré en cuanto haya novedades —me había dicho mi colega.

Necesitaba aclararme un poco las ideas para averiguar qué dirección debía tomar a continuación, así que decidí hacerle caso. Pasé la mañana en el Museo Nacional de Tokio. Ya lo había visitado en 1999 con mi padre, pero eso no impidió que fotografiara gran parte de su impresionante colección de arte antiguo, las armaduras y las espadas samuráis de la corte imperial y alguna que otra xilografía *ukiyo-e* del periodo Edo; a lo mejor podría aprovechar mi tiempo libre para escribir un reportaje costumbrista, ese tipo de contenidos funcionaba muy bien en el semanario de los domingos. Más tarde, almorcé un plato de *sukiyaki* de ternera en un pequeño restaurante cerca del parque de Ueno y después me senté en un banco frente al estanque Shinobazu. Era uno de esos días agradables de principios de septiembre. Soplaba una vivificante brisa preotoñal, y las pocas nubes que salpicaban el cielo hacían que el azul brillara aún más. La luz se reflejaba en el agua que corría entre los juncos, donde los patos marrones se sumergían en busca de comida. Sentía el sol en la espalda; veía mi propia sombra alargándose por un costado. Como buen japonés, *otōsan* sabía conmoverse ante la belleza efímera de las cosas. Yo, en cambio, nunca tuve la capacidad de contemplar aquello que nos rodea solo por el mero placer de hacerlo. Sin una capa bajo la que hurgar, el mundo se convertía de forma automática en un lugar carente de interés para mí. Deformación profesional, supongo. Por eso me hice periodista de investigación, por ese impulso irresistible de rascar bajo la superficie que algunas personas, entre ellas, mi madre, catalogaban de obsesiva. «Relájate un poco, Mia. Mañana, el mundo seguirá siendo el mismo, pero tú estarás agotada de tanto intentar cambiarlo», solía decirme. Siempre he creído que, en el fondo, no me entendía. No como mi padre, desde luego.

Revisé el móvil. Los mensajes que me había enviado durante la última semana se me amontonaban sin responder, y aunque su tono de preocupación maternal iba en aumento, yo no sentía ni una sola brizna de culpabilidad. En el último, casi me suplicaba que le diera una oportunidad: «¿No te parece que este distanciamiento entre nosotras es absurdo? Deberíamos estar más unidas que nunca. Es lo que tu padre habría querido, estoy segura».

¿Y qué tenía que decir sobre el hecho de que lo hubiera sustituido por otro con una facilidad insultante? ¿También era lo que él habría querido? Por el amor de Dios, solo hacía nueve meses que había exhalado su último aliento, y ella ya iba exhibiendo por ahí una felicidad que ni siquiera se merecía. Cada vez que recordaba el momento exacto en que me dijo que había conocido a alguien, se me revolvía el estómago. ¿Cómo era siquiera posible? Mi familia no se había desmoronado por la muerte de mi padre; había sido mi madre la que lo había arruinado todo. Y por eso, un abismo profundo e insalvable me separaba de ella al mismo tiempo que me acercaba a la figura de *otōsan*. Como hija, tenía una deuda moral irresoluble con él; era mi deber mantenerlo vivo en el recuerdo, honrar su memoria.

A diferencia de lo que había hecho su viuda.

Pensar en mi situación familiar hizo que tuviera ganas de arrojar el teléfono al estanque. No lo hice, claro, pero supe que me haría falta una motivación extra para salir de la bruma de rabia y tristeza en que me había sumido. La encontré en el correo electrónico que recibí de regreso al hotel. Era de mi jefe. Decía:

> ¿Has conseguido averiguar algo más sobre la conexión de Hattori con la Oficina 39?

Mientras caminaba, tecleé:

> No mucho. Pero he conseguido dar con otro miembro del clan. Ayer estuve a punto de hablar con él.

La respuesta de Eugene Compton fue tan rápida como contundente:

> Ayer fue ayer, Kobayashi. Hoy ya es otro día. De hecho, en Washington son las cinco de la mañana, y Clark sigue escalando posiciones en las encuestas de intención de voto. No nos interesa que ese paleto sea el próximo POTUS,[18] así que E-S-P-A-B-I-L-A. O le digo a Choi que se suba a un vuelo chárter ahora mismo y te sustituya.

Resoplé indignada. Ni rastro del reconocimiento del parte anterior, cuando el mismo Compton que ahora me amenazaba alababa mi aplomo. Primera regla del periodismo: uno vale lo que vale su última crónica, ni más ni menos. Pero los resortes automáticos que habitaban en mi interior me bullían en la sangre, por lo que la reprimenda me sirvió de revulsivo. Debía aparcar cualquier pensamiento que no guardara relación directa con la investigación. Estaba decidido, iría otra vez a Kabukichō y buscaría. Lo que fuera. Donde fuera. Con o sin la ayuda de Watanabe. Algo tendría que haber.

«Si nos volvemos a encontrar, te aseguro que no seré tan amable».

La frase aterrizó en mi cabeza acompañada de una intensa sacudida. El hombre que la había pronunciado era el culpable. No solo por lo explícito de la advertencia; sobre todo, por esa costumbre incipiente de aparecer en el momento y el lugar oportunos como un ángel de la guarda. Salvo que no lo era. Era un maldito yakuza. Un mafioso. Un hampón. Un criminal. Y si tenía que demostrármelo por las malas, no le temblaría el pulso; lo había visto en su mirada.

O eso creía.

Pam, pam.

---

18 Acrónimo de «President of the United States».

Dos golpes secos en la puerta me sobresaltaron. «Qué raro, si no he pedido nada al servicio de habitaciones». Al abrir, me quedé paralizada. Sentí que un grito me trepaba por la garganta, pero lo ahogué dentro de la boca para que no invadiera el silencio que mi inesperado visitante me pedía con el dedo índice.

Era él.

Mi ángel yakuza.

—No grites ni hagas ningún movimiento extraño.

Di un paso instintivo hacia atrás. Una gota helada me recorrió la columna vertebral al mismo tiempo que el hombre entraba en la habitación y cerraba la puerta tras de sí.

—¿Qué estás... haciendo tú aquí? ¿Y cómo... cómo sabías que...?

Apenas podía hilvanar dos frases seguidas.

—Vístete y recoge tus cosas —me ordenó, y acto seguido depositó una bolsa deportiva negra encima de la cama—. No todo. Solo lo imprescindible. Que no parezca que te has esfumado de repente —añadió, mientras inspeccionaba la estancia, cuarto de baño incluido, como para asegurarse de que allí no había nadie más.

Logré tragar a pesar del nudo que se me había formado en la garganta.

—¿Que no parezca que me he esfumado de repente? No te entiendo. ¿Adónde se supone que debería haberme ido? ¿Y por qué... por qué tengo que recoger mis cosas?

—Hazlo. Ya.

La voz masculina adquirió un matiz más exigente. De pronto, me sobrevino una idea, una que hasta entonces había permanecido oculta en algún lugar recóndito de mi subconsciente y que ahora, sin embargo, comenzaba a revelarse como una certeza oscura y escalofriante. Dubitativa, me aproximé a él, un paso, dos pasos, tres, el corazón palpitando a un ritmo desaforado, las palmas húmedas de sudor frío, hasta que estuve tan cerca que el olor de su loción para después del afeitado se me hundió bajo las fosas nasales. Alargué una mano temblorosa y le aparté el pelo de la oreja muy despacio, apenas unos milímetros del espeso mechón que se la cubría. Él se limitó a observarme en silencio desde su atalaya, respetando el tiempo y el espacio que necesitara para sacar mis propias conclusiones. Contuve la respiración. Una cicatriz apareció entonces en el lóbulo. La herida de un kendoka que entrena sin protección.

Alguien que no le teme a nada.

—¡Eres tú! —exclamé, horrorizada—. ¡Tú eres el Samurái!

Acababan de sacarme de un sueño para sumergirme en la realidad. Pero ¿cómo era posible que no me hubiera dado cuenta antes? En ese punto creí comprenderlo todo en retrospectiva: mi presencia en el Glass Geisha dos noches seguidas debía de haber alertado a alguien.

Y yo había hablado de más.

Porque me había fallado el instinto.

Otra vez.

Solo que ahora mi vida corría peligro de verdad: estaba a merced de un asesino profesional.

—Has... has venido a matarme, ¿no es así? —Intenté controlar el tono para impedir que el pánico que se me arremolinaba en el pecho se abriera paso hasta la superficie—. Hattori te ha ordenado que te deshagas de mí.

Las comisuras de los labios se le arquearon ligeramente hacia arriba cuando respondió:

—Si tuviera la intención de matarte, no te habría pedido que recogieras tus cosas.

El argumento, aun siendo lógico, no sirvió para que me calmara; no del todo.

—Entonces ¿para qué has venido?

—Para llevarte a un lugar seguro.

—¿A un lugar seguro? —Fruncí el ceño—. ¡Ni hablar! ¡No pienso ir a ninguna parte contigo!

—Muy bien. Puedes quedarte, si lo prefieres. Aunque lo más probable es que mañana por la mañana aparezcas flotando en el río Sumida, metida en una bolsa para cadáveres —repuso, cruzando los brazos sobre el pecho con ese dominio de sí mismo que exudaba siempre.

Sentí un escalofrío por debajo del *nemaki*.

—Dame una sola razón por la que deba confiar en ti.

No sé por qué lo dije. Tal vez porque el hecho de que ya me hubiera rescatado antes me impedía desactivar esa parte de mi cerebro que quería creer en sus palabras.

—Me da igual si confías en mí o no. Estás en peligro y resulta que yo soy tu única opción.

—Si me ayudas, tú también estarás en peligro.

Me miró con fijeza, sin parpadear. Aquel par de ojos afilados resaltaban sobre el conjunto como dos piedras preciosas que absorbían toda la luz de la habitación.

—Eso es cosa mía.

—Pero ¿por qué? ¿Por qué arriesgarte a que te corten el meñique o… algo mucho peor?

No hubo respuesta. No la que yo hubiera querido.

—Vístete —me ordenó de nuevo.

Un fogonazo de sonrojo me calentó las mejillas de forma repentina.

—Date la vuelta.

—Primero, el móvil —dijo él, casi escupiendo las palabras. Señaló el dispositivo, sobre la mesita de noche—. Desbloquéalo y dámelo.

—¿Para qué?

—Para que no tengas la tentación de usarlo mientras estoy de espaldas. ¿O es que te crees que soy idiota?

—Así es como va a ser esto, ¿verdad? Tú das las órdenes y yo me limito a obedecerte —repliqué, resignada. Dejé caer las manos a ambos lados del cuerpo y las cerré en un puño crispado de rabia e impotencia.

—Exacto. Venga, el móvil —me apremió con un gesto.

Le entregué el teléfono a regañadientes. Él se dio la vuelta, no sin antes dispensarme una caída de párpados pesada que me erizó la piel y me obligó a desviar la mirada. Me vestí rápido, presa de una mezcla de miedo y excitación. Aproveché que no me veía para esconder el portátil bajo la cama, empujándolo discretamente con el pie. Todo lo que había averiguado sobre el caso Yamada estaba ahí, en ese ordenador; debía preservarlo como fuera hasta que pudiera regresar a recuperarlo. Me molestó descubrir que fisgoneaba en mi galería de imágenes. No encontraría gran cosa, aparte de las fotografías que había tomado en el museo por la mañana o la panorámica nocturna de Tokio desde la ventana de la habitación. Y si se remontaba a un par de semanas atrás, un detalle de la contraseña del wifi en el rúter de casa o el número de plaza de algún aparcamiento en Washington para asegurarme que recordaba dónde había dejado el coche. Aun así, lo increpé.

—¡Oye, eso es privado!

El hombre apagó el dispositivo por toda respuesta y se lo guardó en el bolsillo interior de la americana, donde también fueron a parar mi pasaporte, mi carnet de conducir y mis tarjetas de crédito. Incomunicada e indocumentada, en breve dependería por completo de un tipo con fama de asesino sin piedad. ¿En qué momento me había dejado arrastrar tan hondo en ese mar de complicaciones?

—Conozco gente influyente en Tokio, ¿sabes? —solté a la desesperada, con una voz tan tenue como mi escasa convicción—. Un reportero de *Jiji Press* y un policía de la Metropolitana. Y estoy segura de que moverán cielo y tierra para dar conmigo en cuanto se enteren de que me ha secuestrado uno de los matones de Hattori.

Una larga exhalación de frustración emergió de la garganta de mi interlocutor, que hojeaba con indolencia el libro sobre la historia de la Yakuza que había comprado en Jimbōchō días atrás. Lo cerró de un plumazo.

—Se nos agota el tiempo. Si de verdad valoras tu vida o la de esos amigos tuyos, vendrás conmigo ahora.

Entonces, una certeza se me aferró al corazón igual que una cadena bien prieta a su alrededor: fuera sensato o no, lo único que podía hacer en ese instante era irme con él. Y ya pensaría más adelante cómo salir de aquella situación.

Si seguía viva, claro.

Asentí sin añadir nada más. Guardé todo lo que pude en la bolsa, bajo el escrutinio del hombre. Me desconcertaba. ¿Era mi captor o mi salvador? Todavía no lo había decidido. Primero necesitaba entender qué demonios estaba pasando entre el Suginami-rengō y él. Minutos después, salimos de la habitación y recorrimos el pasillo enmoquetado bajo la luz acusadora del sensor de movimiento. Dos chicas venían en dirección opuesta. Mentiría si no admitiese que se me pasó por la cabeza gritar. Probablemente, él pensó lo mismo. Por eso, justo antes de que nos cruzáramos con ellas, me empujó contra la pared y me abrazó de improviso.

—Disimula —me susurró al oído—. No se te ocurra hacer ninguna tontería.

Si el pulso no se me hubiera disparado de golpe, habría oído las risitas afectadas de las huéspedes. Pero estaba demasiado alterada. Su proximidad física me alteraba. Él me alteraba. Tanto que la bolsa se me resbaló del hombro y se me cayó al suelo junto con mi dignidad hecha pedazos. De nuevo, percibí su olor. El calor que irradiaba su cuerpo. Sus dedos trazándome pequeños círculos en la nuca. El latido de su corazón. La fuerza de sus brazos. La firmeza de su torso. No me atreví a mirarlo a los ojos mientras duró la farsa, aunque sí le vi las aletas de la nariz dilatadas, los labios entreabiertos y aquella nuez prominente que se le asentaba en el cuello con dificultad. Cuando el pasillo se quedó desierto, reanudamos la marcha a toda prisa. Llamó al ascensor presionando el botón una y otra vez, sin suerte. Luego llevó la mirada hacia el plano de salida de emergencia contiguo, chasqueó la lengua y se volvió hacia la escalera. Lo seguí. Antes de llegar al vestíbulo me tomó de la mano. Esta vez apelé a mi decencia y traté de soltarme, pero lo único que conseguí fue que me agarrara más fuerte.

—Quietecita. No queremos llamar la atención.

Nadie reparó en nosotros mientras nos dirigíamos a la salida; quizá porque su estrategia había funcionado. Vi nuestro reflejo en el cristal de la puerta. Parecíamos una pareja de enamorados que iba a cenar o a dar un paseo. Claro que la realidad era muy distinta, y el mero hecho de que hubiera pensado en nosotros en esos términos debería haberme escandalizado. Fuera del hotel no me soltó; seguro que desconfiaba tanto de mí como yo de él. Torcimos primero a la derecha y después a la izquierda, hacia una calle residencial poco transitada donde los cables de alta tensión se aferraban a las fachadas igual que enredaderas. Ya había oscurecido, las farolas apenas iluminaban el escaso trecho de acera destinado a los peatones y a los ciclistas. Caminábamos cada vez más rápido; él volvía la cabeza hacia atrás de cuando en cuando, como para asegurarse de que no nos seguían. ¿Acaso alguien del clan dudaba de la lealtad del Samurái? Yo deseaba escapar y al mismo tiempo quedarme a su lado, acomodando el paso, notando el tacto cálido de sus dedos, la aspereza de sus yemas en los nudillos. No soportaba sentirme así, no en esa situación, no con ese hombre, de modo que traté de reprimir la sensación. Al cabo de un rato, llegamos a un pequeño aparcamiento al aire libre, cerca de Hanakawado. El Samurái se sacó un mando del bolsillo de la americana y lo accionó. Las luces del único vehículo aparcado se encendieron. Era un Toyota Corolla negro con los cristales tintados y los neumáticos de alto rendimiento: el símbolo de la élite del país y también de sus criminales. Abrió el maletero; a continuación, la puerta del conductor.

—Vamos, sube. ¿Qué haces ahí parada?

Y yo, que permanecía inmóvil, me las arreglé para decir:

—Al menos, podrías decirme cómo te llamas. Creo que merezco saber el nombre de la persona que tiene mi vida en sus manos.

Él exhaló como quien recupera el oxígeno agotado.

—Kenji. Me llamo Kenji —respondió con una voz apenas audible.

16

Casi al mismo tiempo que nos subíamos al coche, se puso a diluviar. Un relámpago brillante partió el cielo por la mitad, y al punto grandes gotas de lluvia empezaron a golpear el techo con fuerza. Kenji arrancó sin inmutarse. Salió del aparcamiento derrapando; los neumáticos chirriaron al morder el asfalto mojado. Ninguno de los dos pronunciamos una sola palabra en los siguientes minutos. El silencio en el interior de aquel vehículo con olor a nuevo se veía interrumpido a intervalos regulares por la cadencia de los limpiaparabrisas y el repiqueteo de la lluvia. Fijé la vista en la ventanilla. Las gotas descendían por el cristal en forma de meandros de colores; la mezcla entre los neones y el agua daba como resultado una obra de arte efímera que se emborronaba a medida que dejábamos atrás el núcleo urbano. En el cruce de Takaido, se incorporó a la autopista metropolitana de Chūō y tomó la ruta número cuatro.

—¿Adónde vamos? —pregunté alertada.

—Fuera de Tokio.

—¿No podrías ser un poco más específico? Es evidente que estamos saliendo de Tokio.

—Lo sabrás cuando lleguemos.

—¿Y eso cuándo será?

—Tenemos un largo camino por delante. Te aconsejo que trates de dormir —zanjó.

Un fogonazo de rabia me tensó las facciones.

—¿Cómo esperas que duerma en esta situación?

No hubo respuesta, aunque tampoco la esperaba. Era, más bien, una pregunta retórica.

Frustrada, volví a centrarme en el paisaje. Hoteles de cadenas de bajo coste, bloques de pisos llenos de manchas de contaminación tras años de exposición al tráfico y corporaciones anónimas flanqueaban la autovía interprefectural. Salidas y enlaces viarios describían curvas a derecha e izquierda como tentáculos grises iluminados por hileras de luces rojas y blancas. A ambos lados de la carretera, ondas de cristal y hormigón. Incontables vallas publicitarias, ventanas, escaleras de incendios; retazos de una metrópolis inabarcable que se iba alejando sin que pudiera evitarlo. Miré a Kenji de reojo, su perfil afilado, la curva de su mejilla, su expresión seria y concentrada, sus manos deslizándose sobre el volante sin apenas rozarlo, como si le perdonaran la vida, igual que me la habían perdonado a mí, en apariencia. ¿Cómo podían unas manos tan hermosas ser capaces de matar? Al darse cuenta de que lo observaba, me lanzó una mirada fugaz que rehuí.

—Relájate, ¿quieres? Ya te he dicho que no voy a hacerte daño.

—Me da igual lo que hayas dicho. No confío en ti. —Meneé la cabeza para dar más énfasis a lo que acababa de verbalizar—. Solo estoy en este coche porque tal vez quedarme en Tokio habría sido peor. Pero te garantizo que no tengo por costumbre creer en la palabra de un yakuza.

Kenji rio expulsando el aire por la nariz. Las arrugas que se le formaban alrededor de los ojos añadían más encanto a su rostro atractivo. Maldito fuera.

—Hablas muy bien el japonés —afirmó.

Lo inesperado del comentario me dejó fuera de juego unos instantes durante los que medité si debía ser sincera con él o no. Opté por decir la verdad.

—Mi padre era de Tokio.

—¿Era?

—Murió. De un infarto —aclaré, con un tono ahogado y melancólico—. El día doce hará diez meses.

—Es muy reciente. Lo siento —musitó. Sonaba apenado.

«Así que el Samurái tiene corazón, después de todo».

Asentí en silencio y volví la cabeza para darle a entender que la conversación se había terminado. No quería su compasión. Lo último que necesitaba era que mis diques de contención, que a duras penas se sostenían, acabaran desmoronándose. Pasamos por un peaje. Cuando por fin se acabó el hormigón de los suburbios, la lluvia nos dio una tregua. El cielo tenía un aspecto espectral, ceniciento, rodeado de estelas negras que deshilachaban las nubes. El paisaje empezó a cambiar poco a poco. Campos y torres de alta tensión. A lo lejos, colinas. Y más adelante, los bosques de las laderas, como mantos oscuros. Las montañas que se vislumbraban en el horizonte parecían pirámides; seguramente estaríamos en la prefectura de Yamanashi. El reloj del salpicadero marcaba las diez y media. Llevábamos tanto rato en la carretera que las piernas se me resentían por la postura.

—Necesito ir al baño —anuncié.

Kenji reflexionó unos segundos antes de contestar:

—Está bien, pararé en cuanto pueda.

El área de servicio de Dangozaka, a unos diez kilómetros al norte, parecía más un destino en sí mismo que un lugar de paso. Contaba con una enorme cafetería, tiendas, peluquería exprés, zona de juegos y hasta un *onsen*, un baño termal, para conductores de largas distancias; una de esas rarezas que solo se encuentran en un país como Japón, donde la preocupación por la comodidad constituye uno de los principales rasgos de la mentalidad colectiva. Kenji aparcó en batería delante de la entrada y apagó el motor. Me disponía a abrir la puerta, pero una advertencia fortuita me congeló el movimiento.

—No cometas ninguna imprudencia, si sabes lo que te conviene.

—¿Y qué esperas que haga? —respondí con firmeza, decidida a plantarle cara. Aun así, las comisuras de los labios me temblaron en cuanto añadí—: No tengo dinero, ni pasaporte ni teléfono. Me lo has quitado todo. ¿Crees que voy a acercarme a algún empleado y voy a decirle que un asesino de la Yakuza me ha secuestrado?

Tras la interpelación, Kenji no mostró reacción alguna excepto por el ligero arqueo en una ceja.

—En el caso de que se te haya pasado por la cabeza hacer algo así, te avanzo que sería una pésima idea, porque estarías poniendo en riesgo la vida de ese hipotético empleado. Que no quiera hacerte daño a ti no significa que no pueda hacérselo a otros —remató, sosteniéndome la mirada, desafiándome a que apartara la mía. En mi pretensión de alcanzarlo de lleno, no había contado con que él tuviera unos reflejos más rápidos—. Y no te he secuestrado. Estás aquí porque quedarte en Tokio habría sido peor, tú misma lo has dicho. Tienes cinco minutos. Ni uno más —agregó, tras una caída de párpados pesada.

Me bajé del coche a toda prisa para salir de la asfixiante intimidad que compartíamos dentro de aquel espacio exiguo. Treinta segundos en el exterior me bastaron para comprobar que el aire de las montañas era bastante más fresco que el de la ciudad. Oí el pitido característico del cierre de puertas del vehículo y, a continuación, los pasos del hombre a mi espalda.

—Espera. —Me detuve sin volverme y noté que Kenji me ponía su americana sobre los hombros.

¿Y ahora por qué se mostraba considerado conmigo? Las cosas serían mucho menos complicadas si se comportase como lo que realmente era.

Un criminal.

Caminé hacia los servicios, vacíos a esa hora. Me estremecí en aquel cuarto de baño solitario; la adrenalina me había dejado una película de sudor en la piel condensada en humedades bajo la ropa. En el hilo musical sonaba el último éxito del grupo *visual kei* de moda. Conocía la canción, la había escuchado antes. Hablaba de la importancia de confiar en el instinto. Tenía gracia. A mí, el instinto me había arrancado de cuajo de mi vida y me llevaba por un camino plagado de peajes —en sentido literal y figurado— con destino incierto. En términos periodísticos, el instinto es la capacidad imposible de medir que indica dónde hay que estar y dónde no. ¿En qué punto había perdido yo esa capacidad? Había ido a Japón a descubrir, no a ser descubierta. Quizá tendría que haberme retirado cuando Fujimoto me previno de que inmiscuirse en ciertos asuntos de la Yakuza era peligroso. Y también haber priorizado mi propia vida por encima de un reportaje de investigación, aunque últimamente me hubiera sentido con demasiada frecuencia como suspendida en el tiempo, sin saber hacia dónde iba. Pero la verdad, la única verdad, era que para mí no existía nada más adictivo en el mundo que desentrañar una realidad que no está a la vista de todos, algo que alguien se empeña en ocultar.

Tal vez ese fuera el precio que debía pagar para conseguirlo y, de paso, recuperar el rumbo.

Agoté mis cinco minutos de margen. Cuando salí de los aseos, vi a Kenji apoyado en el capó del Toyota Corolla. Estaba fumándose un cigarrillo con el ceño fruncido. Parecía un tipo duro. En su expresión se reflejaba la calma total de alguien que puede estallar en cualquier momento. Sin chaqueta, la anchura de sus hombros se hacía más notoria bajo la camisa blanca. Dos impulsos opuestos colisionaban en mi mente: quería correr lejos y, al mismo tiempo, quedarme donde estaba. Suspiré abatida y me acerqué a él; tampoco tenía alternativa.

Kenji comprobó la hora en su reloj.

—*Good girl* —dijo, con el cigarrillo colgándole de los labios. Exhaló la última calada antes de arrojar la colilla al suelo y aplastarla con la suela del zapato—. Venga, vámonos.

Dentro del coche, me dio una bolsa de plástico. Examiné su contenido.

—¿Qué es esto?

—He supuesto que tendrías hambre.

—¿Me has comprado unos *dorayaki*? —pregunté, atónita.

—¿Tan extraño te parece que muestre un poco de humanidad?

Disparé a matar.

—Supongo que humanidad es lo último que se puede esperar de un tipo como tú.

La boca de Kenji se torció en una risa ahogada, casi imperceptible. Entornó los ojos. Era evidente que no le gustaba que lo retaran; no obstante, se limitó a encender el motor sin añadir nada. Sentí que la rabia me consumía por dentro. El dolor turbio bajo los párpados, la punzada del llanto que hacía presión. No iba a llorar, no delante de un yakuza. Y de ninguna manera iba a entrar en ese jueguecito de falsa amabilidad. De modo que me quité su chaqueta y la lancé al asiento trasero junto con la bolsa, intacta.

A veces, hay que rebelarse.

—¿Siempre te comportas así, como una niña consentida?

—Supongo que no estoy acostumbrada a tener que salvar el pellejo —contesté, sin disimular el tono de amargura de mi voz.

Una vez más, me giré hacia la ventanilla. Estaba furiosa. Con él, conmigo misma, con el mundo.

—¿Por qué volviste al Glass Geisha a pesar de que te advertí que te mantuvieras al margen? —preguntó al cabo de un rato.

—Solo estaba haciendo mi trabajo.

—Un trabajo que podría costarte la vida.

—¿Y a ti qué más te da? ¿No es a eso a lo que te dedicas? A partir vidas por la mitad con tu puñetera catana de samurái —le escupí, dedicándole una mirada cargada de hostilidad.

Silencio. Kenji tensó la mandíbula sin despegar la vista de la carretera. Los faros de un coche que venían en dirección contraria hicieron que su pelo azabache brillara bajo las luces.

—Mi jefe cree que tienes algo que podría perjudicarlo. A él y, por extensión, a todo el clan. Dime, ¿lo tienes? —Las palabras fueron más una exhalación que una pregunta. Y en ese instante, me pareció mayor de los treinta y tantos que le había calculado.

—No sé de qué me hablas.

Apoyé la cabeza en el respaldo del asiento, la vista fija en la oscuridad nocturna. Las sombras de las montañas se iban cerrando desde ambos lados de la carretera, igual que mis párpados, aunque luchara con todas mis fuerzas por mantenerlos abiertos. Demasiada tensión. Demasiadas emociones. Demasiada incertidumbre. No saber nada agota en exceso. Debí de rendirme sin ser consciente de ello. Cuando abrí los ojos de nuevo, me sobresalté. El reloj del salpicadero marcaba ahora la una de la madrugada; me había quedado dormida. Miré a Kenji, que seguía conduciendo imperturbable.

—¿Dónde estamos?

—En los Alpes japoneses. Falta poco para llegar.

Sentí un estremecimiento inmediato.

En algún punto habíamos dejado la autopista. Circulábamos por una serpenteante pista forestal con la anchura suficiente para un único vehículo. La niebla era densa, solo se alcanzaba a ver un par de metros por delante. Empecé a cuestionarme si era posible que en aquel lugar tan apartado viviera alguien. Intuía la respuesta, y no era nada alentadora. Los faros iluminaron un cartel de prohibido el paso; Kenji se bajó para descolgar la cadena oxidada. Avanzamos unos cuantos metros más a escasa velocidad. Las ramas crujían bajo los neumáticos, los arbustos golpeaban las ventanas. Una casa de estilo tradicional apareció al final del camino, enclavada a los pies de una loma, en un pequeño claro rodeado de árboles y vegetación frondosa; los picos de su tejado inclinado de pizarra refulgían bajo la luz de la luna. Una sola planta elevada del suelo, postes de madera, puertas y ventanas correderas y un farolillo en la entrada. Detrás, una montaña se alzaba amenazante como la gran ola de Kanagawa.

—Es aquí —anunció, mientras aparcaba.

Salí del coche entre confusa e impresionada. Después de haber pasado los últimos días inmersa en el caos de Tokio, ver el cielo nocturno repleto de estrellas me resultó impactante. El olor a vegetación húmeda flotaba en el aire como el incienso. Me acerqué al porche con paso dubitativo. Él me seguía, cargado con dos bolsas deportivas idénticas. Subimos el escalón de madera que elevaba la construcción para evitar la humedad y nos descalzamos en el *genkan*, la punta de los zapatos mirando hacia la salida. Nada más abrir la puerta, el olor a junco me acarició las fosas nasales. Kenji encendió las luces. Nos recibió una habitación de dieciséis tatamis con paneles divisorios de papel de arroz y ventanas protegidas por finas cortinas de bambú. En el centro había un *kotatsu*, una mesa con un calefactor debajo que se cubre con una manta para retener el calor, y una pila de cojines *zabuton*. En la pared, un cuadro *sumi-e* inundaba el espacio con sus salpicaduras de cometa. La decoración era demasiado minimalista, incluso para una vivienda tradicional japonesa; un desequilibrio que indicaba, a las claras, que aquel lugar era un escenario clandestino.

—¿De quién es esta casa?

—Eso no importa —repuso, a la vez que dejaba las bolsas en el tatami—. Lo único que necesitas saber es que vamos a quedarnos aquí una temporada.

—¿Cómo que una temporada? Pero ¿qué demonios estás diciendo? Tengo una vida, ¿sabes? Un trabajo que terminar, por el amor de Dios. —Respiré hondo, la vista clavada en el techo—. ¿Hasta cuándo?

Kenji se encogió de hombros.

—Hasta que se me ocurra un plan B.

—Ya. ¿Y qué esperas que haga yo mientras tanto?

—De momento, tratar de descansar. Esa de ahí es tu habitación. —Señaló—. La de al lado es la mía. Tengo el sueño muy ligero, así que, si intentas escapar en mitad de la noche o hacer alguna otra estupidez, iré a por ti. —Levantó la barbilla con aire amenazante—. La casa está equipada. Hay comida en la despensa y un cuarto de baño con ducha y *ofuro*. Usa cualquier cosa que necesites. ¿Alguna pregunta?

—¿Vas a devolverme el móvil?

—No —respondió sin apartar los ojos de mi cara—. De todas maneras, aquí no hay cobertura, no te serviría para nada. En fin, buenas noches.

Después, desapareció tras la puerta corredera de su dormitorio. Yo entré en el mío con las mejillas incendiadas y un nudo que se me extendía desde la garganta hasta el pecho. La estancia era pequeña, solo seis tatamis, bastante aséptica. Dejé la bolsa a un lado y desplegué el futón en el centro; un fino edredón blanco lo cubría. De repente, la presión, la incertidumbre y el agotamiento que había intentado sobrellevar durante las últimas horas se desplomaron sobre mí igual que una avalancha de nieve. Me dejé caer como un peso muerto contra el futón y me tapé hasta la cabeza.

«¿Dónde demonios me he metido?», pensé.

17

Quería quedarme un poco más en la habitación, segura en mi nido de sueño matutino. Salir significaba enfrentarme a una realidad aterradora, incierta. Pero seguía viendo el rostro del Samurái bajo los párpados. Oía su voz, firme y clara, y todo lo que había sucedido en las últimas horas se me reproducía en el cerebro igual que una película a cámara lenta. Mis cavilaciones se vieron interrumpidas por un ruido fortuito de puertas correderas que venía del otro lado de la casa. Me vestí rápido y salí. Lo encontré sentado en el porche, atándose unas botas de estilo militar. Llevaba una camiseta blanca de manga larga, los músculos dorsales se le marcaban de forma notable bajo la tela con el movimiento. Desvié la mirada.

—Buenos días —musité, en un tono apenas perceptible.

Kenji ladeó la cabeza. Vi la curva de su pómulo, un mechón de pelo al viento.

—Buenos días. ¿Qué tal has dormido?

Dudaba de que su interés fuera genuino, aunque no parecía la clase de hombre que necesitara llenar los silencios de palabras vacías. Apenas había pegado ojo. Ni la mente me daba tregua ni mi espalda se acomodaba al futón. Me dolía todo el cuerpo. No obstante, mostrar cualquier signo de debilidad frente a ese hombre no era una opción que estuviese dispuesta a contemplar.

—Estupendamente —mentí.

—Me alegro. —Se puso de pie y me miró con una frialdad exasperante desde su diferencia de altura—. Hay té recién hecho en la cocina. Sírvete tú misma.

—¿Te vas?

—Sí, tengo cosas que hacer. Volveré en unas horas.

—¿Y me dejas aquí sola? —Me arrepentí al instante de haber sonado tan desesperada, por lo que maticé mis palabras—: Es decir..., ¿has pensado en la posibilidad de que me suceda algo en tu ausencia?

—No tiene por qué, si te quedas en casa.

Le devolví una mirada escéptica.

—¿De verdad pretendes que me pase todo el día de brazos cruzados? —Él asintió con seguridad manifiesta—. Ya veo. Bueno, agradezco que seas tan sincero, pero te recuerdo que trabajo para el *Washington Post*. ¿Cómo se supone que voy a seguir con mi investigación, estando aquí encerrada?

Un amago de sonrisa afloró en el rostro de Kenji y le dibujó ese par de hoyuelos que suponían una dulce anomalía en sus facciones angulosas.

—Ese no es mi problema. Y yo de ti no saldría. En estos bosques hay monos salvajes.

—Vaya, qué conveniente. Así que estoy retenida contra mi voluntad.

—No estás retenida —rebatió, entrecruzando los brazos. Apretó los labios, hizo un mohín encantador y añadió—: Por mí puedes volver a Tokio cuando quieras. Claro que, en ese caso, tendrás que afrontar las consecuencias de tu decisión. Escapar del feudo de Hattori-sama es posible en la teoría, pero en la práctica se complica. Ahora bien, si te quedas conmigo, las cosas se harán a mi manera. ¿Entendido?

—Claro, lo que tú digas. —Suspiré. Una vez más, cedía porque era inútil continuar con la discusión.

—Debo irme. Nos vemos luego.

Cuando el Toyota Corolla se perdió tras el espesor del bosque, me quedé en el porche contemplando el paisaje. Por las laderas se veían cipreses y cedros que empezaban a mostrar el cambio gradual de colores asociados al *momiji*. Aspiré el aire diáfano del otoño temprano, me llené los pulmones y lo retuve unos segundos antes de soltarlo. A lo lejos, una hoja de arce cayó de la rama, revoloteó a causa de la suave brisa y se posó en el suelo con delicadeza. La belleza que me rodeaba no impidió que sopesara la posibilidad de salir corriendo de allí. Correría sin mirar atrás, sin detenerme nunca; sí, eso haría. Sin embargo, la mirada intimidante del Samurái salió de la nada como si de un aviso de peligro se tratara.

No era una buena idea.

La temperatura en el interior era baja, así que recogí las persianas de bambú para que el sol matinal entrara por las ventanas y caldeara el ambiente. Luego, me serví una taza de té verde en la cocina. Tras el primer sorbo, sentí que el calor me reconfortaba. Me lo tomé despacio, mientras estudiaba el entorno con atención, intentando dilucidar dónde me encontraba. Abrí armarios y cajones; vi palillos desechables, vasos, platos, cuencos, cazuelas y sartenes, todo sin estrenar o con muy poco uso. El frigorífico estaba vacío, pero en la despensa las provisiones se contaban por docenas: fideos instantáneos, conservas, fruta en almíbar, café, leche en polvo, azúcar, galletas de arroz e incluso sake. ¿A quién pertenecería esa casa en medio de los Alpes japoneses? ¿A Kenji? Lo dudaba. Continué con la inspección en el salón. No había televisor ni equipo de música, solo unos cuantos libros y revistas viejas. Tampoco encontré nada de interés en el único armario que había en toda la estancia, salvo una baraja de cartas *hanafuda*, velas, barritas de incienso, ese tipo de cosas. Ninguno de aquellos objetos arrojaba luz a la pregunta que me acechaba desde la noche anterior. Si al menos tuviera forma de comunicarme con alguien... Si pudiera hablar con Watanabe, Fujimoto o mi jefe... ¿Qué harían cuando se dieran cuenta de que había desaparecido? ¿Llamarían a la policía? ¿A la embajada norteamericana, quizá? Exhalé. En medio de aquel caos emocional, se me ocurrió que tal vez encontraría alguna respuesta en la habitación de Kenji. Cuando entré, me sorprendió que el futón estuviera plegado y su ropa, colocada en el armario; camisas, jerséis, pantalones, todo perfectamente alineado, como si ya se hubiera resignado a esa supuesta imposición del destino que lo mantendría lejos de Tokio una buena temporada. Curioso, tratándose de un hombre cuya lealtad al clan conformaba la piedra angular de su existencia. O eso decían. Porque, pensándolo bien, ¿qué motivos tendría para traicionar a Sato Hattori solo por alguien a quien ni siquiera conocía? Lo que había hecho podría costarle algo más que los dos meñiques, así que debía de haber una buena razón para ello. Beneficiosa, cuando menos. Reprimí el impulso de hundir la nariz en las prendas para aspirar su fragancia y me centré en mi objetivo; incluso me reprendí a mí misma por lo inapropiado de la idea. Entonces, palpé algo al fondo del armario. Separé las camisas con cuidado y la vi, junto a una caja fuerte con un sistema de apertura electrónico. Brillante y peligrosa. Hermosa, igual que su dueño.

La catana del Samurái.

El asesino despiadado a las órdenes de Sato Hattori.

Estaba enfundada en una elegante vaina de madera oscura con un dragón grabado, acabados en bronce y un lazo de seda. Al pasar los dedos sobre la empuñadura encordada, un escalofrío me recorrió la espalda. ¿A cuántas personas habría matado con ella? ¿Sería yo la siguiente o mantendría su palabra de no hacerme daño? Prefería no pensarlo. Me enjugué la frente con el dorso de la mano, sorprendida por lo mucho que sudaba a pesar de que no hacía calor. Dos estados se disputaron el control de mi cerebro: por un lado, el desasosiego; por el otro, la fascinación. A veces, nos sentimos atraídos por lo mismo que nos horroriza, pero aquello ya era demasiado. Procuré dejarlo todo como estaba y salí de la habitación con una insoportable sensación alojada en el pecho.

Las siguientes horas fueron demoledoras. El reloj se adueñó de la espera, vencida por el peso del silencio. El tiempo parecía haberse detenido, había que llenarlo de alguna manera para que se volviera a poner en funcionamiento. Primero, me comí unas galletas. Luego, me dediqué a hojear las revistas. Después, salí un rato al porche a respirar el aire puro de las montañas, aunque me aburrí rápido. Estaba acostumbrada a la soledad ruidosa de la ciudad; ahora bien, en la naturaleza, donde no hay más sonido que el de los propios pensamientos, estar solo puede ser devastador. Cuando creí que había agotado todas mis opciones de entretenimiento, decidí prepararme un baño. Mi padre me había enseñado que, para los japoneses, es imprescindible lavarse bien antes de usar el *ofuro*, así que, tras la ducha, me sumergí en aquella bañera de madera de cedro que, en contacto con el agua caliente, desprendía una serie de aromas de lo más relajante. Me recosté en el borde para que el vapor me aflojara los músculos y me serenara la mente. Un placentero abandono se fue adueñando poco a poco de mi cuerpo. La tensión menguó, los nudos interiores comenzaron a deshacerse. Pensé en Kenji, en su aura circunspecta, en sus labios escarpados como los picos de una cadena montañosa, en esos pómulos hirientes, en su mirada rasgada. Me pregunté si habría sido la Yakuza la que le habría enseñado a mirar así a las personas, con esa expresión fría como un iceberg. Eso era lo que me parecía el Samurái, un témpano de hielo del que asomaba solo una pequeña parte; para saber qué se escondía bajo la superficie, habría que zambullirse en aguas gélidas. Cerré los ojos para ahuyentar la tormentosa imagen que se me colaba por cada uno de los poros dilatados, resuelta a alcanzar la calma total.

Lo conseguí.

Al menos, hasta que la puerta del cuarto de baño se abrió de golpe.

Volví la cabeza de un respingo. Kenji estaba parado en el umbral, parpadeando, la mano apoyada en el marco, la boca entreabierta. Me apresuré a cubrirme los pechos como pude y le espeté:

—¿Es que no sabes llamar?

La nuez se le revolvió inquieta en la garganta. Los ojos le brillaban; los labios, también. Quizá se hubiera formado una pequeña fisura en el bloque de hielo.

—Lo siento —se excusó. Apartó la vista, notablemente turbado—. La casa estaba a oscuras y por un momento he creído que...

—Pues no —lo corté—. Como ves, sigo aquí. No me he escapado. Aunque ganas no me faltan, te lo aseguro. ¿Puedo terminar mi baño en paz o es mucho pedir?

—Perdona, sí, ya me voy —dijo sin mirarme.

18

No salí del baño hasta que mi frecuencia cardiaca no se hubo normalizado. Era cierto que había oscurecido. En la montaña, los días parecían más cortos; pronto lo averiguaría. Kenji había encendido el calefactor eléctrico, y la temperatura en el salón era agradable. Me esperaba sentado en el tatami, encima de un cojín. Sobre la mesa había varias cajas de fideos instantáneos, dos juegos de palillos desechables, servilletas y un hervidor de agua.

—¿Pollo al curri, ternera o gambas? —preguntó, con un gesto de la mano.

—Me da igual.

Traté de acomodarme lo más lejos posible de él, de forma que no nos rozáramos por debajo de la manta que cubría el *kotatsu*. Kenji escogió un sabor al azar, abrió la tapa y, tras verter la cantidad de agua indicada, me deslizó la caja. Despegué los palillos y empecé a remover los fideos con inapetencia mientras él sorbía los suyos en silencio. En un momento determinado, levantó la vista.

—¿Qué ocurre? ¿No te gustan los de pollo al curri?

—No, no es eso. Es que no tengo hambre. —Hice una pausa—. Has estado mucho tiempo fuera. ¿Adónde has ido, si puede saberse?

—No es asunto tuyo. ¿Por qué no mejor me cuentas tú qué tiene Hattori-sama contra ti? —Lo había dicho sin perder el aplomo, sin inflexión alguna en la voz, observándome a la espera de una reacción.

No pude soportar su mirada y desvié la mía. Sin embargo, volví a mirarlo al cabo de un instante, en cuanto mi cerebro hubo detectado la anomalía en el relato, una que había tenido delante de las narices todo el tiempo sin que hubiera sido consciente de ello.

—Hay algo que todavía no entiendo. ¿Cómo sabe Hattori de mi existencia?

Kenji se limpió la comisura de los labios con la servilleta, apartó la caja de fideos ya vacía, dejó los palillos a su lado con la parte más fina apuntando a la izquierda y cruzó las manos por encima de la mesa.

—Por el *nyotaimori*.

Los ojos se me abrieron de par en par. Oí un martilleo sordo en los oídos, la sangre rugiendo a toda pastilla.

—¿Qué has dicho?

—Fue muy inteligente por tu parte hacerte pasar por una modelo extranjera que no comprende el japonés, pero muy estúpido que luego te dejaras ver en el Glass Geisha. Sabes quién es Ren Hosokawa, ¿verdad? —Asentí—. Entonces, también sabrás que intentó cargarse a mi jefe hace tres años.

—Pero no lo consiguió porque, según la prensa, un individuo anónimo frustró sus planes.

—Así es. Pero hubo algo que Hosokawa sí consiguió: que Hattori se obsesionara con la seguridad. No se fía ni de su sombra. Por eso tiene cámaras instaladas en todos los negocios que controla, ya sea directa o indirectamente. Alguien lo ha avisado de tu presencia en el club dos veces consecutivas. Una mujer como tú resulta muy llamativa en Japón, no me malinterpretes. Te ha reconocido en cuanto ha visto las imágenes.

Algo me zarandeó por dentro, algo parecido a la cresta de una ola.

—Has sido tú, ¿verdad? Tú le has contado que soy periodista.

—Yo no le he contado nada.

—¿Y esperas que me lo crea?

—Me da igual si te lo crees o no. Te has delatado tú solita, con tus estúpidas preguntas. ¿De verdad pensabas que no levantarías sospechas? —Negó con un gesto, como si ni él mismo diera crédito—. Cuéntame lo que escuchaste la noche del *nyotaimori* —dijo entonces, al tiempo que se inclinaba hacia delante.

Desconcertada, ladeé la cabeza.

—¿Es que no lo sabes?

—Lo único que sé es que Hattori-sama se reunió en secreto con el *oyabun* del clan Suita-kai de Osaka. Necesito saber de qué hablaron. Qué pudo ser tan importante como para que quisiera deshacerse de ti.

Silencio.

—Así que por eso estoy aquí —afirmé, categórica—. Vale, ya lo pillo: soy tu moneda de cambio. —Yo también me incliné hacia delante. No estaba dispuesta a perder el cara a cara, de modo que me esforcé en sostenerle la mirada todo el tiempo—. Dime una cosa: ¿qué esperas hacer con la información, en el hipotético caso de que la consigas? ¿Vendérsela a Hosokawa para joder a tu jefe?

—¿Hipotético? No me subestimes. ¿Por qué buscabas a Keisuke Matsumoto? —contraatacó.

—Lo siento, es confidencial.

—Entonces, explícame cómo sabías que lo encontrarías en el Glass Geisha.

Fruncí los labios.

—Alguien me lo dijo.

—¿Quién?

—Un periodista nunca revela sus fuentes.

Kenji esbozó una sonrisa encantadora, una pequeña tregua antes de proseguir con la batalla dialéctica.

—¿Por qué has venido a Japón? ¿Qué es lo que estás investigando? ¿Y qué conexión tiene con Sato Hattori? —Soltó las preguntas como si fueran ráfagas de ametralladora, una detrás de otra, sin pausa.

Me llevé las yemas de los dedos a las sienes y me las masajeé en un intento inútil por acallar las pulsaciones, que se me disparaban a medida que pasaban los segundos. Hasta que se me ocurrió que tal vez hubiera una posibilidad, por pequeña que fuese, de llegar a un acuerdo con él.

—Si te lo contara, ¿me ayudarías con la investigación?

La respuesta de Kenji consistió en una negativa acompañada de una mirada impasible que me hizo exhalar de pura frustración.

En ese instante supe que había perdido.

—Pues olvídalo. Y deja ya de presionarme, ¿quieres? —le espeté, decidida a repelerlo para que no continuara interrogándome—. Ni siquiera entiendo por qué demonios me has traído aquí. Por más vueltas que le dé, no consigo ver cuál es tu objetivo ni qué sacas tú con todo esto.

Me levanté de la mesa y salí al porche. Necesitaba respirar. Al tocarme las mejillas, me di cuenta de que las tenía ardiendo. Fuera hacía fresco, las hojas de los árboles bailaban al viento. La niebla envolvía la montaña, que parecía un Saturno lúgubre. No tardé en oír el ruido de la puerta corredera a mi espalda; unos pasos descalzos se aproximaron. Paradójicamente, me gustó notar su presencia a mi lado. Vi de reojo que se sacaba una cajetilla de tabaco del bolsillo lateral del pantalón. La calada larga que dio después de encenderse el cigarrillo hablaba por sí misma: aquel era el momento real de la tregua.

—Deberías entrar —dijo en un tono conciliador, tras exhalar el humo—. Aquí hace frío, podrías resfriarte.

—Es curioso que te preocupes por mi salud cuando tú no te preocupas por la tuya. —Señalé el cigarrillo—. Sabes que eso podría acabar matándote, ¿verdad?

—De algo hay que morir.

Resoplé.

—Qué respuesta tan obvia. Dime, ¿algún otro hábito poco saludable? ¿Juego? ¿Chicas de compañía? Seguro que tienes acceso preferente a todo tipo de... placeres —pronuncié la palabra con un matiz sarcástico— por tu condición privilegiada.

Él rio expulsando bocanadas de humo.

—La verdad, no me gustan las apuestas. Y jamás he pagado por estar con una mujer. No soy esa clase de hombre.

La tentación de preguntar qué clase de hombre era entonces me quemaba en la lengua, pero la idea de ser tan previsible me resultaba patética.

—¿Por qué te llaman el Samurái? ¿Es por tus servicios?

Otra bocanada de humo le salió torcida de entre los labios.

—La esencia de un samurái no es solo el servicio, sino la fidelidad a su señor, a una causa más importante que sí mismo —afirmó, muy serio.

—Sin embargo, tú has traicionado al tuyo. Eso no habla mucho a tu favor, ¿no crees?

Cuando volví la cara hacia él, me encontré de pleno con su mirada. La oscuridad le inundaba los ojos. Suelen llamarlos el espejo del alma, y, en aquel trance, los suyos eran como asomarse por un precipicio. Parecía dolido por el comentario. Arrojó el cigarrillo a lo lejos y dejó que se consumiera bajo la grava.

—Desde que juré lealtad al Suginami-rengō hace tres años, nunca he deshonrado al *oyabun* ni a ningún otro miembro del clan. Llevo la marca del *bushidō*[19] en las manos —aseguró,

---

19 Código de honor de los samuráis.

mostrándome las palmas callosas—. Pero, a veces, hasta el servidor más fiel se cuestiona la naturaleza de algunas órdenes.

Permanecí callada unos instantes, siguiendo el movimiento de aquellas pupilas trémulas. Supe, podía notarlo, que ahí había una grieta, otra más. Y, entonces, arrugué los ojos: había comprendido algo de repente.

—Espera un momento. Has dicho que juraste lealtad al clan hace tres años. Y también hace tres años que intentaron matar a Hattori, ¿no es así?

—Sí, ¿y qué?

—Pues que es mucha casualidad. Fuiste tú, ¿a que sí? Tú impediste que lo mataran. Tú eres el individuo anónimo que mencionaba la prensa, ¿verdad? —insistí.

Guardó silencio un segundo, dos, tres. Hasta que por fin dijo:

—Verdad.

—¿Sabes lo que significa eso? —Él cruzó los brazos sobre el pecho con aire expectante mientras la ola de entusiasmo pueril que me envolvía crecía cada vez más—. Que tu jefe está en deuda contigo. Mira, no sé qué te traes entre manos, pero, sea lo que sea, tienes margen para negociar con él. Podríamos regresar a Tokio. Podrías..., no sé..., recordarle que una vez le salvaste la vida. Tal vez así me dejaría hacer mi trabajo. A cambio, prometo que no meteré las narices en los asuntos del clan.

Sonaba bien. Tanto que habría comprado mi propio discurso de no haber sido por la carcajada vacía de Kenji, que me devolvió de golpe a la cruda realidad.

—Ya veo que no tienes ni idea de cómo funciona la Yakuza. —Lo dijo como si el aire de sus pulmones hubiera explotado de repente, aunque no mostró indicios de darse por vencido. Meneó la cabeza—. Ah..., los americanos y vuestra cándida inocencia. No concebís un mundo que se rija por un sistema de valores distinto al vuestro. En fin, estoy cansado, me voy a la cama. Tú haz lo que quieras, periodista.

19

La silueta se dibujaba en la puerta de estilo *shōji* que separaba ambas habitaciones. Llevaba puesto un *yukata* que se quitó despacio, para mi gran tormento. Los brazos, el torso desnudo, la espalda probablemente todavía húmeda después del baño, su perfil glorioso; todo se insinuaba en el panel. Tardó un rato en apagar la luz. Yo no dejaba de preguntarme qué le estaría pasando por la cabeza en ese instante, si tendría algo que ver con el lío en el que nos habíamos metido o con el momento en que me había sorprendido desnuda en la bañera y me había mirado como atraído por una energía irresistible. Aquellos pensamientos se mezclaban con otros de índole más oscura. Por ejemplo, el hecho de que el líder de una de las organizaciones criminales más importantes de Japón me tuviera en el punto de mira. La noche del *nyotaimori* había descubierto los planes de una alianza secreta entre Sato Hattori y Toshiro Takeda para acabar con la hegemonía de Ren Hosokawa: neutralizar a Kaito Yamada, el que quizá fuera su testaferro, a cambio de repartirse el negocio del narcotráfico; una venganza perfecta. Lo extraño era que Kenji no estuviera al corriente de los planes de su jefe. Tenía la impresión de que el Samurái era una figura influyente, y que se hubiera revelado como la persona que impidió el asesinato del *oyabun* del Suginami-rengō reforzaba mi convencimiento. Ahora bien, ¿cuál era su verdadero papel dentro del clan? ¿Era un simple guardaespaldas? ¿O un mercenario? Tal vez la idea inicial de Hattori fuese la de encargarle la ejecución de Yamada. Un encargo que habría llevado a cabo a sangre fría, a tenor de la fama que lo precedía, si mi irrupción en escena no hubiera puesto en entredicho su lealtad.

Porque, a veces, hasta el servidor más fiel se cuestiona la naturaleza de algunas órdenes.

Cabía la posibilidad, por otra parte, de que todo eso —la huida vertiginosa de Tokio, aquella casa en los Alpes japoneses, su supuesta protección— no fueran más que riesgos calculados, una treta del hampa para averiguar qué sabía yo en realidad. De ahí que Kenji me hubiera sometido a una especie de tercer grado durante la cena. ¿Y si no fuera cierto que quería protegerme? ¿Y si, una vez me hubiera sonsacado la información, me mataba?

Demasiado retorcido.

Y, aun así, plausible.

Una angustiante sensación me paralizó los músculos. No podía confiar en él, debía mantener la boca cerrada y la guardia alta en todo momento. La paradoja del poder: cuanto más duro aprietas, más fuerte será la resistencia. Ya pensaría en cómo volver a Tokio por mi cuenta y riesgo. Dijera lo que dijese Kenji, las posibilidades de que la Yakuza diera conmigo en una ciudad de proporciones mastodónticas eran casi nulas. Mientras tanto, dormiría con un ojo abierto y el otro cerrado, si era preciso.

Fuera, el viento ululaba con estruendo.

Un ruido fortuito en la habitación contigua me despertó antes del alba. Vi la sombra de Kenji delante de mi puerta, igual que una estela; el eco de sus pasos se diluyó, amortiguado por el sonido de otra puerta, esta vez, la de la entrada. ¿Adónde iría a esas horas? Aguardé unos minutos, todos los sentidos agudizados al máximo. No oí el coche, por lo que supuse que seguía en el porche; quizá hubiera salido a fumarse un cigarrillo. Presa de la curiosidad, fui hacia el salón sigilosamente y me aposté junto a la ventana con discreción. Retiré unos centímetros la cortina de bambú. Él estaba allí, en el claro, lo bastante alejado como para gozar de cierta intimidad y lo bastante cerca como para que pudiera espiarlo. Vestía un *gi* oscuro compuesto por una chaqueta anudada al pecho, de solapa a solapa, y un pantalón ancho plisado con grandes aberturas a los lados; la indumentaria de los kendokas. También llevaba la catana prendida al cinturón. Arrodillado en *seiza*, la espalda recta, los glúteos sobre los talones y el empeine en el suelo, la desenvainó con suavidad; con la mano izquierda sujetaba la *saya*, el pulgar ejerciendo una ligera presión para separarla de su funda, mientras agarraba la empuñadura con la derecha. La afilada hoja metálica brilló bajo la luz crepuscular que se filtraba entre las nubes. Esa misma luz le teñía de un rojo oscuro casi poético parte del rostro y el cuello. El viento le agitó el cabello como una premonición, y el deseo me atrapó de inmediato. A partir de ese instante, supe que estaba perdida, que no podría apartar la mirada de él mientras durase aquel baile. Se inclinó en señal de respeto y se incorporó con agilidad. Lo observé realizar las complicadas maniobras del kata absolutamente fascinada. En efecto, daba la sensación de que bailase, pero su danza no era otra cosa que una serie de bloqueos defensivos seguidos de golpes letales contra un oponente imaginario. Su técnica era impecable. Se le notaba la experiencia en la posición de las piernas, en la flexibilidad de la muñeca, en la manera de sostener el sable y elevarlo por encima de los brazos, con movimientos rápidos y limpios que describían trazos en el aire como heridas abiertas. Verlo convertido en el Samurái me aceleraba el corazón, hacía que me temblaran las manos, que se me secara la garganta. Sin embargo, no era miedo lo que sentía, sino una especie de conmoción, un profundo pinchazo en alguna parte blanda del cuerpo. De pronto, todo lo que había tratado de reprimir desde nuestro primer encuentro emergió a la superficie con la furia de un río embravecido; todo lo prohibido, todo lo innombrable, todo lo peligroso. Sacudí la cabeza para salir del trance y le pedí, le rogué, le supliqué al sentido común que intercediese para que aquel anhelo tan oscuro como profundo se evaporase cuanto antes. No podía. No debía. Ese hombre era un criminal. Un asesino.

La niebla comenzó a flotar pesada sobre el paisaje.

20

A la mañana siguiente no me atreví a salir de la habitación mientras no tuve la seguridad de que él se había marchado; hasta ese punto me abrumaba lo que había visto. La perspectiva de pasar otro día sola en aquella casa en medio de la nada me resultaba angustiante, pero al menos no tendría que lidiar con la vergüenza de mirarlo a los ojos durante unas cuantas horas. Después de asearme, me vestí con la cabeza sumida en un silencio parecido al de después de un terremoto y fui a la cocina a desayunar. El vaho de una taza caracoleaba en el aire. Kenji había tenido el detalle de prepararme un té antes de irse, como si hubiera intuido que saldría de mi escondrijo enseguida. Y aquella no era la única sorpresa. Junto a la taza, estaba el paquete de *dorayaki* que me había comprado en el área de servicio de Dangozaka; el mismo que yo había lanzado con desdén al asiento trasero del coche porque aceptarlo habría demostrado debilidad por mi parte.

Una nota al lado del paquete decía:

> Por favor, cómetelos.

Pasé los dedos sobre su caligrafía de trazo fluido y emocional, con ligaduras entre los caracteres. Noté un cosquilleo inmediato y, en un acto reflejo, me froté las yemas entre sí, tratando de calmarme con el movimiento. Mis sentimientos aleteaban como azotados por una tempestad. Había muchas cosas en él que lo alejaban del estereotipo del yakuza gritón, de rostro patibulario, con el pelo cortado a cepillo, un gusto más que cuestionable por las camisas hawaianas o las gafas de espejo y cierto aire delator en el andar. Para empezar, era serio, elegante y amable a su manera. Tenía una presencia relajada, aunque poderosa; la clase de compostura de quien no necesita recurrir a la violencia para obtener lo que quiere, porque la amenaza está siempre ahí, en la mirada, en el tono de voz. No le interesaban ni el juego ni las chicas de compañía. Y, desde luego, ese estilo de caligrafía solo podía pertenecer a alguien con cierto grado de preparación. ¿Qué habría empujado a un hombre como él a acabar en la Yakuza? ¿Qué tipo de vida habría llevado antes? Si tuviera que apostar, diría que la persona que solía ser habría dejado de existir tiempo atrás, claro que aquello no eran más que meras conjeturas. Observé el paquete de *dorayaki*, abrumada por un vacío repentino. Deseé que no se hubiera ido, a pesar de ser incapaz de decidir qué sentía exactamente por él: atracción, curiosidad, recelo o rechazo; todas esas emociones confluyendo a la vez, mareándome como a una pelota que rebota de un extremo al otro. En medio del tortuoso dilema, unos simples pastelitos rellenos de pasta de judías rojas adquirieron de pronto una importancia vital. Comérmelos equivaldría a bajar la guardia. ¿Acaso no tenía suficiente con lo que había experimentado al verlo con la catana? Me había gustado. Mucho. Demasiado. Y no solo por su aspecto hipnotizante. Eran sus movimientos, su autocontrol, el aire de dominio. Lo cual suponía un grave problema. De modo que tiré el paquete a la basura en un acto de pretendida rebeldía y salí al porche con la taza de té entre las manos. Fuera, la mañana era fría. El sol, todavía tenue, se alzaba sobre la montaña, y el único sonido que se oía en el bosque era el canto de los pájaros carpinteros.

Sesenta segundos después, seguía arrastrando esa maldita sensación de vacío. Mis ideas iban a la deriva, el tiempo parecía transcurrir en una inmovilidad heladora. Apreté los párpados. Obedeciendo a un impulso, volví a la cocina. Rescaté el paquete del cubo de la basura, lo abrí y me comí los dulces con un intenso placer culpable. Patético. La verdad acababa de abofetearme, y yo me había limitado a poner la otra mejilla.

21

La escena se reprodujo de forma casi idéntica a la de la noche anterior. Cuando salí del cuarto de baño, los fideos instantáneos estaban listos y Kenji me esperaba para cenar. Con una salvedad: la botella de sake y los dos vasos de cristal que había encima de la mesa.

—¿Celebramos algo? —pregunté, sin disimular el tono irónico.

Se limitó a entornar los ojos y me indicó con un gesto de la barbilla que me sentara. Comimos en un silencio solo interrumpido por el ruido que hacía él al sorber. Me pasé toda la cena intentando no mirarlo. Aunque me costó no fijarme en la curva de su cabeza, en la delicada línea de sus pómulos, en esa pequeña hendidura comprendida entre su nariz y sus labios sinuosos, en esas manos de samurái que nunca me tocarían porque estaban demasiado ocupadas construyendo muros. O destruyéndolos. Era como si su presencia física absorbiera toda mi atención.

Y cuando no pude soportarlo más, hablé.

—¿Cómo es?

Él levantó momentáneamente la vista y frunció el ceño.

—¿El qué?

—Ser de la Yakuza.

—¿Por qué? ¿Estás pensando en enviar tu currículum?

Resoplé.

—Muy gracioso. Claro que no, pero me resulta raro compartir mesa con un hombre del que apenas sé nada.

—¿Qué quieres saber?

—Vale. A ver... ¿Estás divorciado? Es evidente que sí, así que cuéntame. ¿Qué pasó entre vosotros? ¿Hubo otra mujer? No, apuesto a que te dejó ella a ti. Jornadas muy largas, manchas de sangre y escudos emocionales. ¿Me equivoco?

—«¿Es evidente que sí?» —repitió, las cejas arqueadas en un gesto de incredulidad que apuntaló con un resuello—. Para tu información, no he estado casado en mi vida. Y tampoco he mantenido una relación seria. Los apegos duraderos no son lo mío.

Ni siquiera me miró mientras lo decía, ajeno al impacto que tendrían sus palabras sobre mí. Pensé que quizá hubiera sido eso, su soledad, lo que lo había empujado a convertirse en lo que era.

—¿Y a ti? ¿Te espera algún hombre en Washington?

Sorprendida por la pregunta, noté que una pincelada de sonrojo me calentaba la cara.

—¿Además de mi jefe? —Negué con un movimiento de la cabeza—. Hubo alguien, pero... ahora estoy demasiado concentrada en mi carrera como para preocuparme por eso.

—Ya veo —dijo mientras servía el sake—. Así que ese es tu hábito poco saludable: eres una adicta al trabajo. O, como decís los americanos, una *workaholic* —precisó, en un inglés bastante bueno—. Deberías tener cuidado, periodista. El *karōshi*[20] ya no es un problema exclusivamente japonés, sino global.

—No soy ninguna *workaholic*. Lo que ocurre... —Tomé aire. Kenji me acercó un vaso, y el gesto me granjeó una tími-

---

20 Muerte por exceso de trabajo.

da sonrisa de labios alineados. Bebimos—. Ha sido un año muy duro. No solo en lo personal, también en lo profesional. —Enmudecí durante unos segundos. Contarle mi vida a un mafioso cuyas intenciones para conmigo no estaban claras no parecía lo más apropiado. Sin embargo, vi cómo me miraba, como si le interesara todo de mí, como si de verdad le interesara, y comprendí, sin saber por qué, que en el fondo deseaba abrirme con él. A veces, las personas se sienten cómodas hablando con desconocidos sobre cosas que no revelarían a sus propios amigos—. Verás, yo tenía un compañero en el *Washington Post*, un tipo llamado Nick Pulaski, que me robó una exclusiva muy importante.

—Ajá. ¿Cómo de importante?

—Tanto como para salpicar al mismísimo Pentágono.

Kenji silbó, impresionado.

—Iba a ser el gran reportaje de mi carrera, pero cometí el error de confiar en Pulaski. Estaba enamorada de él, supongo. En fin, el muy bastardo vendió la información a una cadena de televisión norteamericana y consiguió que lo contrataran. A mí, en cambio, me costó el puesto.

—Te despidieron.

—Peor aún. Me degradaron. En cuestión de días, pasé de ser una promesa del periodismo de investigación a la encargada de leer, filtrar y publicar las cartas enfurecidas de los lectores del diario. Aquello me hundió en el fango. Poco tiempo después perdí a mi padre y... —Llevé la vista al techo—. Bueno, no quiero aburrirte con todas estas digresiones sobre mi vida.

—Escucharte no me aburre, Mia. —Los ojos le brillaron cuando pronunció mi nombre. Sentí la calidez de su rodilla al rozarme fugazmente por debajo del *kotatsu* y mi propia euforia ardiéndome por dentro—. Háblame de él. Dijiste que era de Tokio, ¿verdad?

—Sí, de Setagaya.

—¿Y por qué se fue a América?

—Por amor —confesé, acariciando el borde del vaso con aire melancólico—. Mi madre era azafata de vuelo. Se conocieron en un avión y se enamoraron al instante. Como mis abuelos no aceptaban que mantuviera una relación sentimental con una *gaijin*, lo obligaron a escoger. La escogió a ella, naturalmente, de modo que cortaron lazos con su único hijo. No llegué a conocerlos, ambos murieron poco después de que yo naciera. Aunque dudo que me hubieran querido nunca, porque soy una copia compulsada de mi madre. ¿No es extraño cómo se transmiten los genes al azar?

Silencio.

—Así que ya no te queda familia en Japón.

—No. Y podría decirse que en Washington tampoco —añadí con acritud—. No tengo hermanos y, en cuanto a mi madre...

—¿Qué pasa con tu madre?

—Que la odio. —Apreté el puño en un acto reflejo bajo la mesa y sentí cómo me latía la sangre en la mano—. Con todas mis fuerzas.

—¿Por qué dices eso?

—Porque se ha olvidado de mi padre. Él lo dejó todo para estar con la mujer que amaba. Su vida, su país, su casa... ¿Y qué ha hecho ella? Sustituirlo por otro. Así. —Chasqueé los dedos—. Maldita sea, yo ni siquiera he reunido todavía el valor de imaginármelo en un tarro de cerámica, reducido a cenizas. *Otōsan* era mi centro de gravedad emocional —reconocí. A continuación, me bebí todo el sake que me quedaba en el vaso ante el atento escrutinio de mi interlocutor—. ¿Alguna vez te has sentido como un cascarón vacío?

La sonrisa más triste del mundo asomó a los labios de Kenji.

—Mi vida ha tenido muchos altibajos, momentos de pánico, miseria y, en contadas ocasiones, felicidad. Las elecciones que he hecho hasta el día hoy acuden a mi encuentro para plantarme cara a menudo, pero he acabado acostumbrándome. No sé si eso responde a tu pregunta.

—Creo que sí.

—Bien.

Tras la inesperada confesión, se apresuró a esconder la mirada detrás de un trago de alcohol. Para entonces, yo ya había llegado a la conclusión de que su pasado no era un tema con el que se sintiera cómodo. Saltaba a la vista que no le gustaba desenterrar recuerdos, y si lo había hecho conmigo, probablemente se estuviera arrepintiendo en ese instante. La conversación se ahogó. Hubo unos diez segundos de silencio sepulcral. Después, quisimos romper el hielo a la vez, separados los labios a punto de decir algo que quedó retenido en ambas bocas para evitar el atropello.

—Yo...

—Tú...

Sonrisa.

Caída de párpados.

Otra sonrisa.

Un mechón de cabello detrás de la oreja.

—¿Qué ibas a decir?

—Que si tú también eres de Tokio.

—Bueno, hay una gran diferencia entre ser de Tokio y nacer en Tokio —repuso Kenji—. Hacen falta al menos tres generaciones para que pase a considerarse como el hogar de una familia, aunque ¿acaso puede alguien en su sano juicio sentir un vínculo de sangre con una ciudad como esa? Tokio no es más que un vendaje para envolver alguna herida psíquica irreparable. —Suspiró y se restregó los ojos; las pestañas se le recogieron en triangulitos mojados—. Nací en Nagoya, pero llevo muchos años viviendo en la capital por cuestiones que no vienen al caso.

—Creo que... comprendo lo que dices. Yo misma tenía una visión bastante idílica de la ciudad hasta hace unos días. Verás, solo he estado en Tokio dos veces. La primera, en 1999. También fue la primera vez que mi padre volvía a Japón desde su marcha, pero esa es otra historia. En fin, aquel viaje fue muy importante para mí porque me ayudó a comprender mejor quién era yo, a aceptarlo, y me unió muchísimo a *otōsan*. No es fácil crecer siendo mitad japonesa en Estados Unidos —puntualicé.

—Me lo imagino. ¿Por qué no volviste nunca, entonces?

—Por los estudios, por el trabajo, porque cuando disponía de vacaciones no disponía de dinero suficiente... No hay una razón en particular. La vida, ya sabes. —Asintió—. Así que descubrir su lado más sórdido ha sido decepcionante para mí. No es que no supiera de la existencia de los *hostess clubs*, las salas de *pachinko*, el sushi corporal o... la Yakuza; no soy ninguna ingenua —aclaré—. Pero...

—Verlo con tus propios ojos ha enturbiado el recuerdo que tenías de la ciudad.

—Sí, eso es exactamente lo que ha pasado.

Cruzamos una mirada sostenida en el tiempo. Y durante un lapso, un brevísimo lapso, tuve la sensación de que me entendía mejor que nadie.

Kenji rellenó los vasos una vez más.

—¿Qué sucedió para que el *Post* te perdonara por el asunto de ese tal Pulaski? —preguntó para reconducir el diálogo.

—Oh, no me han perdonado. Digamos que todavía estoy en periodo de prueba —admití, con la lengua un poco suelta por el sake.

—Pero no te enviarían a Tokio sin un motivo de peso. ¿Qué pasó? Tuvo que ser algo muy gordo.

—Pues...

Enmudecí de golpe.

Acababa de darme de bruces con la realidad.

Una punzada repentina de ira me perforó el estómago. La garganta. Mi pobre corazón, abierto de par en par. Y la certeza de que me habían engañado de nuevo me aplastó como una apisonadora.

Sin piedad.

—¿Este era tu propósito desde el principio? La charla, el sake... No eran más que una estrategia para volver a lo mismo, ¿verdad? Querías que me relajara, que bajara la guardia, que creyera que eres..., ¿qué? ¿Un amigo? ¿Un aliado?

A Kenji se le oscurecieron los ojos; nunca se los había visto tan negros. Tensó la mandíbula y desvió la vista, un signo inequívoco de su falta de honestidad.

—No saques las cosas de quicio, ¿quieres? Solo estaba tratando de mantener una conversación normal, eso es todo.

En ese punto, no pude evitar levantar la voz, la barbilla y hasta las manos.

—¿Me tomas por estúpida? Lo único que pretendías era probar una táctica distinta a la de ayer para sonsacarme información.

—Te recuerdo que has sido tú quien ha comenzado a hacer preguntas personales. Yo me he dejado llevar, nada más.

—Perdona, pero no pareces precisamente la clase de hombre que se deja llevar. Eres el tipo con más autocontrol que conozco.

—Tú no me conoces, Mia. No sabes nada de mí.

—Exacto, no sé nada de ti. Para empezar, no tengo ni idea de por qué te interesa tanto mi investigación. Dices que eres mi única opción, aunque, tal y como yo lo veo, podrías estar jugando a dos bandas. Podrías seguir trabajando para Hattori. O podrías haberle hecho creer que me has matado para ganar tiempo mientras consigues lo que quieres y se lo vendes a su enemigo.

Kenji sacudió la cabeza con cara de no dar crédito.

—¿Insinúas que trabajo para Hosokawa?

—Tiene toda la pinta, sí.

—Ya, pues te equivocas de pleno, encanto.

—No vuelvas a llamarme «encanto» —le advertí, muy seria—. Ni se te ocurra tratarme como a una de esas chicas con las que tú y tu gente comerciáis como si fueran ganado. Me dais asco.

—Muy bien, periodista, se acabó —zanjó, al tiempo que se incorporaba. Elevé la vista para mirarlo. A veces se me olvidaba lo alto que era. Reparé entonces, demasiado tarde, en la furia latente en la expresión de su rostro. Con todo, mantuvo la calma cuando añadió—: No me apetece seguir discutiendo con una *gaijin* terca que no sabe cuándo parar.

Ignoré el comentario y continué acorralándolo.

—Dime, Samurái, ¿dónde demonios pasas las horas mientras yo me quedo en esta casa sin saber qué será de mí? —pregunté, escupiéndole las palabras una a una, igual que si fueran veneno. Kenji cerró los ojos, respiró hondo y se pasó la mano por la nuca en un asombroso ejercicio de contención—. Quiero la verdad, tal cual, sin adulterar. A lo mejor, podríamos ayudarnos mutuamente.

—No puedo ayudarte, ¿vale? Tú no lo harías si estuvieras en mi lugar. Créeme, Mia, cuanto menos sepas, mejor para ti.

Fue tan impactante escucharlo decir aquello que incluso vi mi propia conmoción reflejada en sus pupilas.

«¿Mejor para mí? Y una mierda».

—Debe de resultar agotador ser un hombre cruel y generoso al mismo tiempo —rematé, con suma amargura.

Kenji exhaló despacio antes de salir al porche, quién sabe si para fumar o para tratar de serenarse. Y luego, una ráfaga de aire helado se coló por la puerta corredera.

22

Los siguientes días se sucedieron envueltos en una insoportable monotonía, cada uno prácticamente calcado al anterior. La atmósfera de la casa se había vuelto aún más densa e irrespirable. Quizá tuviera algo que ver la manera en la que habíamos zanjado nuestra última conversación. Mucho. O todo. Desde entonces, una grieta invisible se había abierto entre ambos y se ensanchaba a medida que las horas, los minutos y los segundos se resbalaban implacables del reloj. Aquella noche, mientras compartíamos sake y confidencias, había creído de veras que nos acercábamos el uno al otro. En cierto modo, que sucediera algo así era extraño e incluso poco apropiado. Pero, a decir verdad, me había sentido bien hablando con él, menos sola, como si el peso de mis cargas personales se hubiera aligerado. Puede que la soledad sea, en realidad, el deseo desesperado de que alguien especial te escuche. Yo no solía sincerarme con la gente. Tenía amigos en Washington, claro; sin embargo, mi naturaleza reservada se había intensificado después de la traición de Nick Pulaski. En cambio, no me había costado mucho desnudar las partes más frágiles de mi alma frente a un desconocido y expresar en voz alta mis anhelos y miedos.

Craso error.

Nunca debería haber confiado en un yakuza.

Y, definitivamente, nunca debería haber vuelto a confiar en un hombre.

En aquel punto, la relación con Kenji era igual que el juego de la cuerda: el primero que cediese, perdería. Quizá por eso, porque no estaba dispuesta a perder, apenas le dirigía la palabra; era preferible seguir estirando, aunque me despellejase los dedos. Continuaba espiándolo al alba, cuando salía a entrenar con la catana —podía renunciar a hablarle, pero no a verlo—, y en el momento en que sentía que la visión empezaba a nublarme el juicio, corría a mi cuarto, me tendía en el futón y me quedaba en silencio, observando las motas de polvo que flotaban en caída libre desde el techo. No salía hasta que oía el ruido del coche, alejándose de la casa. Entonces, me envolvía una extraña sensación de pérdida. Estaba empeñada en no escucharme a mí misma, en no oír lo que mi cuerpo y mi mente me gritaban, pero no podía obviar que un hormigueo de desesperación me recorría entera con cada una de sus ausencias.

Las horas se iban acumulando en una espiral de aburrimiento y ansiedad, ansiedad y aburrimiento, una detrás de la otra sin que sucediera nada; parecía que hubieran entrado en una dimensión distinta y borrosa, como si mi vida hubiera comenzado la noche que Kenji me llevó a ese refugio con esencia de cárcel. Al final, empecé a creer que no era yo la que huía del tiempo, sino que era el tiempo el que huía de mí. Hacía todo lo que podía para sobrellevarlo, sin saber cuánto más iba a ser capaz de soportar. Leía una y otra vez los mismos libros, hojeaba las mismas revistas viejas, recogía las hojas secas que se amontonaban en el porche o los primeros frutos del otoño que los pájaros no habían tocado. Como había dejado el portátil escondido en el hotel, no podía repasar mis notas sobre la investigación, cosa que me frustraba muchísimo. Claro que lo contrario habría sido demasiado arriesgado. ¿Qué garantías tenía de que Kenji no me obligara a mostrarle su contenido, tarde o temprano? Ninguna, cero. El tatami se me hundía bajo los talones con cada paso que daba; el corazón, un poco también. La idea de escapar planeaba errática sobre mi cabeza. No obstante, había algo que me anclaba a ese lugar, una mezcla de muchas cosas que no sabía, no podía o no me atrevía a definir.

Las noches no eran mejores, a pesar de que la certidumbre de su presencia física me tranquilizaba de alguna forma. Procuraba evitarlo cuando volvía, de manera que toda la comunicación que manteníamos se limitaba a un tenso intercambio de frases a través de la puerta.

Por ejemplo:

—¿Hoy tampoco vas a cenar conmigo?

—¿Y que me sometas a otro de tus interrogatorios? Gracias, pero no. Además, ya he cenado.

—Algún día tendrás que dejar de esconderte en esa habitación y dar la cara, periodista. Asúmelo. Y también tendrás que contarme lo que sabes de Hattori-sama, si esperas que salgamos pronto de este lío.

—O si no, qué, ¿eh? ¿Me torturarás hasta que hable?

—Es una posibilidad.

—Buena suerte, entonces. Tengo un nivel de tolerancia al dolor muy elevado.

Esa noche en concreto, creí advertir un leve abatimiento en la sombra que se proyectaba en el panel. Estaba ahí, en la pesadez de sus hombros, en la inclinación de su cabeza, con el pelo cayéndole hacia delante igual que una cortina movida por la corriente. Había algo sobrecogedor en su silueta, una soledad manifiesta, casi tangible.

—Como quieras.

A la mañana siguiente, me lo encontré en la cocina. Llevaba una camisa vaquera remangada unos centímetros por encima de las muñecas que le sentaba como un guante. Una varilla de sus gafas de sol asomaba por el bolsillo frontal, justo encima de un paquete medio aplastado de cigarrillos Mild Seven. Debía de haberse afeitado, porque el aroma a loción masculina aleteaba en el aire con vigor. Sentí que me mareaba ligeramente, como siempre que estaba cerca de él. Era demasiado atractivo, demasiado imponente, demasiado alto.

Demasiado inaccesible.

«Tensa la cuerda, Mia. Vamos, no cedas. Sigue tirando».

—¿Qué haces aquí? ¿Hoy no tienes que irte? —le pregunté, tratando de obviar el hecho de que acabábamos de establecer contacto visual por primera vez en varios días.

—Hay una lavandería en el pueblo más cercano, a unos cinco kilómetros al sur —respondió, con su impasibilidad habitual—. Voy a llevar mi ropa. Si quieres, puedo llevar la tuya también.

Aquello me pilló tan desprevenida que no pude evitar soltar una carcajada de incredulidad.

—¿A la lavandería? Me tomas el pelo, ¿verdad?

—En absoluto.

—Ya. ¿Y no te parece que deberías concentrarte en encontrar una solución a nuestro problema, en vez de acomodarte? —le reproché.

—Te aseguro que no tengo ninguna intención de quedarme aquí para siempre. Pero tu actitud tampoco ayuda mucho, que digamos. Si me contaras lo que escuchaste aquella noche...

Suspiré.

De ninguna manera iba a caer en su trampa de nuevo.

—¿Sabes qué? Déjalo. No me apetece seguir dando vueltas sobre lo mismo. Oye, ¿puedo ir contigo? Me vendría bien tomar el aire.

Kenji hizo un gesto de negación.

—Es mejor que vaya solo. Podría ser peligroso.

Chasqueé la lengua y resoplé de forma ruidosa.

—No es justo, ¿vale? Tú sales y entras a tus anchas mientras yo permanezco atrapada entre estas cuatro paredes día tras día. Estoy harta, Kenji. Harta de esta casa, de comer siempre los mismos malditos fideos instantáneos, de dormir en un puñetero futón y de no saber hasta cuándo va a durar esta pesadilla. Al menos, déjame llamar a mi jefe.

—Me parece que no.

—¡Por el amor de Dios, me van a despedir!

—Sería mucho peor que te matara la Yakuza, créeme. Y ahora, dame tu ropa, venga.

—¿Alguna vez pierdes los papeles o eres siempre un jodido témpano de hielo japonés? Me resulta insoportable que no te alteres nunca.

—Y a mí me resulta insoportable que los occidentales tengáis la necesidad de verbalizar constantemente cualquier cosa que se os pasa por la cabeza. ¿Me das la ropa o qué?

—Puedo ocuparme de mi ropa yo misma, gracias.

—Muy bien —zanjó. Y acto seguido, se dio la vuelta.

—Espera. —Kenji ladeó la cabeza y me miró con la displicencia de un samurái a punto de decapitar a su enemigo; parecía que aquel par de ojos oscuros lanzaran dagas. Tragué saliva—. ¿Vas a volver?

Ni siquiera supe por qué había preguntado algo tan absurdo, inoportuno e irracional. Observé que la forma natural de sus cejas variaba de un modo que tal vez no significaría nada para la mayoría de la gente, pero, a mí, esa ligera alteración sí me decía muchas cosas. Vi enfado en su expresión. Y una extraña mezcla de vulnerabilidad y desafío.

—¿Acaso no he vuelto siempre?

23

El reloj marcaba las once cuando tomé la decisión. Lo había estado meditando. Kenji aún tardaría un buen rato en regresar, ni siquiera tendría por qué enterarse. Tampoco iba a pasar nada por salir a respirar un poco de aire fuera de los límites asfixiantes de aquella casa donde hasta las habitaciones resonaban en el silencio. ¿No se suponía que me había llevado a un lugar seguro? El verdadero peligro estaba en Tokio, y Tokio quedaba muy lejos, a cientos de kilómetros. Y, de todos modos, no pensaba alejarme demasiado. Cualquier argumento era válido con tal de no quedarme allí encerrada otro día más.

—Si él puede ir a la puñetera lavandería, no veo por qué yo no puedo estirar las piernas un rato —me dije en voz alta, mientras me ponía las zapatillas deportivas en el porche.

Enfilé hacia el bosque frondoso que se expandía ante mis ojos. El sol era de un tono amarillo pálido, parecía un disco muy fino en el cielo nacarado de la mañana. Soplaba un viento frío desde el valle, y me tiré de las mangas del jersey para taparme las manos. Las hojas de los arces, las hayas y los abedules formaban una alfombra natural de color ámbar y bermellón que crujía bajo mis pisadas. Mientras caminaba por entre el sotobosque, vi una libélula revoloteando con sus alas transparentes como el celofán y seguí su estela. Por primera vez en mucho tiempo experimenté algo similar a la libertad, parecía que estuviera extendiendo los dedos hacia un mundo que iba más allá del mío. Ahí fuera, en el esplendor casi otoñal, no quería que nada ni nadie ocupara mis pensamientos. Ni la investigación sobre Kaito Yamada, ni un puesto de redactora que todavía pendía de un hilo, ni los problemas con mi madre, ni la Yakuza, ni muchísimo menos Kenji. Lo único que deseaba era aspirar el aroma penetrante de la resina y del musgo y dejarme llevar por la quietud del *shinrin-yoku*.[21] Caminé y caminé hasta perder la noción del tiempo. Me sentía tan bien con la mente en blanco... De pronto, me pareció oír el rumor del agua; en alguna parte debía de haber un río. Me propuse encontrarlo guiándome por el sonido, a través de un sendero que llegaba hasta un pequeño claro. A la luz, advertí que el día se había vuelto gris. Las nubes pintaban el ambiente con un matiz de ocaso, lo que no me impidió continuar con la búsqueda. Oteé un saliente de rocas con las hendiduras teñidas de óxido y hierro y decidí ir hacia allá para ver qué había al otro lado.

Seguro que el paisaje merecía la pena.

Plic.

Una gota me cayó en la frente, seguida de cerca por otras dos. Hasta que el aguacero no atravesó las copas de los árboles no di media vuelta. La tormenta me había sorprendido con su sigilo, típico de las zonas montañosas como aquella. Eché a correr. La lluvia me empapaba la cabeza, se me metía por el cuello del jersey y me calaba las zapatillas, pero no me detuve. El viento también se recrudeció. Las nubes bajas que encapotaban el cielo no dejaban pasar la luz, parecía que estuviera oscureciendo. Tal vez por eso me desorienté. De repente, me

---

21 Literalmente, «baño forestal». Práctica que consiste en pasear por el bosque de forma meditativa.

di cuenta de que no sabía dónde estaba ni cuál era el camino de vuelta. Apenas se veía nada. A mi alrededor solo había árboles cuyas ramas se agitaban violentas, agua que caía con el peso de lo inexorable y la silueta oscura de una montaña en la lejanía, amenazante como una ola en pausa. Frené y me cubrí la cabeza con las manos frente a aquel tramo angosto que se revolvía sobre sí mismo. ¿Hacia dónde debía ir? ¿En qué dirección? No tenía ni idea. Me había perdido, maldita fuera. Si no encontraba rápido la manera de regresar, Kenji se enteraría de que me había saltado las normas. Y, la verdad, no me apetecía lo más mínimo poner a prueba la paciencia de un yakuza. Giré en redondo por pura intuición y me tropecé con un tocón que no había visto. Resultó que estaba justo en el borde del sendero, y las consecuencias fueron terribles: resbalé por una pendiente lo bastante inclinada como para que el golpe fuera fatal al llegar al suelo. Si llegaba. Caí como una muñeca de trapo, entre alaridos, dando bandazos de un lado a otro, aunque, por suerte, pude agarrarme a las raíces sobresalientes de un árbol a tiempo.

Juro que mi vida entera pasó ante mis ojos en una fracción de segundo.

Miré abajo con el corazón en un puño, el pulso de mis rodillas magulladas acompasado al latido.

—Ay, Dios mío…

La situación era peor de lo que creía.

Mucho peor.

Noté que me mareaba de vértigo, de modo que intenté impulsarme hacia arriba. Grité para sacar toda mi fuerza de dentro, toda la que mi propio instinto me decía que tenía, la que me salvaría, pero no fue suficiente. Volví a intentarlo. No iba a rendirme, era una luchadora nata. Esta vez me agarré tan fuerte a mi asidero que se me rompieron varias uñas. Tampoco sirvió de nada. Los brazos me ardían por el esfuerzo de mantenerme sujeta; pronto el dolor se me ramificó hacia las manos. Era un dolor punzante, lacerante, brutal. La lluvia arreciaba, parecía que descargara su furia directamente contra mí, lo cual tampoco era de gran ayuda. Cuando las yemas de los dedos se me empezaron a escurrir, entré en pánico.

Temía de veras por mi vida.

—¡Socorro! —bramé, desde el fondo de mis pulmones, desde lo más profundo de mis entrañas—. ¡Que alguien me ayude! ¡Socorro! ¡Ayuda!

Pero allí no había nadie.

Solo estábamos mi desesperación y yo.

Y diez dedos como garras resbaladizas que no soportaban la presión.

Luego, nueve.

Ocho.

Siete.

Respiraba cada vez con más dificultad, con lo cual malgastaba mucha energía que podría haber empleado para tratar de impulsarme de nuevo hacia arriba. Claro que es muy difícil mantener la cabeza fría cuando a tu vida le quedan tan pocos segundos como dedos de una mano.

Seis.

Cinco.

Mi cuerpo exhausto, magullado y tembloroso me pedía que me dejara caer, que me rindiera. Volví a mirar hacia abajo, hacia las negras fauces de la tierra, abiertas para acoger mi cadáver. «Ahí estarás mejor, se acabarán todos tus problemas, se acabará el dolor».

Cuatro.

Pero hasta el último átomo de mi alma luchaba por resistir.

—¡No! ¡No! ¡No! ¡No quiero morir! ¡No voy a morir! ¡Tengo que salir de aquí y vivir!

Aquel no podía ser el fin, no así, no en ese lugar, no en ese momento. Irme de esa manera tan absurda sería una verdadera desgracia. Me quedaban demasiadas cosas por hacer. Escribir el gran reportaje de mi carrera periodística. Ir de vacaciones a alguna isla paradisiaca. Conducir una autocaravana. Teñirme el pelo de azul como Kate Winslet en *Eternal Sunshine of the Spotless Mind*. Amar de verdad a alguien, con los cinco sentidos. Y que ese alguien me amara a mí con la misma intensidad. Quería que me sucediera algo extraordinario, algo que cambiara por completo mi mundo, no que me destruyera en un visto y no visto. Noté una fuerte opresión en el pecho. ¿Por qué había malgastado tanto tiempo?

Tres.

Tres malditos dedos me mantenían a flote.

Solo tres.

Pedí auxilio una y otra vez, más fuerte, más desde dentro, hasta que noté que mi propia voz me raspaba la garganta igual que una lija. El dolor se agudizó. La falta de aire también. Mi visión empezó a ser borrosa. Parecía que unas formas oscuras flotaran en el borde de mi campo visual. De pronto, pensé en mi madre y me di cuenta de que la mera idea de no volver a verla me aterrorizaba. Tuve la necesidad imperiosa de estar con ella, de tenerla al alcance de mis ojos, a mi lado, lo suficientemente cerca como para poder tocarla. Rompí a llorar. Y en ese instante sentí que todo el resentimiento que guardaba en mi interior se diluía como lágrimas en la lluvia.

—Mamá… Mamá… Por favor, perdóname —sollocé.

Dos.

Era inevitable.

Iba a morir.

Y no había nada en absoluto que pudiera hacer al respecto.

24

Me encontraba al límite de mi resistencia física y psicológica cuando lo oí. Al principio, dudé. No era más que un eco lejano e indistinguible; quizá solo estuviera delirando a las puertas de la muerte. Hasta que escuché mi nombre con claridad y supe que no me lo había imaginado.

—¡Mia! ¡Mia!

El sonido de su voz suavizó los bordes del mundo por un instante.

—¡Aquí! ¡Estoy aquí! —grité, con la escasa energía que me quedaba. Pensé que no me oiría. La lluvia era muy intensa y mi voz, un hilo ronco, apenas audible. Insistí—. ¡Aquí abajo!

Noté que el chapoteo de sus botas se acentuaba mientras corría hacia mí, convertido en un borrón.

—¡Aguanta, Mia! ¡Aguanta un poco más!

Gracias a Dios. Me había oído.

Kenji apareció enseguida en mi campo visual, agitado y empapado. La lluvia le aplastaba el pelo, separado en brillantes mechones sobre el rostro. Se arrodilló en el borde de la pendiente y se inclinó todo lo que pudo hacia delante, la espalda encorvada como el más poderoso arco de un samurái. Evaluó la situación en una fracción de segundo. Hundió la mano izquierda en la tierra para sujetarse y luego, sin pensárselo, extendió el brazo derecho.

Lo que pretendía era demasiado arriesgado.

Pero poco más se podía hacer.

—¡Suelta la raíz y agárrate a mí! ¡Tiraré hacia arriba con todas mis fuerzas! —exclamó.

Parecía que estuviera muy cerca y muy lejos al mismo tiempo.

—¡No puedo! ¡Podríamos caernos los dos!

—¡Por favor, Mia! ¡No nos queda otra opción!

Me miraba con el semblante contraído en una mueca de desesperación, las pupilas trémulas, los labios entreabiertos, la vena de la frente hinchada. Con el cabello mojado, cayéndole hacia delante como una cortina, me pareció sumamente vulnerable.

—Tengo miedo, Kenji.

—Yo también. —Tragó saliva—. Pero sé que, si me das la mano ahora, ese miedo desaparecerá.

Lo supe ahí, justo ahí. Al mirarlo a los ojos, percibí que su preocupación por mí era genuina, que era honesto, que siempre lo había sido. Quizá porque es en los momentos más difíciles cuando aflora la verdadera naturaleza de las personas. O quizá porque, en el fondo de mi corazón, bajo capas y capas de subterfugios y justificaciones, nunca había creído que no lo fuera. Así que confié en él sin reservas. Me lo decía el instinto, la entraña. ¿Cómo no hacerlo, cuando se estaba jugando la vida por mí? Si no era lo bastante rápido, moría yo. Pero si no empleaba la fuerza suficiente para mantenerse anclado al suelo mientras me rescataba, moría él.

Sin embargo, estaba dispuesto a correr el riesgo.

—Vamos, Mia. Dame la mano.

Cerré los ojos. O eso creo.

Dos dedos.

Uno.

Todo sucedió muy deprisa a partir de entonces. Noté que tiraba de mí, y el brazo se me tensó como un cable de acero; pensé que me lo arrancaría del cuerpo. Después, sentí que volaba durante unos segundos y que aterrizaba tras una intensa sacudida. Lo primero que vi al abrir los ojos fueron las venas de su cuello, tan marcadas que daba la impresión de que fueran a explotar en cualquier instante. Por acción de la inercia, había caído encima de él. Bajo el aguacero, nuestras miradas se engarzaron, atraídas por una energía tan irresistible como efímera. Reparé en su rostro enrojecido por el esfuerzo, en su respiración entrecortada, en su camisa manchada de barro, en la humedad de la sangre reciente, en mi propia conmoción reflejada en sus ojos. Pensé que era lluvia lo que se me enredaba en las pestañas, aunque en realidad eran lágrimas.

Me sentía viva. Y también culpable. Estaba en shock.

—Lo siento... Lo siento mucho. Yo... no sé en qué estaba pensando —confesé entre sollozos.

—Estoy aquí. Estoy aquí —dijo, apartándome el pelo de la cara con esas manos que habían sido mi tabla de salvación.

Nunca dos simples palabras significaron tanto.

Al tratar de incorporarme, me falló el equilibrio, pero Kenji me sostuvo a tiempo. Clavó la vista en mis rodillas; los pantalones se me habían roto y las heridas no tenían muy buena pinta. Luego, llevó la mirada al cielo con aire de preocupación. No parecía que fuera a amainar, y ambos estábamos demasiado mojados, agotados y aturdidos como para pensar con claridad. Tal vez por eso decidió cogerme en brazos y echar a correr con resolución.

—Es la forma más rápida de salir de aquí que se me ocurre —aclaró.

No me opuse, no tenía fuerzas para hacerlo. Tan solo me quedé quieta, sintiendo contra la cara el soplo de su respiración agitada. De vez en cuando me decía que ya faltaba poco y yo asentía, conteniendo las ganas de seguir llorando. Me notaba el cuerpo ligero y el corazón pesado, como si este último albergara más sentimientos de los que pudiera soportar. Kenji conocía bien el bosque, así que tardamos menos de lo que cabría esperar en llegar a casa. Ni siquiera se molestó en descalzarse ni en recuperar el aliento, fue directo al cuarto de baño conmigo todavía en brazos. Allí me bajó y acto seguido se arrodilló para sacarme las zapatillas deportivas y los calcetines, llenos de fango. Yo observaba cada uno de sus movimientos sin decir nada. Quería hablar, pero era incapaz; las palabras se me trababan en la garganta.

Después, se puso de pie y dijo:

—Voy a quitarte la ropa. No te asustes, ¿vale?

Tragué saliva.

—Vale.

Me desvistió despacio. Primero el jersey, luego los pantalones. Lo hizo con mucho respeto, procurando no recrearse más de la cuenta. Aun así, no pude evitar cubrirme con las manos cuando me quedé desnuda. Era consciente de la sensualidad de mi cuerpo. Y también de cómo le afectaba a él, por mucho que se esforzara en mostrarse distante. Había algo latiendo en el ambiente, algo que no se podía ocultar. Tal vez sus emociones congeladas hubieran empezado a derretirse de verdad. Se apresuró a envolverme en una toalla y me secó con sumo cuidado, como si fuera una frágil figura de porcelana. Cogió su *yukata*, colgado en la pared, y me lo puso. Olía a él. Al rozarme los hombros desnudos con los dedos, pequeñas protuberancias que recordaban al fondo granuloso del océano aparecieron en mi piel.

—Estás temblando —advirtió, al tiempo que me ataba el cinturón.

Entonces, se desprendió de la camisa, que cayó al suelo hecha un ovillo mojado. La visión de su torso me provocó un fuerte impacto. Kenji tenía el pecho y los brazos tatuados al estilo yakuza: una explosión de ondas de color repartida entre los pectorales, con el esternón libre para evitar transparencias incómodas, y otra desde la curva de los hombros hasta un palmo por encima de las muñecas. Entre las líneas sinuosas de sus músculos trabajados, grandes peces *koi* nadaban a contracorriente.

Era fascinante.

Muy seductor.

Tras el primer impacto, llegó el segundo, cuando me abrazó sin mediar palabra para que entrara en calor. Al apoyar la cabeza en su pecho, sentí en el cuello cómo latía el corazón del Samurái, como si esas pulsaciones fuesen el único testimonio de que estaba viva. Cerré los ojos y me dejé acunar en la caída hacia un lugar incierto, abandonándome a las sensaciones de mi cuerpo, mientras la tormenta rugía en el exterior. Hacía tanto tiempo que nadie me abrazaba así que no quería moverme. Pensé que, entre los brazos de Kenji, no me importaría descender a los infiernos.

Y aunque todo siguió igual, de pronto todo había cambiado.

25

Me desperté empapada en sudor. Notaba los labios agrietados y la garganta seca, tenía sed. ¿Qué hora era? Parpadeé varias veces hasta que por fin pude mantener los ojos abiertos en la penumbra. Obnubilada, miré a mi alrededor. Tras la confusión inicial, me di cuenta de que estaba en mi cuarto, aunque no recordaba cuándo ni cómo había llegado hasta allí. Agudicé el oído. No parecía que siguiera lloviendo, pero sí pude percibir la cadencia de una respiración suave a mi espalda. Al darme la vuelta, vi a Kenji acostado en un futón junto al mío, y se me aceleró el corazón. Dormía profundamente, una mano bajo la almohada y la otra estirada de manera inconsciente hacia mí, como buscando el contacto o como si quisiera protegerme incluso en el sueño. Sonreí. No entendía por qué estaba durmiendo a mi lado, claro que tampoco me importaba. Preferí deleitarme en ese momento único de cercanía y quietud, observando sus rasgos relajados, el remolino que se le formaba en el nacimiento del pelo, la extraordinaria longitud de sus pestañas, el asomo de una barba incipiente, la cicatriz en el lóbulo de su oreja. Llevaba una camiseta blanca de manga corta que dejaba a la vista los tatuajes de sus brazos. La visión de aquellas coloridas carpas me devolvió escenas líquidas de las horas anteriores. Kenji arropándome con el calor de su propio cuerpo; Kenji curándome las heridas de las rodillas; Kenji mojándome la frente con una toalla; Kenji apartándome los mechones húmedos de la cara; Kenji sujetándome la cabeza para ayudarme a tragar un analgésico; pequeños instantes de claridad en los que siempre aparecía él, mi ángel yakuza.

Advertí entonces que se le movían los párpados y que fruncía el ceño; debía de estar soñando. Alargué la mano y desplegué los dedos, todavía doloridos y amoratados. Solo quería deslizar las yemas sobre el punto en el que se unían las cejas y alisar aquella arruga, liberarlo de cualquier preocupación que perturbara su sueño. Sin embargo, él abrió los ojos de golpe y me sujetó la muñeca antes de que pudiera tocarlo. No fue más que un acto reflejo propio de alguien que, tras un tiempo conviviendo con el peligro, ha desarrollado un sexto sentido asombroso para detectarlo. Desconcertado, me escrutó unos segundos y me soltó enseguida.

—Lo siento —susurró.

Había en la voz de su primer despertar un rasguño profundo. Otro nuevo aspecto que apreciar.

—No pasa nada. Creo que estabas soñando.

—Ah, ¿sí? ¿He dicho algo?

—¿Por qué lo preguntas? ¿Te da miedo lo que puedas decir mientras duermes?

Kenji esbozó una sonrisa perezosa. A continuación, se inclinó sobre mí y me puso la mano en la frente.

—Parece que ya no tienes fiebre, pero deberías descansar un poco más.

—¿Has... pasado toda la noche a mi lado?

—En realidad... —respondió, echó un vistazo al reloj e hizo un rápido cálculo mental—, han sido dieciocho horas.

Cuando volví a abrir los ojos, el futón de Kenji estaba vacío. A juzgar por la luz que se filtraba a través de la cortina de bambú, debía de ser más de mediodía. Resignada, me levanté. Notaba un sabor agrio en la boca, fruto de la fiebre; necesitaba beber agua y lavarme los dientes con urgencia. Además de una ducha. Aún llevaba puesto su *yukata*. Al recordar cómo me había desnudado el día anterior, se me erizó la piel. De pronto, un aroma delicioso me acarició el olfato. Encontré a mi salvador en la cocina, cortando cebolletas sobre una tabla de madera con expresión concentrada. Lo observé sorprendida ante la gracia de sus movimientos y su insospechada soltura en el espacio doméstico. Me desconcertaba que nada en él fuera como cabría esperar. Una olla de caldo *dashi* borboteaba en el fuego, despidiendo un vaho aromático que reconocí enseguida.

—No me digas que estás haciendo sopa de miso.

Kenji levantó la vista de la tabla y asintió.

—Te vendrá bien para recuperarte, es muy nutritiva.

—¿Y de dónde has sacado los ingredientes? —Señalé el tofu, las verduras frescas y las algas dispuestas encima de la mesa de forma ordenada—. No había nada de eso en la despensa.

—Bueno, ayer dijiste que estabas harta de comer fideos instantáneos, así que aproveché para comprar unas cuantas cosas después de llevar la ropa a la lavandería.

Apreté los párpados.

«Ayer».

«Ayer podría haber perdido la vida de no haber sido por ti».

«Ayer nos puse a ambos en peligro y tú hoy me preparas una sopa de miso».

Los remordimientos me pesaban hasta en las entrañas. Eran demasiadas cosas las que había hecho por mí, demasiadas veces. Pensé en una disculpa. Pero hay ocasiones en las que se requiere algo más que un simple «lo siento».

—Por cierto, ¿cómo te encuentras?

—Bastante bien, pero necesito una ducha. En cuanto a tu *yukata*, no creo que vayas a poder usarlo hoy —reconocí, y me mordí el labio, avergonzada.

—No importa. Me alegro de que te sientas mejor.

Esbocé una sonrisa tímida.

Kenji me esperaba arrodillado en *seiza* junto a la mesa. La estufa estaba encendida, el ambiente en el salón era cálido. El día lucía radiante a través de la ventana; sin rastro de la tormenta, los rayos de sol incidían sobre el tatami creando caprichosas formas geométricas. Cuando me disponía a sentarme, me fijé en la barrita de incienso encendida en el mueble.

—¿Y eso?

—Hoy es día doce.

Me quedé paralizada y me llevé las manos al pecho con gran conmoción.

Doce de septiembre.

Eso quería decir que hacía diez meses de la muerte de *otōsan*.

Y él se había acordado.

—¿Lo has hecho por mi padre?

Kenji me miró a los ojos. En sus pupilas centelleantes, pude ver su imagen nítida, como si fuera mi propia alma absorbida hacia el otro lado del espejo.

—Sé lo importante que es para ti.

Había dicho «es» y no «era». En presente y no en pasado, el corazón del verbo latiéndole en los labios; tal vez porque creía, igual que yo, que nadie muere del todo mientras haya una sola persona en la Tierra que lo recuerde.

—Yo… no sé ni qué decir.

—No hace falta que digas nada. Comamos antes de que se enfríe, por favor —me pidió, invitándome a sentarme con un gesto de la mano.

Así lo hice. Él destapó la olla y colmó dos tazones de sopa humeante. También había té y un par de cuencos de arroz hervido.

—*Itadakimasu.* —Di las gracias por la comida como me había enseñado mi padre, juntando las manos en posición de rezo e inclinando la cabeza con respeto. Acto seguido, me llevé la primera cucharada a la boca y saboreé el umami intenso—. Mmm... ¡Vaya! Está deliciosa. Nunca habría imaginado que un yakuza fuera capaz de cocinar tan bien.

—No sé si tomármelo como un cumplido o como una ofensa —masculló.

Me eché a reír. Tenía la sensación de que algo había cambiado entre nosotros desde el día anterior. Parecía que estar con él en aquella casa hubiera dejado de asfixiarme, como si se hubiera convertido de repente en una especie de zona franca sin cabida para el resto del mundo. Y aunque sabía que eso solo podía desembocar en un desastre, en aquel momento me gustó sentirme así.

Continuamos comiendo.

—Cada vez que tengo delante una sopa de miso me viene a la cabeza un pasaje de *El elogio de la sombra* en el que Tanizaki evoca lo reconfortante que es sostener un tazón entre las manos —confesé, risueña.

—¿Cómo sabes tanto de literatura japonesa?

—No tanto. Mi padre era profesor en la Universidad George Washington. Cuando era pequeña, me sentaba en su regazo cada noche y me leía un clásico tras otro: Mishima, Sōseki, Bashō, Ōe... Yo me aburría, no entendía ni la mitad, pero para él era importante que dominara su lengua natal. Cuidaba mucho su forma de hablar. Siempre decía que las palabras deben utilizarse con precisión. —Pausa—. ¿Sabes? La mayor parte del tiempo tengo la sensación de que todavía sigue aquí. Aquí, y allí. Esté donde esté yo, también está mi padre.

—El primer año es el más duro, cuando el duelo está en carne viva. Con el tiempo te acostumbras a la pérdida. Aun así, eres muy afortunada. Yo no tuve oportunidad de recibir ese tipo de enseñanzas vitales de mi padre. Ni de mi madre tampoco. O quizá no las recuerdo. Hace mucho que mi familia se desintegró por completo —admitió con un hilo de voz, como si el tema requiriese de un tono diferente, el que se les da a las cosas que llevan tiempo enterradas.

Posé la vista en el incienso. El olor todavía flotaba en el aire, pese a que la barrita ya no era más que polvo gris esparcido sobre el mueble. Luego la llevé hacia Kenji, que me observaba con sus ojos afilados como sables, y entonces creí entenderlo todo: aquella era la mirada de una vida rota.

—Lo siento.

Él agitó la cabeza, parecía que quisiera sacudirse de encima el recuerdo. Sin embargo, las personas que se van, los lugares que dejamos atrás y el tiempo que pasa permanece con nosotros de alguna manera, por más que nos esforcemos en olvidarlos.

Vivir marca.

—Ayer, cuando me encontraste en el bosque, no estaba tratando de huir —dije, reuniendo todo el valor que pude—. Solo había salido a dar un paseo, pero se puso a llover y me desorienté. Quiero que lo sepas.

—Lo sé.

—¿Cómo lo sabes?

—Porque, si hubieras querido huir, lo habrías intentado antes.

Silencio.

Era cierto.

—También quiero darte las gracias. De no haber sido por ti... yo... dudo que hubiera resistido mucho más. —Me toqué los dedos todavía doloridos. Tenía la piel levantada, las uñas rotas—. Te debo una disculpa. Debí hacerte caso y quedarme aquí. Fui una inconsciente. La verdad, me sorprende que no estés enfadado.

—La culpa es mía. Por no estar a la altura. Si no te hubiera dejado sola, no habrías salido. Si hubieras venido conmigo, no habrías estado a punto de caerte por un barranco ni de agarrar una pulmonía. Así que, si alguien tiene que pedir disculpas aquí, soy yo.

Habló con dureza, aunque también resonaba lo profunda que era su angustia, tal vez incluso su culpa. No hubo ni un solo reproche.

—¿Por eso estás haciendo todo esto? La sopa de miso, el incienso, quedarte a mi lado durante dieciocho horas... ¿Porque te sientes culpable? Porque, si es por eso, te aseguro que estamos en paz.

—No.

—Entonces ¿por qué?

—Porque quiero, así de sencillo.

—Nadie arriesga su vida por otra persona simplemente porque quiere, Kenji. Y eso fue lo que hiciste por mí ayer.

—¿Y qué otra cosa podía hacer? —replicó, como si fuera lo más evidente del mundo. Agachó la cabeza y dejó escapar una larga exhalación—. No soy ningún monstruo, Mia. Tal vez no sea el hombre más honorable del mundo, pero te aseguro que no soy ningún monstruo.

«Lo sé. Sé que no eres ningún monstruo. Ahora lo sé», me dije a mí misma. Y al punto noté cómo se expandía el calor que tenía alojado en el centro del pecho.

Volvía a llover, por lo que pasamos el resto de la tarde jugando a las cartas en el salón.

—¿Conoces la historia de las *hanafuda*? —preguntó, al tiempo que disponía sobre la mesa los coloridos naipes con motivos florales. Negué con la cabeza—. Verás, estas bonitas cartas tradicionales fueron la respuesta del pueblo japonés a la prohibición del juego durante el sogunato Tokugawa. Como no tienen números ni ninguna apariencia de jerarquía, se suponía que su valor era puramente estético. Sin embargo, asignando puntos a las diferentes combinaciones de imágenes, fue posible establecer un sistema de juego con apuestas, lo que favoreció la aparición de los casinos ilegales. ¿Te suena de algo el nombre de Fusajirō Yamauchi?

Reflexioné unos instantes antes de responder:

—¿No es el fundador de Nintendo?

—Exacto. Cuando Yamauchi fundó la empresa a finales del siglo XIX, se dedicaba a confeccionar estas cartas. Pero el negocio se le quedó pequeño muy pronto, de modo que empezó a fabricarlas en grandes cantidades para proveer a las salas de juego ilegales que proliferaban en Kioto.

—Entonces, la relación de la Yakuza con las apuestas se remonta a un par de siglos atrás. Interesante.

—Puede que incluso más. De hecho, hay quien dice que la palabra «yakuza» viene de *ya*, ocho, *ku*, nueve, y *za*, tres, porque ocho, nueve y tres dan como resultado veinte puntos, la peor mano posible en el *oicho-kabu*, un juego parecido al *blackjack* muy extendido entre los *bakuto*, los antiguos jugadores itinerantes.

—Para no gustarte las apuestas, estás hecho un auténtico experto en la materia.

Sonrió.

—Lo que me gusta es conocer el terreno por donde me muevo; sobre todo, cuando es tan inestable. Oye, ¿puedo hacerte una pregunta?

—Depende —dije, dedicándole una mirada recelosa—. Si vas a volver a insistir con lo mismo de siempre...

—No, no, esta vez no se trata de eso. ¿Cómo sabías... quién era yo? La noche que fui a buscarte al hotel, recuerdo que te fijaste en mis orejas y enseguida sacaste conclusiones.

—Había oído hablar de ti, de tu... leyenda. A decir verdad, Keisuke Matsumoto no era mi primera opción. Pero a Eugene, mi jefe, le pareció una pésima idea que me acercara a... alguien como tú.

—Ya, bueno. Keisuke tampoco es precisamente de fiar. Lo conozco bien. Ese cretino te habría dicho cualquier cosa que quisieras oír con tal de seducirte.

—Vaya. Parece que no tienes muy buen concepto de tu... ¿cómo se supone que debería llamarlo? ¿Hermano?

Kenji me observó de un modo muy elocuente, pero no añadió nada.

—En fin, ¿qué te parece si nos jugamos la cena? El que obtenga más puntos se libra de hacerla —sugirió.

—Trato hecho.

Diez partidas después, a Kenji no le quedó otro remedio que aceptar la derrota a regañadientes y cumplir. Aunque, para gran regocijo de su rival, daba la impresión de que la idea de haber perdido contra una *gaijin* le fastidiara más que el hecho en sí de tener que cocinar por segunda vez aquel día. Preparó un poco de pescado al vapor aliñado con salsa de soja, *mirin*, un condimento esencial en la gastronomía japonesa, y peladura de *yuzu* que acompañó con una generosa cantidad de arroz. Era un plato sencillo pero exquisito.

—De verdad, es increíble lo bien que se te da la cocina —admití, masticando con satisfacción pueril aquel pescado tierno, que se fundía en la boca con la mezcla del sabor salado, ligeramente dulce y cítrico de la salsa.

Kenji puso un trozo extra en mi cuenco de arroz por toda respuesta y siguió comiendo como si nada, ajeno a mi escrutinio. Yo intentaba discernir si todos los detalles que tenía conmigo significaban algo o solo formaban parte de una naturaleza difícil de descifrar. Cuando lo miraba, le adivinaba una rabia interior que parecía ser la que lo había convertido en alguien dispuesto a hacer daño con tal de conseguir sus objetivos. Y al mismo tiempo, entreveía la sensibilidad propia de las personas buenas, de las que más han sufrido en la vida, de las que lo dan todo a cambio de nada.

—¿Sabes? Me desconciertas. A veces creo que eres un tipo duro y otras, en cambio, un caballero. ¿Cuál de los dos eres?

Él se encogió de hombros.

—Solo soy Kenji —respondió con naturalidad.

Jamás me pareció tan auténtico como en ese preciso instante.

Después de cenar, me ocupé de recoger la mesa y de fregar los platos. Cuando terminé, volví al salón animada, decidida a ofrecerle a mi rival en el juego la opción de la revancha, pero vi que se había quedado dormido en el tatami; debía de estar agotado. Conmovida, me acerqué a él y le puse un cojín debajo de la cabeza con cuidado de no despertarlo.

—Ojalá solo fueras Kenji —susurré, mientras le acariciaba el pelo.

26

—Ahí fuera tiene que haber un río, estoy segura. El otro día, en el bosque, oí el rumor del agua en alguna parte. ¿Por qué no vamos a buscarlo? —sugerí, a la mañana siguiente.

Contra todo pronóstico, a Kenji le pareció buena idea. Mientras me vestía, preparó un pequeño pícnic con fruta, galletas de arroz y agua que guardó en una mochila. Cuando estuve lista, se quedó mirando mi camiseta de algodón y cruzó las manos por delante del pecho formando una gran equis.

—Así no puedes salir.

—Pero si hoy hace bueno.

—Me da igual. Estamos en los Alpes japoneses, el tiempo aquí es imprevisible, ya lo sabes. ¿Quieres ponerte enferma otra vez? —me reprochó.

—Es que no tengo ropa de abrigo. Cuando llegué a Tokio todavía hacía calor y, la verdad, no planeaba quedarme tanto.

Kenji suspiró.

—Espera un momento —dijo, antes de dirigirse a su habitación.

Volvió al cabo de unos minutos con una sudadera de color azul marino parecida a la que él mismo llevaba. Me venía enorme, pero tenía ese olor particular que ya reconocía; fue casi como si me envolviera entre los brazos. Me sorprendió encontrarme mis zapatillas deportivas limpias y relucientes en el porche, teniendo en cuenta cómo habían quedado después de la tormenta; no obstante, até cabos enseguida. «Es cosa suya, claro», pensé, incapaz de reprimir una sonrisita.

—¿Qué pasa? —preguntó, al darse cuenta de cómo lo miraba.

Sacudí la cabeza para regresar de aquel trance momentáneo.

—Nada. ¿Vamos?

Enfilamos hacia el bosque, esquivando los charcos que las lluvias de los últimos días habían dejado a su paso. Yo deslizaba los dedos por los árboles. Los troncos relucían con el musgo y me llenaban la piel con un ungüento fresco que me coloreaba las manos. Reinaba una agradable placidez en el ambiente. El aire parecía cristal al reflejar los rayos de sol que se filtraban a través de las copas de los arces. La luz traspasaba las hojas y les iluminaba las venas. Andábamos manteniendo una distancia discreta entre ambos, la que correspondía a dos desconocidos en una situación de proximidad forzada como nosotros. Con todo, percibía la fragancia de su loción para después del afeitado. Kenji se movía con soltura por las vueltas y los recodos que se abrían camino en el sotobosque. Conocía el terreno, como yo misma había comprobado cuando me rescató.

—Para ser un chico de ciudad, se te da muy bien el bosque —comenté.

—Me gusta la sensación de armonía que experimento en la naturaleza, lejos del bullicio y de la polución de Tokio.

—Ya veo. De modo que eso es lo que haces en tu tiempo libre, buscar la calma en algún lugar aislado.

—Yo no tengo tiempo libre. No llevo una vida normal, aunque reconozco que a veces me gustaría.

—Eso puede cambiar, si tú quieres.

—Me temo que no es tan sencillo. Y no he dicho en ningún momento que quiera —puntualizó.

—Claro. Olvidaba que, para un yakuza, el vínculo con el clan al que pertenece es sagrado.

Kenji adoptó una expresión meditabunda y se limitó a apartar las hojas húmedas de la vereda con la puntera de la bota. No tardamos mucho en llegar al sendero por el que había pasado días atrás, justo antes de que me sorprendiera aquella inefable tormenta. Luego, al punto exacto donde tropecé. Reconocí el tocón enseguida. Cuando vi la pronunciada pendiente, una oscura sensación de desasosiego me atenazó por dentro, lo que me impidió seguir caminando. Reviví lo ocurrido —o lo que pudo haber ocurrido— en mi imaginación como si se tratara de una película de terror.

—Puedes darme la mano, si lo necesitas —dijo Kenji, al tiempo que volteaba la palma hacia mí.

Una sonrisa espontánea se le dibujó en los labios, y no dudé ni por un instante en aceptar el ofrecimiento. Desconocía si el gesto respondía a una necesidad real o más bien a un deseo enterrado en lo más profundo de mi corazón. Sin embargo, en cuanto sentí el abrigo de sus dedos cálidos, recordé lo que él mismo me había dicho aquella vez y tuve la seguridad de que era verdad.

«Si me das la mano ahora, ese miedo desaparecerá».

—Hemos llegado —anunció Kenji.

El paisaje que se extendía ante nosotros era de una belleza insuperable, posiblemente una de las visiones naturales más impresionantes de todo Japón. Majestuosos picos nevados, flores silvestres, bosques ancestrales de coníferas y un río de aguas cristalinas que serpenteaba como una cinta plateada a lo largo del valle hasta perderse en la cumbre. Una luz brillante se derramaba desde un cielo sin nubes, con unas sutiles gradaciones de tonos azules. Inhalé el aire diáfano, me llené los pulmones y lo retuve unos instantes antes de soltarlo, esperando que una parte de todo aquello penetrara en el centro de mi ser.

—Tengo la sensación de que el paraíso existe. De hecho, empiezo a creer que ya lo he encontrado.

Nos acercamos a la orilla del río. Los cantos rodados refractaban los rayos del sol, confiriendo a aquella estampa de ensueño un aura aún más resplandeciente. Me agaché y metí los dedos en el agua helada; era tan clara, que el fondo se veía con total nitidez. Los peces nadaban entre las piedras, ajenos a la presencia humana, y de vez en cuando incluso saltaban por encima de la superficie.

—¿Ves ese puente colgante de ahí? —preguntó. Centré la vista en la vieja estructura de estilo tradicional que se recortaba contra el horizonte—. No está en muy buen estado, pero lleva a un santuario sintoísta. Lo sé porque una vez vi un *torii*. Y por ese otro camino —continuó, y señaló un punto cercano a la cima de la montaña, en un valle moteado de colinas verdes, rojizas y grisáceas— se llega a un *rotenburo*.

—Vale, a ver si lo adivino. —Entrecerré los ojos—. ¿Lo sabes porque una vez fuiste a darte un baño?

—Qué va. Los que vamos tatuados tenemos prohibida la entrada a los baños termales.

—Ah, es verdad. Bueno, algún día tendrás que explicarme cómo es que conoces tan bien la zona. De momento, me conformo con que nos quedemos aquí un rato.

Kenji se quitó la sudadera y la extendió en el suelo para que me acomodara. Otro gesto más. Él se sentó a mi lado, a una distancia prudencial. Abrió la mochila y sacó una bolsa de papel marrón; en el interior había fruta. Se remangó la camiseta hasta los codos y comenzó a pelar una lustrosa naranja con los dedos; trocitos diminutos de peladura salpicaban al aire. No pude evitar posar la vista en sus llamativos tatuajes.

—Eso debe de doler mucho. ¿Te los hicieron con la técnica tradicional?

—El *tebori* es el único método admitido por la Yakuza —respondió, sin dejar de pelar la naranja—. Duele, sí, pero la capacidad de soportar el dolor se considera una virtud. Cualquier otra cosa no es más que un sucedáneo propio de *gurentai*, pandilleros y matones de tres al cuarto que van por ahí enseñando los brazos sin ningún pudor.

—En América, unos brazos como los tuyos se lucirían con orgullo. El *full sleeve* se ha puesto muy de moda en los últimos tiempos.

—Lo sé, pero el sentido del *irezumi*[22] trasciende lo puramente estético. Es una prueba de valor e identificación. Cuando algo así se convierte en moda, pierde su esencia, y, en mi opinión, lo esencial es invisible a los ojos.

Por unos instantes, contemplé el horizonte cegador. El río brillaba como si hubieran esparcido incontables pedacitos de cristal sobre la superficie del agua.

—¿Por qué escogiste la carpa?

Kenji frunció los labios en una mueca reflexiva durante unos segundos.

—Porque simboliza la perseverancia. Verás, según la leyenda, en un pasado muy lejano, el Río Azul, que fluía desde el cielo, y el Río Dorado, que fluía desde la tierra, estaban separados por el Portal del Dragón —relató, con la naranja todavía a medio pelar entre las manos—. El Río Dorado, llamado así por el color de sus aguas, era el último lugar en el que los habitantes del mar podían nadar libremente, pues los dioses habían destruido su hogar. Un día, un banco de carpas trató de atravesar la entrada al Río Azul. Para llegar, tenían que nadar a contracorriente y remontar una inmensa cascada. El pez que lo lograse obtendría unas alas doradas para volar a modo de recompensa. Suponía un enorme esfuerzo, así que muchos se

---

22 Una forma particular de tatuaje tradicional que cubre gran parte del cuerpo. Suele estar mal visto porque se considera una marca de pertenencia a la Yakuza.

dieron por vencidos y dejaron que el flujo del río los arrastrara de vuelta al punto de origen. Los demás siguieron intentándolo, pero no lo consiguieron. Después de cien años de perseverancia, solo una carpa pudo remontar la cascada. Y así, los dioses reconocieron la gran determinación de aquel pez y lo convirtieron en un poderoso dragón. *Koi no takinobori.*

Finalizado el relato, partió en dos la naranja y me dio la mitad. Yo lo observaba con las rodillas abrazadas contra el pecho, maravillada por la inflexión de su voz y los movimientos que hacía con las cejas para enfatizar alguna palabra. Contracorriente. Remontar. Perseverancia. Determinación. Me sentí extrañamente identificada con él, como si hablara de mí, de mi propia historia, de mi descenso al infierno después de lo de Nick Pulaski. Como si yo misma fuera esa carpa que nadaba contra la fuerza del agua, y la cascada, la investigación que me había llevado a Tokio.

La que me convertiría en un dragón poderoso si no me rendía, si era capaz de sortear todos los obstáculos.

Mientras pensaba en todo eso, fui consciente de su cercanía, de la conexión que había entre ambos, de la intimidad que florecía poco a poco, como florecen las cosas bellas, aunque no estén destinadas a perdurar. Le di las gracias con una leve inclinación de la cabeza y me llevé un gajo de naranja a la boca al mismo tiempo que él. Kenji sonrió al verme limpiándome el jugo de las comisuras con el dorso de la mano, y yo no tardé en imitarlo. Estábamos en sintonía, masticando los dos a la vez, cada uno con un asomo de sonrisa en los labios brillantes.

—¿Y qué simboliza el color rojo?

—La valentía.

Asentí en un gesto de apoyo.

—Tiene sentido. Eres un hombre muy valiente.

—Tú también eres una mujer valiente, Mia-chan.

Que me llamara así de forma espontánea, como si hubiéramos crecido juntos, hizo que me sintiera inexplicablemente feliz. Y que me mirase con una explosión de euforia en los ojos, en contraste con la serenidad reflejada en el dibujo de sus cejas. De pronto, me sacudió por dentro una realidad tan cegadora como el sol que se derramaba sobre la montaña: estábamos solos en el mundo. Ese mundo quizá no fuera el real, pero, en ese instante y en ese lugar, nos pertenecía nada más que a nosotros. Y, al punto, un deseo de naturaleza desconocida brotó desde lo más profundo de mi corazón.

—¿Es bonita Nagoya? —pregunté mientras mordisqueaba una galleta de arroz.

Un ligero arqueo de desdén se dibujó en los labios de Kenji.

—Es una ciudad industrial como tantas otras en Japón. Salvo por el barrio de Naka y el castillo, no tiene demasiado interés. De todos modos, hace mucho que no voy por allí, tal vez haya cambiado. Los grandes núcleos urbanos japoneses están en constante transformación.

Aunque intuía las razones que lo habían acabado alejando de sus orígenes, quería saber más, indagar en su pasado, entender quién era.

—Háblame de tu infancia.

—No hay mucho que contar —reconoció, con la mirada perdida en la distancia. Infló los carrillos y a continuación soltó el aire despacio—. Mi historia es la de una víctima más del auge de la financiación al consumo que vivió este país entre los ochenta y los noventa. Por aquel entonces, hasta los sueños se podían comprar con dinero; si tenías, te lo gastabas y si no, pedías un préstamo. Así de simple. La gente se lanzó a consumir por encima de sus posibilidades económicas y los prestamistas empezaron a devorarlos vivos como tiburones. —Dejó escapar un hondo suspiro—. Las deudas destrozan hogares. En el mejor de los casos, obligan a las personas a huir y en el peor, las conducen a la muerte.

—¿Tus padres...?

Kenji asintió en silencio.

Noté que la galleta que tenía en la boca se volvía dura como una piedra. Me costó tragármela. Aquello era demasiado difícil de asimilar para mí, que había crecido en un hogar donde jamás faltó de nada, donde siempre hubo amor de sobra.

—Lo siento —musité—. Lo siento de veras.

—Cuando los perdí, aún era un crío, así que me mudé con mi abuelo. Pero el pobre era tan viejo que prácticamente me ocupaba yo de cuidarlo a él. Tuve que aprender muchas cosas a la fuerza. Como cocinar, por ejemplo.

—Claro. Ahora entiendo que se te dé tan bien.

—Era eso o tratar de sobrevivir a base de comida enlatada. En fin, mi día a día se resumía en ir a la escuela y ver combates de sumo por la tele con *ojīsan*. Murió cuando cumplí la mayoría de edad. No aguanté mucho más en Nagoya. Allí me ahogaba, no tenía amigos, era muy infeliz encadenando un trabajo a tiempo parcial con otro mientras decidía qué iba a hacer con mi vida. Poco tiempo después, me largué a Tokio, y ahí se acaba mi infancia. Si es que alguna vez la tuve —concluyó, espaciando las palabras.

A pesar de que había tratado de mantener un tono de voz neutro, lo delataba esa mano que no dejaba de mover sobre el regazo en una especie de tic nervioso. Para entonces, creía conocerlo lo bastante como para saber que aquella máscara de expresión hierática escondía en realidad mucho sufrimiento acumulado. Había una barrera invisible alrededor de Kenji, un signo que lo señalaba de forma inequívoca como alguien en guerra perpetua contra el mundo. ¿Hasta qué punto habría tenido que lidiar ese soldado con los demonios de su pasado?

—Me pregunto si la razón por la que te uniste a la Yakuza fue el deseo de aliviar una sensación de orfandad que has debido de arrastrar durante gran parte de tu vida.

—¿Me convertiría eso en un tipo un poco menos despreciable? —replicó, mirándome con un brillo que recordaba a los rescoldos de unas brasas avivados por un soplo de aire.

—No lo sé, Kenji. Solo son conjeturas. Tal vez ayudaría que me contaras por qué salvaste a Sato Hattori, cuál es tu papel en el Suginami-rengō o si es verdad lo que dicen por ahí de ti.

—La verdad es un duelo de relatos y lo gana quien lo cuente más rápido. Pensaba que una periodista experimentada como tú ya lo sabría. La gente suele interpretar los hechos de forma sesgada, es algo propio de la condición humana. Oye, entiendo que tengas un millón de dudas, pero hay cosas que no puedo explicarte.

—¿Para que no las use en tu contra?

—No, Mia-chan. Para que no sufras.

El brillo de sus ojos se intensificó.

—Tienes las mejillas rojas —señaló Kenji con preocupación—. A lo mejor deberíamos volver ya.

Hice un mohín encantador.

—Quedémonos un poco más, anda. Estoy tan a gusto aquí... —Suspiré. Giré la cabeza en su dirección haciendo visera con la mano para protegerme de la luz—. ¿No te sientes como si todos nuestros problemas hubieran desaparecido de repente?

—Creo que el paisaje distorsiona tu percepción de la realidad. Pero sí —admitió al cabo—. Es fácil sentirse así ahora mismo.

Satisfecha, volví a concentrarme en mi ejercicio improvisado de fotosíntesis. A lo lejos, un halcón trazaba círculos en el cielo sobre la cresta de las montañas, que refulgía bañada por los rayos solares. Cerré los ojos un instante, sumida en un agradable estado de relajación. Al abrirlos de nuevo, vi que

Kenji estaba haciendo un origami con la bolsa de las naranjas. «Menuda caja de sorpresas», pensé. Fascinada, observé cómo doblaba el papel marrón con paciencia y aire reconcentrado. No pude evitar sonreír. El flequillo le caía hacia un lado cubriéndole el puente de la nariz. Me fijé en la oreja que le asomaba entre el pelo, con sus pequeñas cicatrices de kendoka, en los labios fruncidos, en la pálida piel de la garganta brillando al sol, en la mariposa blanca que se le posó en el hombro sin que se diera cuenta. Era hermoso, absolutamente hermoso. Encuadré la imagen entre los dedos, simulando una cámara de fotos. Él levantó la cabeza y me devolvió una mirada entre curiosa y risueña. Parpadeó. La sombra de sus pestañas, magnificadas por la luz, se proyectó en sus mejillas.

Clic.

—¿Qué estás haciendo? —preguntó.

—Capturar este momento.

Kenji llevó la cabeza hacia atrás y se echó a reír. Los hoyuelos se le marcaron como nunca con aquella risa, igual de inédita que sus habilidades con la papiroflexia.

Igual de honesta que él.

Después, me regaló el origami.

—Espero que tengas una vida plena, Mia Kobayashi.

Era una grulla. La sostuve entre las manos como si fuera un tesoro preciado.

Clac.

27

Decidimos volver cuando el sol dio visos de empezar a retirarse. El día había pasado volando sin que ninguno hubiéramos sido consciente de ello. Desanduvimos el camino de la mañana charlando de esto y aquello. Cuál es tu plato favorito. Qué música te gusta. Qué película no te cansarías nunca de ver. Cuál es tu signo del zodiaco. Tu grupo sanguíneo. O tu meta en la vida. Si es que la tienes.

—¿Qué es lo que más echas de menos de Tokio? —pregunté.

—Nada —admitió sin pensárselo—. Tokio tiene la capacidad de hacer que te sientas solo entre millones de personas.

Era tristísimo; sin embargo, no le faltaba razón. Lo había comprobado con mis propios ojos aquella vez en el metro, cuando un hombre se cayó a las vías y a nadie pareció conmoverle lo más mínimo. A decir verdad, yo misma me sentía así cuando notaba que alguien me miraba con desprecio o indiferencia por ser una *gaijin*. Dieciséis años atrás, en mi primera toma de contacto con la ciudad, pensaba de otra manera. Pero las cosas habían cambiado desde entonces. Mi visión era distinta ahora, en parte porque tenía una experiencia vital muy diferente, y en parte porque mi padre ya no estaba.

—¿Y tú? ¿Qué es lo que más echas de menos de Washington?

—Pues… Déjame pensar… —Me di unos toquecitos en el labio mientras meditaba la respuesta—. Los perritos calientes de Ben's Chili Bowl. —Eso hizo reír a Kenji—. Pasear por las calles de Georgetown o comprar especias en el Eastern Market; ese mercado es alucinante, tienen de todo. Oh, y, por supuesto, el caos de la redacción del *Post*. Incluso a Eugene, mi jefe. A él también lo echo un poco de menos, por extraño que parezca.

—No has mencionado a tu madre.

Suspiré.

—Con ella nunca he tenido la conexión que tenía con *otōsan*. No es que nos llevemos mal, como cualquier madre e hija, supongo, pero… no es lo mismo. Mi padre me conocía, sabía leerme. —Hice una breve pausa antes de añadir—: De todas formas, nuestra relación no pasa por un buen momento; ya sabes por qué. Dudo que vaya a ser capaz de perdonarla por haberlo sustituido.

—¿Quién dice que lo haya sustituido? Necesitas tiempo para sanar, eso es todo. Él ya no está, pero aún la tienes a ella. Consérvala a tu lado mientras puedas. Créeme, es muy duro ser huérfano de padre y de madre a la vez.

Me quedé callada, reflexionando sobre lo que había dicho, con la entereza con que lo había dicho. Y no pude evitar sentirme un poco egoísta. Respecto a Kenji, que lo había perdido todo siendo un niño. Y respecto a mi madre, que seguía estando ahí, aunque la hubiese condenado a una especie de ostracismo, igual que mis abuelos en el pasado. ¿Acaso no estaba repitiendo un patrón? Entonces, me vino a la mente el segundo exacto en el que creí que perdería la vida, justo antes de que Kenji acudiera a rescatarme. La última persona en la que había pensado era ella. Quizá creía, o quería creer, que no era capaz de perdonarla. Sin embargo, en el instante previo al fundido a negro, fui yo quien le pidió perdón a ella; lo recordaba muy bien.

¿No la estaría juzgando con demasiada severidad?

¿Y si Kenji había dado en el clavo?

Las personas no se sustituyen; se sustituye la soledad.

Continuamos caminando en silencio un rato más hasta que lo rompimos con un juego. Él decía una palabra o una expresión al azar, una de esas únicas en japonés, de difícil traducción, y yo tenía que explicar lo que significaba.

—*Kogarashi.*

—El viento frío que avisa de la llegada del invierno.

—*Komorebi.*

—La luz del sol que se filtra a través de las hojas de un árbol.

—*Koi no yokan.*

—La sensación que tienes, al conocer a una persona, de que te vas a enamorar de ella.

—*Shouganai.*

—Lo inevitable.

De pronto, un ruido nos obligó a frenar en seco en mitad del bosque, un movimiento que indicaba a las claras que no estábamos solos. Kenji extendió rápidamente el brazo a modo de parapeto y escaneó el lugar en posición de alerta. En un abrir y cerrar de ojos, se llevó la mano contraria a la espalda y se sacó de debajo de la sudadera un revólver del calibre 38; al parecer, había permanecido allí oculto todo el tiempo. Me quedé atónita. El chasquido que sonó a continuación significaba que le había quitado el seguro. Apuntó al frente y yo sofoqué un grito con la mano. Me pidió silencio. Un nuevo ruido, esta vez más cercano, lo llevó a apuntar en otra dirección. Se movía deprisa, con la pericia y la sangre fría de un verdadero profesional. «Así que no solo sabe manejar la catana, también es diestro con las armas de fuego». Una gota helada me recorrió la espalda por dentro de la ropa. Estaba asustada. O, más que asustada, estaba confundida, decepcionada por el golpe de realidad que me acababan de asestar. Sentía la cabeza como si la tuviese llena de una masa líquida y me la estuvieran agitando de un lado a otro. Aquel imprevisto giro de los acontecimientos me había desequilibrado. El hombre que momentos antes me había hecho un origami con sus propias manos las utilizaba ahora para empuñar una pistola sin que le temblara el pulso. ¿Cuántas veces habría apretado el gatillo? ¿Cuántas ejecuciones habría llevado a cabo a las órdenes de Sato Hattori? ¡Con qué facilidad me había olvidado de que el Samurái era en realidad un asesino! Tal vez el problema fuera que había empezado a sentirme bien a su lado. O tal vez que comenzaba a acostumbrarse a la cara amable que me mostraba con discreción, casi sin hacer ruido. Quizá en mi fuero interno hubiera decidido ya, sin atreverme a traducir el deseo en palabras, que el verdadero Kenji era el hombre bueno, comprensivo y justo, no el criminal.

Porque tenía que serlo, no podía ser de otra manera.

Y la idea era tan hipnotizante como peligrosa.

Entonces, la cabecita roja y peluda de un macaco asomó entre la masa de helechos.

—Joder... —mascullló Kenji, entre suspiros de alivio—. ¿Lo ves? Te dije que había monos salvajes en esta zona.

Bajó el arma y se la guardó de inmediato, aunque eso no contribuyó a que me calmara ni tampoco a que la situación fuese menos comprometedora. El animal nos miró expectante, ajeno a cualquier tribulación humana, y se nos acercó despacio. No parecía agresivo ni tampoco que estuviera asustado, pero era evidente que tenía curiosidad. Kenji sacó una naranja de la mochila y se la deslizó procurando no hacer ningún movimiento brusco que lo pusiera en alerta. El ofrecimiento pareció contentar al mono, que agarró la fruta con ambas manos y la olisqueó antes de salir huyendo.

Me di cuenta de que había estado conteniendo la respiración y solté el aire de golpe.

—Explícame por qué demonios llevabas un arma encima —le exigí, en tono de reproche.

—Siempre la llevo, solo que no esperaba tener que desenfundarla. Y mucho menos hoy.

—Ya, pues podrías haberlo pensado un poco antes de hacerlo. Me has asustado, ¿sabes? Parece que no te importe mi integridad, después de todo.

Crac.

En el aire se abrió una grieta.

Kenji me miró primero incrédulo, después dolido. Luego, el dolor de su mirada se transformó en un estallido de ira que se le ramificó por todo el rostro.

—¡Pues claro que me importa! ¿Es que no lo ves?

Las aletas nasales le temblaban y los ojos, muy abiertos, le brillaban de angustia. Su rostro enrojecido era la viva imagen de la desolación. Estudié el ascenso y la caída de su nuez al tragarse la rabia y supe de inmediato que le había hecho daño. Me quedé inmóvil un segundo, furiosa conmigo misma sin entender muy bien por qué, buscando las palabras adecuadas para recuperar la naturalidad perdida. No las encontré. Y puede que fuera lo mejor. O, al menos, lo correcto. Porque no podía seguir alimentando la ilusión que había empezado a tomar forma en mi cabeza desde el día del rescate. Por mucho que hubiera arriesgado su vida por mí en aquel barranco, no debía olvidarme de quién era él ni dejarme engañar por una falsa sensación de calma.

No.

El peligro seguía acechándonos.

Y nosotros seguíamos sin tener un plan.

Ninguno de los dos hablamos durante el resto del camino. El anochecer se aproximaba a pasos agigantados, y las dimensiones de las sombras que se cernían sobre nosotros se me antojaron tan grandes como mi propio malestar. La felicidad era como las nubes oscuras que cubrían el cielo, así de cambiante.

28

Avanzada la noche, la temperatura cayó en picado igual que mi fortaleza interior. No podía dormir, me notaba el corazón rígido, casi helado. En la soledad de mi habitación, trataba de convencerme a mí misma de no dar el primer paso para romper el muro de silencio que nos separaba. Sin embargo, los segundos se alargaban como horas mientras esperaba en vano que sucediera algo. Acaricié la grulla de origami que me había regalado y tuve la sensación de poder verme desde la distancia convertida en una idiota. Si había una única responsable de haber aniquilado la complicidad forjada entre ambos, esa era yo. Entre suspiros de abatimiento, me levanté y salí del cuarto con sigilo, sin saber muy bien qué buscaba ni por qué. Advertí una luz tenue en el porche; al parecer, la mía no era la única alma intranquila aquella noche. Desde la ventana del salón vi a Kenji en el claro; llevaba puesto el *gi* y tenía la catana entre las manos. La fascinación me anuló el sentido común. Por eso, en vez de dar media vuelta y esperar a que la situación fuera más propicia para el diálogo, abrí la puerta. Fuera, el viento atravesaba los árboles. El ambiente estaba impregnado de humedad. La delgada hoz de la luna brillaba en un cielo cuajado de estrellas que parecían extrañamente cercanas. Cuando Kenji se percató de mi presencia, enfundó el sable.

Me miró desconcertado.

—¿Qué estás haciendo aquí? Vuelve dentro ahora mismo, hace frío.

Era cierto. Hacía tanto frío que se me había erizado la piel. Aun así, la atracción que ejercía sobre mí me impedía retroceder. Avancé hacia él, como si estuviera embrujada.

—No puedo dormir. Y por lo visto tú tampoco.

—Yo hago esto a diario —dijo, tratando de normalizar el hecho de que lo hubiera descubierto practicando los katas en mitad de la noche.

—Sí, pero nunca lo haces a esta hora.

Kenji arqueó una ceja con aire inquisitivo.

—Me has estado espiando —constató, al tiempo que cruzaba los brazos sobre el pecho.

—Lo siento. La catana de un samurái tiene un poder de seducción irresistible.

Tras la confesión, hice ademán de acariciar el dragón grabado en la vaina de madera, pero su dueño me agarró la muñeca antes de que las yemas de mis dedos pudieran rozarlo siquiera.

—Cuidado. Esto no es un juguete, sino un arma muy peligrosa.

—No me da miedo —repliqué, desafiante.

Entonces, Kenji la desenfundó en un movimiento ágil, limpio y tan rápido que apenas me dio tiempo de apreciar la secuencia completa. Cuando me quise dar cuenta, la punta del afilado sable se encontraba a pocos centímetros de mi pecho.

—¿Ves lo fácil que sería hacerte daño, si quisiera?

Silencio.

De su mirada a la mía, pendía una tensión sensible y doliente, una retorsión extrema del destino, una cuerda invisible a punto de romperse. Bajo la luz de la luna, el contorno del metal se dibujaba con nitidez. El brillo de la hoja intensificó la excitante sensación de alerta que destilaba la escena.

—Tú no quieres hacerme daño.

A pesar de que se mantuvo firme e inmóvil, pude apreciar la fina capa de sudor que le cubría la frente, la vena que le pulsaba en la sien.

—¿Lo preguntas o lo afirmas?

—No necesito preguntar algo que ya sé.

Por fin, bajó la catana y volvió a envainarla con una destreza asombrosa.

—¿De dónde la has sacado?

—Fue un regalo.

—¿De tu jefe?

Asintió.

—¿La usas para los combates de kendo?

—En el kendo no se usan catanas, sino sables de bambú.

—Ya veo. ¿Has… herido a alguien alguna vez con ella?

—Había dicho «herido» y no «matado» de forma intencional.

Él meneó la cabeza.

—¿Y con el revólver?

—Vete, Mia. Vuelve a la cama.

Percibía el cansancio en su voz, sentía su reserva, la contención de su cuerpo. No obstante, ignoré la petición y dije:

—Enséñame a manejarla como tú.

—¿Qué? —Sonó perplejo, algo comprensible—. No te ofendas, pero hacen falta años de práctica para eso. Hay kendokas de nivel avanzado que ni siquiera han tocado una en su vida. La transición del *shinai* a la catana no es sencilla. Primero, hay que ganar destreza y coordinación en todo el cuerpo.

—Al menos me gustaría saber qué se siente al tenerla entre las manos.

—¿Por qué? ¿Qué pretendes demostrar?

—No lo sé. Que te entiendo, quizá.

Kenji respondió con un sonoro resuello sarcástico.

—No, periodista, tú no entiendes nada. Sigues sin entender nada a estas alturas.

Estaba resentido por lo que había sucedido en el bosque horas atrás, lo leí en sus ojos, en su tono de voz, en la herida que afloraba en él con un gélido murmullo.

—Lo siento, ¿vale? A lo mejor he sido un poco desconsiderada antes. Es solo que a veces me olvido de que tú y yo pertenecemos a mundos distintos. Sé que estoy… que estamos en peligro. Entiendo que llevaras el revólver encima, de veras que lo entiendo. En fin, ya me voy —añadí en voz baja, antes de darme la vuelta.

—Espera. No te vayas aún. —Giré la cabeza. Un aleteo de esperanza me agitó el estómago al advertir cómo me miraba. Había un rescoldo de enfado en sus ojos, aunque también había otra cosa—. Yo… —Tragó saliva. La nuez se le revolvió en la garganta—. Lo único que intento es que te sientas segura.

—Lo sé.

Sonreí con timidez. Él imitó el gesto. Estábamos en paz, pude notarlo cuando sus hoyuelos aparecieron de nuevo.

—Entonces ¿me dejas cogerla? —Señalé la catana, prendida a su cintura.

—Está bien.

Un arrebato instintivo, atávico, quiso que me hinchara de entusiasmo.

—¿De verdad?

—Solo si me prometes que tendrás mucho cuidado y que no harás ninguna tontería.

—Te lo prometo.

—Vale. A ver, ponte a mi lado y presta atención. La catana —relató con una voz seductora a la vez que preparaba la mano derecha sobre la guarda— es el arma letal más perfecta que jamás haya diseñado el hombre. Representa a un tiempo la delicadeza y la fuerza. Es hermosa por el cuidado y la maestría dedicados a su creación y honrosa por la valentía que requiere su uso en el combate. Es el honor del samurái, el *bushidō*, la extensión de su brazo, de su propia alma. Por eso, un guerrero *bushin* no se separa nunca de ella. La catana es... —explicó, y el sonido del metal al desenfundarla me acarició los oídos— como la mujer amada.

Me eché a reír.

—Eres un romántico. Un samurái romántico.

—Shhh... Concéntrate. Hay que agarrar la *tsuka* con ambas manos —explicó a modo de ilustración—, porque no es la catana la que protege al samurái, sino que es el samurái el que protege a la catana. Prepara el cuerpo para que reaccione ante cualquier amenaza, sin necesidad de tener que evaluar. Así. ¿Lo ves? —Asentí, asombrada por el interés que me suscitaba la explicación—. Bien. Ahora tú. Cógela, vamos. La clave reside en la presión que ejerces con los dedos. Mejor dicho, en la presión y en la concentración de la fuerza.

Traté de sostenerla tal como le había visto hacer a él. La tela trenzada que recubría la empuñadura me raspó ligeramente las palmas, húmedas de anticipación. Pesaba un poco más de lo esperado. Una mezcla de pánico y adrenalina me hormigueó en los dedos y se me fue extendiendo por cada una de las terminaciones nerviosas del cuerpo. Me temblaba el pulso.

—No sé si esto se me da muy bien —reconocí, avergonzada.

—Tú solo siéntelo, ¿de acuerdo? Yo haré el resto.

Sin decir nada más, se colocó junto a mí y posó las manos sobre las mías para guiarme en los movimientos oscilantes. El efecto fue inmediato. De pronto, me sentí ligera, poderosa. El contacto de su piel contra la mía era estremecedor, sorprendentemente delicado. Noté un punto de calor en el centro del pecho que, pese al frío nocturno, me resultaba agradable. Mientras cortábamos el aire, me dejé envolver por la irresistible sensación de bienestar que estaba experimentando. Por ese olor, que me mataba. No sabía que los olores pudieran matar.

—¿Lo sientes?

Volví la cabeza y me topé con una mirada de una honestidad brutal. Y en ese estado de contemplación, deseé abrazar de una vez y sin reservas todo lo que Kenji representaba. Lo bueno y lo malo. La luz y la oscuridad. Al hombre que me había regalado un origami. Al samurái romántico. A mi ángel yakuza.

—Sí, lo siento —susurré.

Me miró a los ojos, a los labios, a toda la cara. Me apretó los dedos con los suyos. Y a mí se me aceleró el pulso esperando que transformara esa energía que latía entre nosotros en algo tangible.

—Creo que ya es suficiente por hoy —dijo entonces, con una voz muy grave.

En el instante en que retiró las manos de la empuñadura, noté caliente y muy desnuda la zona que me había apretado. Enfundó el sable por última vez. Con todo, ninguno nos movimos del sitio. Permanecimos cara a cara, como animales salvajes que se encuentran de improviso y se examinan el uno al otro, las emociones oscilando entre la cautela y la fascinación. El rumor del viento se percibía con claridad en la quietud de la noche. Desde algún lugar entre los árboles, un búho ululaba. Se oyó un minúsculo aleteo de alas que emprendían el vuelo. Y después, el crepitar de dos corazones ardiendo en llamas. Un mechón de su cabello le bailó sobre el rostro, agitado por el aire. Se lo aparté con un dedo, muy despacio. Él tensó la mandíbula, estremecido. Su deseo era tan evidente que casi podía palparse. Respiraba de forma acelerada, el clamor de la expectación en la mirada. Daba la sensación de que su armadura de samurái fuera a partirse por la mitad de un momento a otro; sin embargo, mostraba un notable dominio de sí mismo, como las ramas de un cedro resistiendo los embates del viento. Era pura contención. Lo miré a los ojos, esos finos trazos de tinta negra que se abrían y se cerraban sin desvelar el iris, y, curiosamente, me gustó ese abismo. Quería caer. Lo deseaba con cada partícula de mí. Así que me puse de puntillas, acerqué los labios a los suyos y, antes de que dijera nada, lo besé. Fue un beso breve, apenas un roce de piel con piel.

Y para mi enorme tormento, él ni siquiera me lo devolvió.

Cuando fui consciente del error que acababa de cometer, luché contra el deseo de arrodillarme, bajar la cabeza y dejar que el mundo se me cayera encima. En vez de eso, sofoqué un grito con la mano y entré corriendo en la casa con el corazón hecho pedazos.

«¿Qué has hecho, Mia? ¿Qué demonios has hecho?».

29

Cerré la puerta corredera del cuarto de baño, que se deslizó sin hacer ruido sobre sus guías de madera. Me habría encantado dar un portazo con todas mis fuerzas. Todavía no había sido capaz de decidir si me gustaba aquel lugar recóndito de los Alpes japoneses o no lo soportaba, pero había una cosa que sabía muy bien: echaba en falta los portazos. Tener la opción, cuando menos. Me miré en el espejo sin reconocer a la mujer que derramaba lágrimas como perlas resplandecientes delante de mí. Lloraba por muchas razones. Porque lo había besado. «He besado a Kenji, maldita sea». Un hombre del que apenas sabía nada, y lo poco que sabía no hablaba precisamente a su favor. Lloraba porque cualquier vestigio de fantasía romántica que albergase debería haberse disipado al recordar quién era él y a qué se dedicaba. Porque debería sentir náuseas, estar atemorizada, avergonzada por haber experimentado siquiera el deseo de involucrarme con un yakuza cuya vida era un misterio que permanecía oculto entre un gran paréntesis.

Pero no era así, nunca había sido así.

Una vez leí en un artículo que, en situaciones extremas, cuando un criminal controla la vida de su víctima, se desarrolla entre ambos un vínculo muy fuerte. En el ir y venir del llanto, traté de convencerme de que tenía que ser eso, una especie de locura transitoria que se me acabaría pasando. Que había perdido de vista mi objetivo porque no era más que una marioneta movida a voluntad de un hombre atractivo que me confundía. El problema era que jamás me había visto a mí misma como una víctima. Kenji no era cruel conmigo, como se esperaría de un asesino; al contrario, me había demostrado en incontables ocasiones que me respetaba, que me comprendía, que sería capaz de protegerme a cualquier precio, aunque para ello tuviera que convertirse en una barrera humana ante los peligros del mundo, de su mundo. Y por todo eso, me despertaba una serie de emociones que, sometidas a la envoltura de las palabras, derivaban en un concepto tan hermoso como aterrador. Al pensarlo, sentí un dolor opresivo en el pecho, una flecha que me había atravesado el corazón, destinada a seguir ahí clavada mucho tiempo. ¿De qué servía que me mortificara por haberme extraviado cuando ya ni siquiera estaba segura de querer encontrar el camino de vuelta? Puede que el sentido común me pidiera prudencia, pero mi cuerpo anhelaba otra cosa. Ese intenso debate conmigo misma respondía, quizá, a otra realidad aún más punzante que lo inapropiado de mis sentimientos: Kenji no me había devuelto el beso.

Y también lloraba por eso.

Sobre todo por eso.

—Mia-chan.

La voz, con una nota quebrada al final, tintineó detrás de la puerta con una tonalidad de gong que me pilló desprevenida. Kenji esperó pacientemente al otro lado, dándome tiempo para la catarsis que necesitaba, hasta que las lágrimas se fueron espaciando y logré calmarme.

—Vete, por favor —susurré.

—Me iré en cuanto me asegure de que estás bien.

—Estoy bien.

—Mientes bastante mal, periodista —repuso, con el tono ligero de la frivolidad.

—Márchate, Kenji. Hablo en serio. Quiero estar sola.

—Déjame entrar, anda.

Me esforcé en poner orden a mis pensamientos, pero acabé renunciando a toda coherencia porque en ese momento no era más que una niña malhumorada con una pataleta.

—¿Para qué? —repliqué, mortificada por el temblor incontrolable de mi voz—. ¿Para confundirme aún más? ¿Acaso te divierte verme en un estado tan deplorable? ¿No tienes suficiente con haberme rechazado?

—Yo no... —Chasqueó la lengua—. No era mi intención que lo interpretaras así.

Encajé el comentario como una bofetada.

—¿Y cómo esperabas que lo interpretase? Te he besado y tú ni siquiera te has inmutado. No me has correspondido. Desconozco qué entendéis los japoneses por rechazar, pero te garantizo que, en el lenguaje universal, eso es lo que has hecho conmigo.

—Mia-chan, no estás siendo razonable.

—Deja de llamarme así. No tienes derecho. Tú y yo no somos amigos. No somos nada.

Silencio. Al otro lado de la puerta, se oyó un suspiro largo, profundo, tal vez de rendición.

—¿Sabes? Es muy complicado hablar a través de una mampara —dijo al fin, sin juicio ni agresividad—. Mejor me voy. Tú necesitas espacio y yo, un cigarrillo.

30

En el porche, la noche goteaba sobre él igual que la savia oscura y la luz de la luna incidía en su pelo, que parecía más brillante. Me senté a su lado con cuidado de no hacer crujir la madera. El aire frío me envolvió como la seda de un quimono ceñido. Llevaba una botella y dos vasos en la mano.

—¿Sake? —le pregunté. Él asintió—. Tengo ganas de beber.

—No eres la única.

Le agradecí esa complicidad inesperada. Casi al instante, noté que mi cuerpo se relajaba, que la tensión se esfumaba, que la respiración se hacía más lenta y que hasta los latidos del corazón se me apaciguaban. Tras una primera ronda silenciosa, vino otra. Quise hablar, pero Kenji se me adelantó.

Fue al grano.

—Siento haberte hecho llorar. Aunque me gustaría haber tenido la oportunidad de secarte las lágrimas, ya que soy el causante de tu sufrimiento.

—No es eso lo que espero de ti, Kenji.

—Siendo honestos, yo tampoco.

—¿Y qué es lo que esperas entonces?

Suspiró.

—Me temo que las palabras no se me dan tan bien como a ti. —Su voz sonaba lejana, ahogada.

—Los dos sabemos que eso no es verdad.

Kenji se llevó un cigarrillo a los labios y lo encendió con su mechero plateado. Aspiró una larga calada con los ojos entrecerrados, sumergido en sus reflexiones. El humo ascendió en línea recta hacia el cielo estrellado.

—No quiero complicarte la vida. Puedo ser un peligro para cualquiera que esté cerca de mí —reconoció. Exhaló el humo directamente a la cortina de aire, girando el pitillo entre los dedos. A continuación, me miró a los ojos—. Lo que ocurre es que yo también tengo sentimientos.

En el silencio intercalado de sorbos de sake, algo cambió de pronto.

—¿Qué clase de sentimientos?

La intensidad de su mirada me recordó a un pozo oscuro, sin fondo.

—No lo sé. Pero creo que me estoy acostumbrando a ti con una facilidad aterradora.

—Haces que suene como si fuera algo terrible. ¿Tan malo te parece?

—Pues sí, es una auténtica catástrofe. ¿Quieres saber por qué? —Asentí—. Porque aquel día en el bosque, cuando estuviste a punto de caerte por el precipicio, vi con claridad que nunca llegaría a habituarme a esa sensación.

Tragué saliva.

—¿Qué sensación?

—El miedo a perderte. Y cada vez que lo pienso, cada vez que pienso que tarde o temprano tendré que dejarte ir, me veo a mí mismo convertido en un estúpido sentimental al que ni siquiera reconozco. No tengo el corazón en paz, Miachan.

—Ni yo, Kenji. No lo he tenido una sola vez desde que apareciste en mi vida.

El cigarrillo se había consumido tanto que casi le quemaba los dedos. Se lo arrebaté y aplasté la colilla en el porche.

—¿Qué va a ser de nosotros? —dije, sin poder ocultar una nota de desesperación en la voz.

—Ojalá lo supiera.

Le acaricié la cara. Tenía la piel fría y suave, sentía la textura a través de la palma, el deslizar de la piel sobre la piel. Kenji me apresó la mano contra la mejilla como si deseara detener la caricia. O tal vez lo que quería era retenerla para siempre.

Cerró los ojos.

—Estoy cansado de luchar —susurró, con aire de confesión.

Nunca me pareció tan frágil como en ese instante.

Nos terminamos la botella en silencio, mientras esperábamos que el amanecer nos aclarase las ideas con su llegada. Después, algo mareada por el alcohol, le apoyé la cabeza en el hombro y, despacio, muy despacio, acerqué mi mano a la suya. Dejé que me la atrapara. Cuando sentí que me trazaba pequeños círculos con el pulgar en la cara interna de la muñeca, me estremecí. Lo deseaba. Como se desean las cosas que no pueden tenerse, las que están prohibidas. Respiré con ligereza, abrumada por una sensación de posibilidad que me arrastraba hacia una línea de fuga peligrosa e irresistible. El sol empezó a salir por encima de la montaña, bañándonos en su resplandor anaranjado. La luz nos envolvía como un hálito sedoso que nos acariciaba la piel. Elevé la mirada hacia él. Él me miró de esa manera directa y seductora que me hacía flaquear, que me desbocaba el pulso, que me cortaba el aliento, los ojos oscurecidos, medio entornados.

—No debería hacer esto, no debería pensar en ello siquiera —dijo, innegablemente atormentado—. Pero si no lo hago ahora mismo, me arrepentiré toda la vida.

Entonces, me agarró por la nuca, me atrajo hacia sí y me besó por fin. Primero con suavidad, como un ángel delicado y triste; después, con una pasión desbordante que sabía a sake y a promesas. Me besó en los labios, en el mentón y en el cuello; me enredó los dedos en el pelo, se los llenó de la piel de mi cara, del perfume de detrás de mi oreja. Yo me incliné hacia él, moví el cuerpo hasta que pude sentir el calor del suyo contra el pecho, contra el estómago. Aturdida y en llamas, gemí en cada beso, abandonándome a la maravillosa sensación de ir a la deriva.

Sin rumbo.

—Quiero estar contigo, Kenji —le pedí en un susurro ahogado.

Él no pronunció palabra. Se limitó a demostrar su aceptación con un leve asentimiento. Luego, me tomó de la mano y nos pusimos de pie.

En algún lugar en la linde del corazón, el mundo se convirtió en líquido.

31

La mano templada de Kenji se abrió camino por debajo de mi camiseta y se me erizó la piel. Me desnudó despacio, mirándome como si me viera por primera vez. Después, lo desnudé yo a él, recreándome en sus tatuajes, que acaricié en dirección ascendente. Desnudo me parecía aún más atractivo, más fiero, más alto, más fuerte, más hombre. Más prohibido y, sin embargo, más mío que nunca. Ya sin barreras de ningún tipo, me estrechó fuerte contra su cuerpo. Sentí el latido de su corazón ingobernable, la cadencia de su respiración agitada, el calor que emanaba, la posesión del abrazo, el deseo palpable, el abandono del pudor, de las reticencias, de los motivos para alejarse. Fue un abrazo elocuente. Elevé la mirada al encuentro con sus ojos. Había algo más en aquel par de trazos oscuros, un estallido de emociones, algo aún indefinido entre la lujuria y la impaciencia, que me hizo sentir especial, única en el mundo. «Puede que haya historias más bonitas, pero esta es la nuestra», pensé. No hizo falta que lo expresara en voz alta. Cuando me tomó de las mejillas con esas manos grandes que exudaban experiencia, me ardía por dentro el clamor de la anticipación, el miedo sofocado por una sonrisa, la certeza de la rendición total.

—Mia, Mia, Mia... Tu nombre es casi tan hermoso como tú —dijo, al tiempo que me acariciaba la cara con los pulgares, antes de que nuestros labios se rozaran.

Me besó con deseo, saboreándome igual que si fuera una fruta madura que se deshace en la boca. De los labios se desplazó al cuello; luego, al esternón. No dejó de besarme mientras me tocaba los pechos, describiendo círculos con las yemas sobre mi piel estremecida, petrificada por la necesidad. Bajó por el abdomen con la mano lánguida y siguió jugueteando más allá del ombligo. Me arqueé y gemí. La calidez de su tacto se me derramó por dentro, extendiéndose por cada rincón de mi cuerpo como las llamas en un incendio.

—Si tengo que parar, dímelo. Ahora o nunca, Mia-chan.

—Nunca. Nunca, nunca, nunca.

Nos dejamos caer en el futón. Kenji se arrodilló entre mis piernas y paseó la boca húmeda por donde antes había paseado los dedos. La cumbre rosada de mis pechos, el vientre ondulante, la cara interna de los muslos. Entonces, se agarró a la cresta de mis caderas y hundió la lengua en lo más hondo de mi ser. El corazón me golpeó en los tímpanos, en la garganta, en las tripas y un poco más abajo. Y en ese preciso instante, una corriente de electricidad imparable me explotó en algún lugar, en una punzada ardiente, densa y dolorosa que me empapó entera. No pude contener el alarido de placer que me salió de la garganta en cuanto comenzó a succionarme con esmero. Le hundí unos dedos como zarpas en el pelo y le clavé las uñas en el cuero cabelludo, sintiendo que me licuaba como papel mojado.

No podía soportarlo mucho más.

No podía.

No podía.

—Kenji... —susurré. Él elevó los ojos y me miró de un modo indescriptiblemente erótico por encima del monte de Venus—. Quiero sentirte dentro de mí.

Yo misma lo guie hacia mi interior. Los dos conteníamos la respiración mientras nuestros cuerpos se amoldaban despacio el uno al otro, temblando, absorbidos por el calor ajeno, por la dureza y la humedad, por los efluvios de excitación que irradiaban nuestras miradas. Entrelazamos las manos sobre la almohada, dedo a dedo, latido a latido, y a mí me pareció que el contraste entre mi piel blanca y la de él, tan colorida, era perfecto. Lo envolví con las piernas, en una invitación a que tomara todo cuanto quisiera. Cuando por fin me penetró, ahogué un jadeo contra su boca. Lo hizo lento, suave, de forma controlada, buscando el encaje adecuado. Buscando, quizá, no dejarse atrapar demasiado rápido bajo la red de deseo que habíamos tejido, él siempre tan contenido. Pero yo lo atraje hacia dentro, urgiéndolo a seguir, a llegar hasta el fondo en la batalla de un cuerpo en el otro, a alcanzar la plenitud. Kenji me besó en el lóbulo de la oreja, en el hueco de la garganta, en los pechos, que se me movían como ondas en el agua conforme iba incrementando el ritmo. Yo busqué con los labios entreabiertos la piel áspera bajo su mandíbula y la recorrí en un reguero húmedo hasta la nuez, donde su pulso me aporreó la boca.

—Me vuelve loca tu cuello.

—Y a mí me vuelves loco tú. Toda tú. Toda entera.

Kenji se movía cada vez más rápido, más fuerte, con más intensidad. Parecía que quisiera destrozarme y al mismo tiempo reparar el daño hecho. Me destrozaba y me reparaba, volvía a destrozarme y a repararme de nuevo. Delicadeza y fuerza, fuerza y delicadeza. Como una catana. Yo me retorcía de placer bajo el peso de su cuerpo, bajo la escala desbordante de sus pestañas, de sus párpados entrecerrados. Enajenada, despreocupada, al filo del abismo. Mis manos se fundían con la piel incendiada de su cara, de sus brazos, de su espalda, de sus nalgas. Ambos habíamos perdido ya el dominio sobre nosotros mismos, y los gemidos descontrolados resonaban en la habitación como ecos de tormenta. Nuestras frentes se tocaron. El clímax nos resquebrajó por dentro, resquebrajó nuestros nombres pronunciados en un susurro que era un grito contra la boca del otro. Y en el éxtasis de la rendición, sentí de repente que él estaba en todas partes, dentro de mí, a mi alrededor. El sol naciente que entraba por la ventana se le derramaba a lo largo de la espalda y el pelo en salpicaduras de luz.

Fue un momento perfecto, un instante de felicidad suspendida.

Yacíamos desnudos en el futón, en un amasijo de piernas enredadas y gotas de sudor. Yo estaba hecha un ovillo entre los brazos de Kenji, la cabeza en el punto exacto en donde late el corazón. Sonreí de forma privada; me gustaba cómo me acariciaba la espalda, deslizando los dedos como seda por la piel.

—¿En qué piensas? —pregunté.

—En lo caprichosa que es la genética —respondió. El pecho le vibró mientras hablaba—. Eres mitad japonesa, pero tienes el pelo dorado, los ojos azules y un cuerpo que parece una carretera llena de curvas.

—Qué manera tan elegante de describir mis atributos. Desde luego, suena mucho mejor que «una exquisitez como la carne de ballena».

Kenji resopló.

—¿Qué clase de imbécil te diría algo así?

—Un cliente del *nyotaimori.* Y antes de que me lo preguntes, no, no fue tu jefe.

—No pensaba hacerlo. Créeme, hablar de Hattori-sama es lo último que me apetece. De todos modos, aunque me cueste reconocerlo, ese puto pervertido en parte llevaba razón. Digamos que eres una mujer exótica a ojos de un japonés. Y preciosa —añadió, en un tono más íntimo—. Siempre lo he pensado, desde que te vi por primera vez sentada en la barra del Glass Geisha.

Al revivir esa noche en mi pensamiento, tuve la sensación de que había transcurrido muchísimo tiempo. Parecía incluso que todo hubiera sucedido en un mundo lejano.

—Tú también eres un hombre muy atractivo —admití, jugueteando con el escaso vello que tenía en el torso—. Y debo reconocer que también me sentí atraída por ti a primera vista.

Noté que me besaba en el pelo.

—Hacemos buena pareja, ¿no crees? Seguro que nuestros hijos serían guapísimos.

Me mordí el labio con un entusiasmo absurdo. Sabía perfectamente que no lo decía en serio; aun así, quise seguirle el juego.

—¿En qué idioma les hablaríamos?

—En japonés, por supuesto. Aprenderían inglés de forma natural en el día a día.

—Oh, así que das por sentado que viviríamos en Washington D. C. —dije.

—Claro. Tokio no es el lugar más adecuado para criar niños.

—Bueno, mi ciudad tampoco es ideal.

—Vale. En ese caso, escojamos otro sitio. Uno donde haya montañas, bosques y ríos, para que podamos ir de acampada los fines de semana.

—¿Qué te parece Canadá? Los paisajes son impresionantes y la gente, amable y civilizada; nos integraríamos sin problema. Tú podrías abrir un pequeño *izakaya*.

—Y tú escribirías crónicas para algún periódico local.

—Interesante. ¿Qué clase de crónicas?

—Hum... ¿De la Liga Nacional de Hockey sobre hielo o algo así? —Me eché a reír—. No te lo tomes a mal, pero no me hace ninguna gracia que la madre de mis hijos ande por ahí, investigando a criminales. Sobre todo, porque sé lo temeraria que puede llegar a ser.

—Eso no es cierto —protesté—. Yo no soy temeraria. Solo soy... tenaz.

Él dejó escapar un resuello sarcástico que resonó con fuerza en las paredes de su caja torácica.

—Sea como sea, te auguro un futuro muy prometedor como redactora de deportes.

Más risas. Y cuando el eco se disolvió, me descubrí a mí misma preguntándome qué habría sucedido para que un hombre que rechazaba los apegos duraderos fantaseara de pronto con un futuro a mi lado. Con el corazón en llamas, me incorporé sobre el codo y lo miré a los ojos, consciente de su esencia relajante, de la nueva intimidad que compartíamos, de las distancias cada vez más cortas, físicas y emocionales.

—¿No nos habremos equivocado haciendo esto?

Kenji me acarició cada ángulo de la cara como si quisiera guardar en la yema de los dedos las medidas exactas de mi contorno. Las cejas, la nariz, la curva de las mejillas, la línea de la mandíbula, los labios.

—Probablemente. Pero ahora mismo lo único en lo que soy capaz de pensar es en volver a besarte —dijo, antes de atraparme por la nuca.

Fue un beso largo, húmedo y prometedor que culminó conmigo encima de él.

—Dime que quieres equivocarte otra vez.

Una sonrisa seductora afloró en los labios escarpados de Kenji.

—Prefiero demostrártelo con hechos. Ya sabes que las palabras no son lo mío —repuso. Acto seguido, me agarró por la cintura y se deslizó en mi interior entre jadeos, con los párpados entornados de placer.

Dormimos abrazados hasta que se puso el sol.

32

Las precipitaciones nos mantuvieron aislados en nuestra pequeña crisálida durante los días siguientes, un hecho que nos preocupaba menos de lo que debería. No queríamos estar separados ni un solo minuto, de modo que trasladé mi futón a la habitación de Kenji. Dormíamos juntos todas las noches, en un abrazo prolongado hasta el amanecer, acunados por la lluvia que golpeaba los aleros con insistencia y se extendía por las ventanas. Alternábamos el sexo con el descanso, y el descanso con el sexo, en un bucle infinito. De día, nos sumíamos en una deliciosa pereza carente de culpabilidad. Comíamos lo que Kenji cocinaba con esmero, bebíamos, jugábamos a las cartas, nos acariciábamos, nos hacíamos promesas. Los dos sabíamos de sobra que aquello no era más que un espejismo, que no duraría; quizá por eso no pudimos resistirnos a vivirlo con la intensidad con que se vive lo efímero. A su lado, la medición de las horas perdía cualquier sentido. Los objetivos que había perseguido hasta entonces se diluían. Los bordes de la realidad se difuminaban. Me olvidaba de quién era, de qué quería, de qué buscaba. Me olvidaba incluso de mis temores, de lo que me afligía. Y, pese a todo, era feliz. Aunque la sombra de la catástrofe no dejara nunca de planear sobre nuestras cabezas. Durante aquellos días constaté lo que ya intuía: que Kenji era un hombre especial, con una sensibilidad que me conquistaba. Había química entre nosotros. Y una complicidad innegable, viva como la savia nueva, que se revelaba con solo mirarnos a los ojos. Teníamos una especie de pacto tácito, uno que jamás habíamos rubricado y que, no obstante, flotaba en el aire igual que el olor de la escarcha: mientras estuviéramos juntos, viviríamos el regalo de habernos encontrado el uno al otro sin más preguntas, sin más presiones, sin pensar en la amenaza de un final tan certero como indeseado. Viviríamos el presente, el aquí, el ahora. No podíamos controlar el tiempo que nos quedaba juntos, pero sí lo que hacíamos con él. Para no embrutecerlo, evitamos hablar de determinadas cosas, porque no existe lo que no se menciona. Y algo que no existe no hace daño. *Shiranu ga hotoke.* La ignorancia es felicidad. Así que, en aquel refugio de cimientos frágiles construido momento a momento, no había sitio para la Yakuza, mi reportaje o el pasado misterioso de Kenji.

El pacto se rompió una noche, mientras compartíamos la bañera.

Iba a ocurrir, tarde o temprano.

Yo estaba sentada entre las piernas de Kenji, la cabeza apoyada en el saliente de su clavícula, los codos sobre sus rodillas. El vapor me adormilaba los sentidos, hacía que el mundo me pareciera evanescente y lejano; él me mojaba los brazos en suaves caricias ascendentes, y eso también me relajaba. Me habría encantado que el tiempo se detuviera ahí mismo.

—¿Qué haremos cuando nos quedemos sin provisiones? —pregunté, de pronto.

—Lo cierto es que no deberíamos estar aquí cuando eso pase —respondió él, tras un breve silencio.

Un viento de tristeza me barrió entera. Sabía lo que significaba aquello. Sabía que no podíamos permanecer allí escondidos para siempre. Y tampoco debíamos. No había ninguna meta al final de la huida; era plenamente consciente de ello, por mucho que intentara ignorar la realidad mirando para otro lado. Pero no quería separarme de Kenji. Me resistía a dejar escapar lo que teníamos, lo que estábamos construyendo, fuera lo que fuese.

—Ahora mismo no puedo ni imaginar irme de esta casa —confesé, con un tono ahogado—. ¿Te parece muy retorcido?

Kenji me besó en la sien con suavidad.

—Claro que no. A mí me pasa lo mismo.

—¿Y qué vamos a hacer?

—No lo sé. Hemos vivido todos estos días en tierra de nadie, y yo... —Suspiró—. Ni siquiera tengo claro lo que nos espera ahí fuera.

Me despegué de su cuerpo y ladeé la cabeza para mirarlo.

—Huyamos, Kenji. Vayámonos a Washington. Te prometo que haré todo lo posible para sacar adelante mi investigación sin que te salpique. Hablaré con mis fuentes, buscaré otra vía. Me las arreglaré para dejarte al margen.

Las palabras me habían salido disparadas de los labios como proyectiles, casi sin pensar. En cuanto las hube procesado, supe que me mostraban el verdadero camino que debía seguir.

Quería terminar mi trabajo.

Y quería estar con él.

Noté que me abrazaba por la cintura y me apoyaba la barbilla en el hombro. La aspereza de su barba incipiente me erizó la piel.

—Ojalá algún día se acabaran los límites y pudiera tenerte para siempre. Pero tú y yo hemos florecido en las sombras, no podemos existir en la luz.

—No digas eso, por favor. No hables como si no hubiera un futuro para nosotros. ¿Por qué no podemos intentarlo al menos?

—Porque venimos de mundos diferentes. Y el mío jamás debería haberse cruzado con el tuyo —afirmó. En su voz no había arrepentimiento ni culpabilidad, solo resignación.

—Tú no eres como ellos. —Giré el cuello un poco más, hasta que mis ojos se toparon con los suyos—. Mira, no sé qué has hecho ni por qué, y francamente, ha dejado de importarme. Lo que sí sé es que te mereces una oportunidad de redención. Tienes treinta y seis años, Kenji. ¿No estás harto de todo esto? ¿No estás harto de formar parte de un entramado que se rige por la venganza, la crueldad y un estúpido código de honor medieval?

Kenji permaneció unos instantes en silencio antes de responder.

—Sí, estoy harto, claro que lo estoy —confesó, exhalando las palabras—. Pero dudo que ese «entramado», como tú lo llamas, se haya hartado de mí todavía.

—Si vuelves, a Hattori no le bastará con pedirte que te cortes el meñique. Te matará —constaté, con una angustia indecible.

—Eso no me dolería tanto como la posibilidad de que te hicieran daño a ti.

Volví a apoyarme en su pecho y dije:

—No hay ningún plan, ¿verdad?

—Me temo que no.

—Entonces ¿por qué seguimos escondiéndonos?

—Porque no estoy preparado para perder lo único bueno que me ha pasado en muchísimo tiempo, Mia-chan.

Apreté los párpados. Una sensación agridulce, como de melancolía incurable, me invadió el alma. Después, noté la fisura, y tras la fisura, la grieta que se ensanchaba cada vez más, hasta que mi corazón no lo soportó y se partió por la mitad. Dicen que el primer paso para perder a una persona es conocerla. Qué extrañas formas de torturar tiene el amor.

Esa noche nos buscamos con desesperación, atrapados en una espiral de deseo que estalló con la misma violencia de un volcán en erupción. Dentro de aquella casa seguía lloviendo a cántaros; fuera, ya no.

33

Me despertó una caricia suave en la cara y un leve olor a jabón. Cuando abrí los ojos, me encontré a Kenji a mi lado, arrodillado en la posición de *seiza*. Tenía el pelo mojado. Me miraba con una especie de ternura melancólica que me puso en alerta.

—¿Qué pasa? —pregunté.

—Tranquila, no pasa nada. Solo quería avisarte de que voy a salir.

Me incorporé en el futón como activada por un resorte. De pronto, me sentí inexplicablemente angustiada. Quería saber por qué, adónde, pero tenía la impresión de que, si intentaba forzar las cosas, cacría por un abismo.

—No te vayas.

Kenji esbozó una bonita sonrisa de hoyuelos marcados.

—Solo estaré fuera unas horas —dijo, mientras me revolvía el pelo en un gesto cariñoso—. Te prometo que volveré antes de que anochezca. Tengo un plan, Mia. He estado dándole vueltas y creo que sé cómo puedo revertir la situación para sacarte de aquí.

—Querrás decir «sacarnos», en plural.

Asintió.

—Luego te lo cuento todo. Sé buena, ¿vale?

Me despidió con un beso en la frente que me supo a poco y se marchó.

A pesar de que era un hombre silencioso que jamás alteraba el orden de la casa, nuestro refugio particular se me antojó extraño y vacío esa mañana, como si le faltara algún elemento básico. Me había acostumbrado a tenerlo para mí todo el tiempo, y sin él, el corazón se me encogía. ¿Qué clase de plan se le habría ocurrido? Después de la conversación que habíamos mantenido la noche anterior, solo cabían dos posibilidades y ninguna me gustaba: o se enfrentaba a la Yakuza, o me dejaba ir.

Dos desenlaces terribles.

Algunas veces, no saber es liberador. Otras, en cambio, es frustrante.

Decidí silenciar los pensamientos negativos. Después de tomarme mi té verde habitual, me aseé y me dispuse a vestirme. Mientras rebuscaba en mi bolsa deportiva, descubrí con gran consternación que no tenía ropa limpia.

Ni una sola prenda.

—Pero ¿qué demonios…?

Los últimos acontecimientos me habían distraído más de la cuenta. Ese estado de embelesamiento difuso en el que me encontraba había conseguido que me olvidara hasta de los detalles más triviales. No me sentía culpable, solo desconcertada porque algo así era impropio de mí. Pero lo que estaba experimentando era tan arrollador que me había entregado sin reservas a esa hambre de amar y ser amada, de sanar y ser sanada. Quizá el hecho de que nuestra relación estuviera a todas luces condenada al fracaso lograba que los sentimientos permanecieran a flor de piel, que se intensificaran hasta el punto de perder de vista todo lo demás. Entre suspiros de resignación, comprobé por segunda vez que no me quedaba una sola prenda limpia que ponerme. Debería haber dejado que Kenji se llevara mi ropa a la lavandería cuando me lo propuso.

Entonces, una idea me cruzó la mente a la velocidad del trueno.

Una idea descabellada.

«Hay una lavandería en el pueblo más cercano, a unos cinco kilómetros al sur».

—No. No, no y no.

Era una estupidez. Por incontables razones. Para empezar, no tenía ni idea de cómo orientarme sin un teléfono con GPS. Además, la última vez que quise hacer algo por mi cuenta, la cosa por poco termina en tragedia. Y Kenji se sentiría decepcionado conmigo si volvía a las andadas. Por no mencionar un pequeño detalle: salir sola de aquella casa seguía siendo peligroso. No, no podía ser tan inconsciente como para repetir el mismo error. No podía volver a ponernos en riesgo únicamente por un montón de ropa sucia. Y, de todos modos, él ya tenía un plan. Podría lavarla a mano. Claro que…

—Hace frío, tardará siglos en secarse.

Mientras seguía meditando qué hacer, rebusqué en mi bolso. En Tokio, Kenji me había confiscado las tarjetas de crédito, aunque conservaba unos mil quinientos yenes en efectivo que deberían ser suficientes. Dar con el camino no sería tan complicado si empleaba la lógica: solo había una dirección posible, cualquier otra suponía adentrarse en el bosque. «Maldita sea, Mia, te vas a meter en un buen lío», me dijo la voz de mi conciencia. Pero si mantenía los ojos bien abiertos, si procuraba ser discreta y más cuidadosa esta vez, no tenía por qué suceder nada, ¿verdad?

Llené la bolsa de deporte y me la colgué al hombro.

No había tiempo que perder.

Dejé atrás el claro y descendí la pista forestal por la que había subido el Toyota Corolla la noche de nuestra llegada. Las lluvias habían cesado, aunque había barro, y el musgo de los árboles que flanqueaban la carretera brillaba de perlas de agua. El cielo estaba bastante despejado, se veía el sol bajo el troquelado de las nubes. De las montañas se elevaban algunas brumas. Un aroma a tierra húmeda y flores desconocidas me asaltó. Llegué a la señal oxidada de prohibido el paso y continué bajando un poco más, hasta que me encontré una bifurcación. A la derecha, se tomaba la autopista; a la izquierda, había un túnel. No recordaba haber pasado por allí, aunque el sentido común me decía que ahora debía hacerlo. Lo crucé deprisa, el eco de mis pasos retumbando en el espacio. Al otro lado, me esperaba una carretera secundaria rodeada de bosques, hectáreas de bosques teñidos de rojo, naranja y ocre. Vi una gasolinera y algún que otro coche.

Había pasado cerca de una hora cuando divisé un pequeño núcleo urbano. La civilización, por fin. Quizá llamarlo pueblo era pasarse de generoso, pues aquello no era más que una hilera de casas tradicionales del periodo Edo a lo largo de unas pocas calles empedradas en la falda del valle. Aun así, era bonito. Tenía un pintoresco aire feudal, como anclado en el tiempo. Sorprendía que las líneas telefónicas y el cableado eléctrico estuvieran ocultos. O que en las puertas de muchas de las viviendas hubiera frutas y verduras secándose al sol. En la avenida principal había un *minshuku*,[23] una taberna, una tienda de comestibles y una destilería de sake, con sus llamativos barriles apilados en la entrada, pero, a simple vista, no parecía que hubiera ninguna lavandería. De pronto, vi a un anciano que caminaba encorvado con un bastón en una mano y una bolsa de comida para gatos en la otra.

Aunque debería haberlo esquivado cuando se detuvo delante de mí, no lo hice. Supongo que mi educación japonesa me lo impedía.

---

23 Casa de huéspedes.

—*Ohayō gozaimasu.* ¿Se ha perdido, joven?

No me quedó otro remedio que inclinarme en una profunda reverencia.

—Estoy buscando la lavandería. ¿Podría indicarme dónde encontrarla, por favor?

—¿La lavandería, dice? Naturalmente —concedió. Sin embargo, cambió de tema de forma automática, como si hubiera perdido el hilo de la conversación con una facilidad pasmosa—. Usted no es de por aquí, ¿verdad?

—No. Soy norteamericana —respondí, tratando de ser paciente con aquel anciano inofensivo que seguramente no tendría con quien hablar—. Perdone, pero es que tengo un poco de prisa y...

—Ah, norteamericana, ya veo. Pues habla muy bien el japonés. ¿Dónde lo ha aprendido?

Suspiré de pura frustración.

—Mi padre era de Tokio. De Setagaya.

—Comprendo. Una vez estuve en Setagaya, hace años. Fui a visitar el templo Gotōkuji, ese donde hay tantos *maneki-neko*.[24] Me gustan los gatos, traen buena fortuna. En temporada alta vienen muchos extranjeros por aquí, ¿sabe? Menos mal que la ruta Nakasendō está señalizada en *romaji*, o se harían ustedes un lío —comentó, con aire distraído—. ¿Ha venido sola a pasar sus vacaciones?

—Eh, no. Con mi... —respondí, y tragué saliva— con mi prometido.

—¿También es americano?

«Qué situación tan surrealista», pensé. Empezaba a impacientarme. No quería ser grosera, era evidente que aquel buen hombre divagaba por la edad, que no había maldad alguna en sus preguntas, pero no podía permitirme perder más tiempo

---

[24] Figura de un gato blanco con la pata izquierda levantada que simboliza la buena suerte.

charlando sobre amuletos de la suerte ni rutas de excursionismo.

—Oiga, como ya le he dicho, tengo bastante prisa. ¿Me dice dónde queda la lavandería, por favor? —insistí.

Una mueca de perplejidad le crispó el rostro, surcado de arrugas y plagado de manchas cutáneas. Parecía que no supiera de qué le estaba hablando.

—¿La lavandería? —Se quedó pensativo unos segundos durante los que valoré la posibilidad de decirle que no se preocupara, que me las arreglaría para dar con ella por mi cuenta—. ¡Ah, sí! ¡Ya me acuerdo! —exclamó al punto—. Al final de esta calle hay una escalinata de piedra. —Señaló con el bastón—. Súbala y luego gire a mano derecha.

En realidad, la lavandería estaba en la dirección opuesta a la que me había indicado, así que encontrarla me llevó un buen rato. Por el camino, me crucé con algunos lugareños que me miraban con curiosidad mal disimulada. Si lo que pretendía era no llamar la atención, desde luego estaba consiguiendo justo lo contrario. Por suerte, no había nadie más en el establecimiento. Seleccioné un programa de lavado rápido e introduje las monedas. Cuatrocientos yenes, cien por cada diez minutos de secadora. Me senté a esperar. En otras circunstancias, me habría encantado dar un paseo por el pueblo, echar un vistazo a la tienda de artesanía local y quizá comprarle un regalo a Kenji. Claro que todo eso no era más que una quimera. Al pensarlo, sentí que se adueñaba de mí la melancolía.

¿Cuántas cosas nos estaríamos perdiendo?

Y cuántas más nos perderíamos, al llegar al final de aquel horizonte que justo comenzaba a delinearse.

Tictac.

Tictac.

Al cabo de un rato, mientras sacaba la ropa de la secadora y me disponía a guardarla en la bolsa, una mujer de mediana edad asomó la cabeza por la puerta y se dirigió a mí.

—Buenos días, gaijin-san. Me llamo Hoshi Nakamura. —Reverencia, reverencia—. Me ha dicho mi tío que su prometido y usted están de vacaciones por la zona.

—¿Q-qué?

—Mi tío, el señor Nakamura —dijo, como si fuera lo más obvio del mundo—. Han estado ustedes hablando hace un rato. En fin, mi marido y yo tenemos un restaurante. ¿Por qué no vienen a cenar? En temporada baja solo abrimos por las noches, pero hacemos el mejor *shinshū soba* de toda la prefectura de Nagano, se lo garantizo. También tenemos ternera de Hida de primerísima calidad —afirmó, con orgullo. Hablaba muy rápido, sin dar pie a una posible réplica entre frase y frase. Su voz era como un soniquete agudo que le salía a sacudidas de la garganta—. ¿Su prometido no será por casualidad un hombre extraordinariamente alto y apuesto, con una espalda así de ancha, que conduce un Corolla negro con matrícula de Tokio?

«Mierda».

Le devolví una mirada de recelo.

—¿Cómo lo sabe?

La mujer llamada Hoshi Nakamura esbozó una sonrisa pícara que le elevó las mejillas.

—Estuvo por aquí hace unos días, comprando comida. Me temo que un hombre como él no pasa desapercibido. Tiene usted mucha suerte, gaijin-san. ¿Van a casarse pronto? No deje que ande solo por ahí demasiado tiempo, ya me entiende. Por cierto, ¿dónde se alojan? ¿En el pueblo de al lado? Deberían probar el *minshuku* de la señora Tanaka. Hablaré con ella yo misma. Es amiga mía, le diré que les haga buen precio.

La situación comenzaba a incomodarme de veras. Me sentía como si me hubieran tendido una emboscada. Resultaba que ese anciano sí tenía alguien con quien hablar, después de todo. ¡Y vaya si lo había hecho! Que su sobrina, la tal Hoshi Nakamura, se hubiera fijado en Kenji y lo relacionara conmigo no era bueno. Tuve un mal presagio.

—Lo siento, Nakamura-san. Debo irme.

Salí de la lavandería a toda prisa.

—Pero... Entonces ¿qué pasa con la cena? ¡Oiga! ¡Gaijin-san!

La mujer dijo algo más, pero las palabras se perdieron, subieron en remolino hacia el cielo.

El camino de vuelta se me hizo eterno. Me pesaba la bolsa en los hombros y, además, estaba muy intranquila. Había metido la pata hasta el fondo, no me cabía ninguna duda. Se suponía que debía ser discreta, no que todo el dichoso pueblo supiera quién era yo. Dónde me alojaba. Con quién.

¿En qué momento había concluido que ir a la lavandería era una buena idea?

—Habría sido mejor que me quedara desnuda —me lamenté en voz alta.

Solo esperaba que Kenji pusiera en marcha su plan, fuera cual fuera, antes de que mi pequeña aventura se pudiera convertir en un problema.

No respiré aliviada hasta que vislumbré el claro, casi dos horas más tarde. Por suerte, el coche no estaba, lo que significaba que él aún no había llegado. Entré en la casa. Me dolían tanto los pies por la caminata acelerada que, en cuanto hube limpiado el barro de las zapatillas deportivas y ordenado la ropa, me eché en el futón. Recordé que no había comido nada desde el desayuno, pero los párpados me pesaban demasiado. Cerré los ojos un instante.

Cuando los volví a abrir, había oscurecido.

Y Kenji seguía sin aparecer.

Llevaba un buen rato dando vueltas de un lado a otro del salón. Me preocupaba que Kenji no hubiera vuelto todavía. «¿Dónde se habrá metido? Me aseguró que estaría de regreso antes del anochecer». La posibilidad de que le hubiera sucedido algo, algo grave de verdad, se cernía sobre mí como una sombra de tormenta cada vez más amenazante. ¿Y si había tenido un accidente con el coche? O peor aún, ¿y si finalmente el Suginami-rengō había tomado represalias contra él? La mera idea me aterraba, hacía que me sintiera impotente, frustrada, desesperada. ¿Qué podía hacer yo?

Nada.

Aparte de esperar.

Por fin, oí que llegaba un vehículo. Salí al porche corriendo, el *yukata* ondeando al aire igual que una alegre cometa, y ahí estaba él, ajeno a mi tormento. «Gracias a Dios», pensé. Kenji me dedicó una sonrisa preciosa que se desvaneció en cuanto vio que tenía los ojos anegados en lágrimas.

—Mia-chan, ¿qué ocurre? ¿Por qué lloras?

—No vuelvas a hacerme esto nunca más, ¿me oyes? —le exigí, al tiempo que me abalanzaba sobre él. A continuación, le rodeé el cuello con los brazos y escondí la cara entre los pliegues de su chaqueta—. Casi pierdo la cabeza.

Me levantó la barbilla con un dedo y me observó con fijeza.

—Lo siento —dijo.

En ese instante, fui consciente de lo mucho que había temido no volver a ver aquellos ojos, aquellos pómulos o la plenitud de aquellos labios rosados. De lo mucho que lo necesitaba. De lo mucho que sufriría si lo perdía. No quería perderlo, no podía. Lo besé por toda respuesta. Y él me correspondió con ese poder balsámico que ejercía sobre mí, que conseguía que los miedos se disiparan enseguida. Sabía a tabaco, pero qué más daba. Entonces, me tomó en brazos sin mediar palabra, entró en la casa y me llevó a la habitación.

—¿Qué estás...? ¿Qué...?

—Quiero compensarte. Por favor, déjame hacerlo —me pidió. Un matiz oscuro e irresistible le teñía la voz.

Después de soltarme, se inclinó hacia mí y me abrió el *yukata* con avidez. Me tocó por todas partes; ningún centímetro de mi piel merecía menos que otro. Cuando sentí que me metía la mano por dentro de la ropa interior, me aferré al cuello de su camisa y gemí.

Algo más tarde, satisfechos ya el deseo y la necesidad física, me atreví a verbalizar lo que tanto me angustiaba.

—¿Has... ido a negociar con la Yakuza?

—La Yakuza no negocia con traidores, Mia —repuso con calma, al tiempo que acariciaba un mechón de mi pelo. Siguió la trayectoria de sus dedos con la mirada—. No he ido a verlos. Si lo hubiera hecho, ahora mismo estaría muerto, a dos metros bajo tierra. —Sentí que se me cortaba el aliento—. Mañana nos iremos de aquí —anunció, mirándome a los ojos.

—¿Juntos?

—Juntos.

Apreté los párpados. Y solo entonces fui capaz de respirar con normalidad.

34

—Mia —susurró Kenji, zarandeándome en mitad de la noche—. Mia, despierta, rápido. Nos han descubierto.

Las palabras me reverberaron en los oídos igual que un disparo. Abrí los ojos de golpe y me incorporé sobresaltada.

—¿Qué? Pero... ¿estás seguro?

—He oído un coche. Necesito que hagas exactamente lo que yo te diga. ¿Entendido?

Empleó un tono frío, resolutivo, algo exigente. Su voz era grave, rezumaba advertencia. Si tenía miedo, no lo dejó entrever en ningún momento. Aquel no era el Kenji de los últimos días, el que me hablaba de la forma en la que un hombre le habla a una mujer cuando ambos se han desnudado en cuerpo y alma. Aquel era el Samurái. Tenía el mismo brillo del principio en los ojos. Un soldado, una máquina, un asesino despiadado. Había vuelto.

Parpadeé, desconcertada.

—Entendido.

—Bien. Quédate aquí sin hacer ruido y no salgas bajo ningún concepto. Pase lo que pase, oigas lo que oigas ahí fuera, es vital que no salgas. Prométeme que no harás ninguna tontería de las tuyas.

—Me estás asustando, Kenji.

—Hablo en serio, Mia. Esto no es ningún juego. Prométemelo.

—Sí, vale, te lo prometo. Pero, por favor, ten mucho cuidado.

Kenji asintió sin añadir nada, se incorporó y salió de la habitación igual que un ninja. Yo me agazapé en un rincón a oscuras, aterrada. Un opresivo silencio solo interrumpido por mi respiración agitada se apoderó del espacio. Me obligué a mí misma a respirar con calma, intentando no sucumbir al pánico. De repente, oí mucho ruido. Puertas que se deslizaban en sus rieles con gran estruendo, suelas de zapatos que golpeaban los tatamis, estridentes voces masculinas con las erres muy marcadas. Me pareció que un ejército yakuza había irrumpido en la casa y sentí un miedo paralizante.

Escuché con claridad que alguien decía:

—Así que aquí es donde te escondías, ¿eh? Al *oyabun* no le va a gustar nada. Está muy decepcionado contigo, ¿sabes? De hecho, todos en la familia lo estamos. Siempre hemos tenido claro que eras un jodido trepa, aunque no esperábamos que también fueras un miserable traidor. Te has pasado el código de honor por las pelotas, hermano, y eso se merece un buen castigo. ¿Dónde está la *gaijin*? ¿Qué has hecho con ella?

Sofoqué un grito con la mano.

—Que te jodan, Keisuke.

«¿Keisuke? ¿Keisuke Matsumoto? ¿El mismo Keisuke Matsumoto al que he estado buscando en Kabukichō?», me pregunté. Es increíble lo caprichosas que son a veces las casualidades.

—*Oi!* ¿A que te corto el cuello ahora mismo, hijo de puta? —lo amenazó otro.

—Calma, Hiroshi. El jefe lo quiere vivo para que salde como es debido hasta la última de sus cuentas pendientes. Te he preguntado que dónde está esa zorra.

—Si vuelves a insultarla o a faltarle el respeto de algún modo, te arrancaré el corazón con mis propias manos —contestó Kenji, con el aplomo que lo caracterizaba.

Keisuke Matsumoto dejó escapar una carcajada, a la que rápidamente se le unieron otras.

—¿Habéis oído eso? ¡Este cabronazo está encoñado! —Más carcajadas—. Hermano, eres increíble. Tenías que cargártela, no montarte un nidito de amor en la montaña para poder follártela tranquilo. Por cierto, ¿de quién cojones es esta choza? Bueno, no te culpo. He visto las fotos de esa putita extranjera. Menudo par de melones tiene. Dime, ¿son naturales o de silicona?

—¿Estás sordo o qué te pasa, Keisuke? He dicho que no hables así de ella.

El ruido de un golpe seco, seguido de otro y otro más me puso en alerta de inmediato. Debía hacer algo para ayudarlo. Le había prometido que no saldría de la habitación en ninguna circunstancia, pero estaba en minoría; solo Dios sabía cuántos tipos habría ahí fuera. Además, tenía una deuda con él. Kenji era mi ángel yakuza, me había rescatado en incontables ocasiones. Me había salvado la vida. Y, si estábamos en esa situación, era por mi culpa. Sin duda, mi escapada al pueblo tenía algo que ver con el hecho de que nos hubieran encontrado precisamente esa madrugada. Esa tal Hoshi Nakamura conocería a alguien que conocería a alguien que conocería a Hattori. La información habría corrido como la pólvora. Inspiré con fuerza y me masajeé las sienes. «Piensa, Mia. Piensa rápido». Entonces, abrí el armario, saqué la catana del fondo, la desenfundé con sumo cuidado y salí de la habitación procurando no hacer ruido. Las palmas me sudaban, temía que el sable se me resbalara de las manos, así que sostuve la empuñadura con más fuerza, como si me fuera la vida en ello.

A decir verdad, me iba la vida en ello.

Escondida tras un panel, asomé la cabeza para evaluar la situación. Para mi sorpresa, solo había tres hombres en el salón, además de Kenji. Tres tipos repeinados con trajes impecables y cara de pocos amigos. Ninguno lo superaba en altura, aunque todos iban armados con navajas o cuchillos cuyas puntas relucientes trazaban arcos en el aire. Vi cómo Kenji arremetía contra uno de ellos como un escudo. A continuación, le agarró la muñeca derecha y le retorció el brazo con una llave inmovilizadora. Un segundo individuo se le acercó por detrás e intentó apuñalarlo; sin embargo, él se las arregló para derribarlo de una patada fulminante que lo dejó fuera de juego. El tercero en discordia, que parecía un luchador de sumo de lo grande que era, estaba de espaldas. Recordé lo que Kenji me había explicado acerca de distribuir el peso del cuerpo a la hora de atacar al oponente y, sin pensármelo dos veces, salí de mi escondrijo blandiendo la catana. La elevé por encima de la cabeza. Cuando la hoja quedó casi en paralelo al suelo, la bajé en dirección a la espalda de mi objetivo. El corte, en un ángulo de cuarenta y cinco grados, fue lo bastante profundo como para traspasar la tela de su chaqueta con la misma facilidad con la que hubiera seccionado un tallo de bambú. Aquella precisión inusitada obedecía a una sola causa: el principio de supervivencia mezclado con la adrenalina. El herido se llevó las manos a las costillas y dejó escapar un alarido de dolor que sorprendió a todo el mundo.

—¡Mia, no! —gritó Kenji. Tenía los ojos desorbitados de preocupación, quizá de temor.

Cuando aquel tipo enorme se dio la vuelta, exclamó:

—¡Pero si es la puta del Samurái!

Del impacto, se le había caído el cuchillo. Con todo, no le costó ningún esfuerzo tirarme al suelo y arrebatarme la catana. La asió con bastante destreza, pese a que le faltaban los meñiques de ambas manos.

—Te voy a matar, zorra —dijo, a la vez que apoyaba la punta de la hoja en mi barbilla temblorosa. Tenía el rostro contraído en una mueca iracunda; los tendones de su cuello de toro parecían cables de acero.

A Kenji no le quedó más remedio que liberar al hombre que había mantenido inmovilizado. Corrió hacia aquella mole amenazante y le encajó dos ganchos en el abdomen que le hicieron retroceder, soltar el sable y doblarse por la mitad en una rápida progresión. El yakuza empezó a toser, sin apartar las manos de su abultado estómago, con los ojos a punto de salírsele de las cuencas. Kenji alejó la catana con el pie y lo noqueó de un solo puñetazo. Después, se agachó junto a mí, que estaba encogida en un rincón, sujetándome las sienes con unos dedos como garfios.

—¿Estás bien? —preguntó, palpándome la cara con desesperación—. ¿Te han herido?

No me dio tiempo a responder. De forma instintiva ladeé la cabeza y advertí que Keisuke Matsumoto, el único de los tres matones que seguía en pie, nos estaba apuntando con una pistola. El gesto de horror que compuse debió de alertar a Kenji, que al intuir lo que iba a suceder, no dudó en ponerse delante de mí para bloquear la trayectoria de la bala con su propio cuerpo.

—¡Kenji! ¡No!

No reconocí mi propia voz; me pareció como si hubiera gritado sin emitir sonido alguno. Estaba conmocionada.

Lo había hecho para protegerme.

Había vuelto a arriesgar su vida por mí.

El impacto sonó seco, confusamente cercano. Sentí que se me paraba el corazón, que se me taponaban los oídos, que se me nublaba la vista, que algo se me desgarraba por dentro. De la garganta de Kenji brotó un quejido lastimero. Observé horrorizada cómo el rojo se abría paso por su camiseta blanca: le habían dado en el brazo; un río de sangre manaba del agujero que el proyectil le acababa de abrir en la manga.

—¡Dios mío, Kenji! ¡Dios mío! —sollocé—. ¿Por qué lo has hecho? ¿Por qué has tenido que hacer algo así?

Me dolía igual que si el disparo lo hubiera recibido yo.

—Supongo que yo también soy un poco temerario —musitó, esforzándose por disimular un gesto de malestar.

Aquel desgraciado comenzó a aplaudir con la pistola entre las manos al mismo tiempo que ganaba posiciones de manera peligrosa. Tenía los pómulos hundidos y desprendía un aire siniestro, magnificado por una sonrisa torcida de psicópata.

—Menudo numerito, Samurái. ¿No te da vergüenza deshonrar a tu familia por una cualquiera? Deja que se enteren todos en el clan de lo débil que eres en realidad. ¿Qué crees que pasará cuando...?

No acabó la frase.

Kenji sacó el revólver del calibre 38 que llevaba oculto en el tobillo y le disparó sin contemplaciones. Dos tiros limpios, certeros e incapacitantes; uno en la ingle y otro en la pierna que lo hicieron aullar, tambalearse y perder el equilibrio tras una fuerte sacudida. La pistola se le escurrió de entre las puntas de los dedos. Y se desplomó sobre el tatami, retorciéndose de dolor.

—¡Hijo de...!

—Cierra el pico de una vez, Keisuke. Estoy harto de oír tu voz —le espetó, mientras se levantaba a toda prisa.

Cogió el arma de su enemigo y se la guardó a la espalda, antes de volver conmigo.

—Tienes que irte de aquí. Ahora —me apremió, obligándome a levantarme.

—¿Qué? ¿Te has vuelto loco? ¡Claro que no! No pienso irme sin ti. No pienso dejarte. Vamos al hospital. Necesitas... Necesitas que te vean esa herida de inmediato.

—No hay tiempo para eso. Es posible que vengan más hombres de Hattori. Si te encuentran aquí, no podré protegerte. Y si te hacen daño, no me lo perdonaré jamás.

—Kenji, por favor. Te lo suplico. Ven conmigo.

Los ojos de Kenji centellearon, sus facciones se endurecieron por el dolor.

—Coge las llaves del coche y vete de aquí ahora mismo. Ya. Conduce todo lo rápido que puedas en dirección a Tokio y no te detengas, ¿entendido? El depósito está lleno, ni siquiera tendrás que parar para repostar. Pero, en caso de que lo necesites, tus tarjetas de crédito y tu teléfono móvil están en la guantera.

Estallé en un llanto desconsolado.

—Todo esto es culpa mía. Ayer... yo... Si no hubiera ido al pueblo..., si no hubiera hablado con nadie..., ahora no estarías herido. Lo siento, Kenji. Lo siento, lo siento, lo siento. Debí ser más prudente. Yo solo... solo quería lavar mi ropa.

La visión se le oscureció por un instante, parecía desconcertado.

—No pienses en eso ahora, ¿vale? —dijo, una vez hubo procesado la información y comprendido su alcance—. Tú no tienes la culpa. Tarde o temprano, nos habrían acabado encontrando.

Que fuera tan indulgente me destrozó del todo. Él siempre tan generoso, tan comprensivo, siempre dispuesto a arriesgarlo todo por mí, incluso su integridad.

—Estás sangrando mucho.

—Descuida, me haré un torniquete. Vete ya, vamos.

—Dime que volveremos a vernos.

—En esta vida o en la próxima, Mia-chan. Te lo prometo.

Las palabras le salieron trémulas de los labios. Había llegado el momento que tanto habíamos temido.

—Kenji.

—¿Sí?

Ya no tenía nada que perder. Había atravesado un río profundo y el puente se había venido abajo hacía tiempo. No había vuelta atrás.

Y en parte, era liberador.

—Te quiero.

Me tomó de las mejillas y me besó. Después, apoyó la frente en la mía, apretando los párpados como si aquel adiós le doliera físicamente. Y en efecto, dolía. Mucho. Muchísimo. Como algo que te arrancan de raíz. El corazón. El alma. Un trozo de vida. Luego, se separó de mí para que me marchara. Me puse las zapatillas deportivas a toda prisa, me subí al coche y encendí el motor como pude, temblando, entre lágrimas.

Cuando dejé la casa atrás, me asaltó un llanto aún más desesperado. «Me estoy yendo, me estoy yendo, me estoy yendo», me repetía a mí misma. Kenji me había pedido que condujera hasta Tokio sin parar; no obstante, a medida que me alejaba, la idea de que estaba cometiendo un grave error cobraba más fuerza. ¿Qué sería de él si lo abandonaba allí a su suerte? ¿Y qué sería de mí cuando llegara a la ciudad? ¿Cómo sobreviviría si después de esa noche no lo volvía a ver?

«En esta vida o en la próxima».

—No, no pienso arriesgarme a perderte.

Enamorarse implica pensar primero en la otra persona.

Me sequé las lágrimas con el dedo y decidí que daría la vuelta en cuanto pudiera. Avancé unos cuantos kilómetros más, hasta la entrada a la autopista. Apenas veía nada por la niebla. De repente, la luz de los faros de un vehículo que circulaba en sentido contrario me deslumbró. El chirrido de las ruedas fue terrorífico, la goma humeando por la fricción contra el asfalto. Tuve que dar un frenazo al advertir que una furgoneta negra Sprinter me bloqueaba el paso; casi me golpeé la cabeza contra el volante. Entonces, cuatro hombres salieron corriendo y me sacaron a la fuerza.

—¿Qué es esto? ¿Quiénes sois? ¿Qué queréis de mí? —grité, mientras forcejeaba.

Fue en vano.

Uno de ellos me puso una capucha. Otro me ató las manos a la espalda con una brida. Enseguida noté que me levantaban, rígida como un saco, y me metían en la furgoneta. Las puertas se cerraron.

Todo se fundió a negro.

Sato Hattori iba a matarme.

35

Había perdido la noción del tiempo cuando la furgoneta se detuvo por fin. ¿Cuántas horas habrían pasado? No lo sabía, aunque para entonces debíamos de estar muy lejos de los Alpes japoneses. Pensé en Kenji y sentí un nudo opresivo en el estómago. «Kenji, Kenji, Kenji». Su nombre se había convertido en un lamento, en una triste letanía. Ojalá hubiera permanecido a su lado. Alguien me empujó para bajar del vehículo. Al hacerlo, me golpeé la cabeza. Tuve ganas de llorar, pero las reprimí; no iba a mostrarme débil delante de esos matones. Me obligaron a caminar. Tenía los músculos de las piernas entumecidos y la garganta reseca de tanto respirar por la boca. Por el olor a linóleo, intuí que estábamos en un aparcamiento. Acto seguido, me hicieron subir un tramo corto de escaleras y me montaron en un ascensor. Un piso, dos pisos, tres pisos. Salimos. Después, oí una puerta que se abría con un código electrónico y se cerraba tras un ruido hueco metálico. Me sentaron en una silla, me cortaron las bridas y me quitaron la capucha, con la condición de que no me diera la vuelta ni me levantara bajo ningún concepto. Liberada, sentí como si cada órgano y cada articulación de mi cuerpo se ensancharan de golpe. La luz fluorescente me deslumbraba, tuve que cerrar los ojos. Los abrí muy poco a poco y observé a mi alrededor, mientras rotaba las muñecas doloridas hacia ambos lados. Me sorprendió encontrarme en una habitación que me recordaba vagamente a una sala de reuniones, con una mesa de oficina, un par de sillas vacías y una acústica comedida, en vez de en uno de esos inquietantes espacios industriales con el suelo cubierto de plásticos. Estaba sola en aquella estancia aséptica de paredes revestidas de madera, sin otra compañía que la de mi propia respiración convulsa y una inscripción dorada con el emblema imperial del crisantemo: «En nombre del emperador».

¿Adónde me habían llevado mis captores? ¿Y para qué?

Suponía que iban a matarme, pero aquel lugar no parecía el más indicado para que los esbirros de Sato Hattori me ejecutaran.

La puerta tardó mucho en volverse a abrir, más de una hora; una desesperante hora con sus desesperantes sesenta minutos dominados por un ambiente incierto, opresivo e incómodo. Por no mencionar que tenía sed y ganas de ir al baño. Un hombre alto, con gafas de montura metálica y bien peinado entró en la sala. Llevaba colgada al cuello una de esas fundas de cuero dobles para tarjetas identificativas que quedaba medio escondida detrás de su sobria corbata azul y un dosier en la mano. Desde luego, no tenía pinta de yakuza.

—Buenos días, Kobayashi-san —dijo, al tiempo que dejaba la carpeta sobre la mesa. Se sentó al otro lado—. Disculpe la espera. Antes de empezar, debo informarla de que esta conversación está siendo monitorizada. —Señaló el techo. Vi una moderna cámara de videovigilancia.

Me di cuenta de que me sudaban las palmas de las manos y me las froté contra la fina tela del pantalón para secármelas.

—¿Quién es usted? ¿Y dónde estoy?

—Sí, claro, perdone. —Carraspeó—. Soy el inspector Jukichi Oyama, de la División de Crimen Organizado Japonés.

—Abrió la funda de cuero que llevaba al cuello y me la mostró: en un lado, rango y fotografía; en el otro, una placa reluciente con el símbolo plateado rodeado de una corona de laurel y las barras doradas; el distintivo de la policía japonesa, la marca de la justicia—. Se encuentra usted en las dependencias de la Agencia Nacional de Policía, en Chiyoda, Tokio.

Abrí mucho los ojos.

—¿En el Keisatsu-chō?

—Exacto.

—Lo siento, no lo entiendo. ¿Son ustedes los que me han interceptado en mitad de la carretera, me han puesto una capucha en la cabeza, me han atado y me han obligado a subir a una furgoneta en contra de mi voluntad?

—Le pido disculpas, pero es el procedimiento estándar en estos casos.

—¿El procedimiento estándar? —No daba crédito. Estaba indignada—. Pues deje que le diga una cosa, inspector: su modo de proceder no dista mucho del de cualquier banda criminal que se precie. A la policía japonesa debería darle vergüenza tratar de forma tan inhumana a civiles inocentes.

—Kobayashi-san, le rogaría que midiera sus palabras.

—¡Váyase al infierno! Ni siquiera me han dado un vaso de agua. ¿Por qué demonios estoy aquí retenida? ¿Se me acusa de algo?

—Naturalmente que no. Digamos que está usted relacionada de manera indirecta con una operación policial contra la Yakuza. Necesitamos su colaboración. Si coopera, todo irá bien. Le devolveremos el pasaporte y la dejaremos marchar para que pueda regresar a casa lo antes posible, se lo garantizo.

Tardé unos segundos en descifrar las palabras del inspector. Cuando por fin lo hice, noté que me tensaba.

«Kenji. Tienen a Kenji. Lo han detenido».

Ya lo había abandonado una vez, no habría una segunda.

—¿Y si no?

—Yo de usted no contemplaría esa opción.

—Primero dígame qué han hecho con él y luego ya veremos —exigí.

—¿A quién se refiere?

—Lo sabe muy bien, inspector.

—Me temo que no. —A continuación, abrió el dosier y ojeó un documento mientras se recolocaba las gafas sobre el puente de la nariz—. Nos consta que entró en el país el pasado veintisiete de agosto en un vuelo de United Airlines procedente de Washington D. C. —Me miró a los ojos sin parpadear y se inclinó hacia delante—. ¿Para qué?

—Para hacer turismo —respondí en un tono neutral, próximo al sarcasmo—. ¿Acaso es un delito?

Una leve sonrisa condescendiente tensó los labios de Jukichi Oyama.

—Sabemos que es periodista de investigación en el *Washington Post.* Y también que tiene, al menos, dos informantes en Tokio. ¿Qué está buscando, Kobayashi-san?

—No tengo por qué contarle nada. Secreto profesional —aduje, a la vez que volteaba las manos—. Llame de inmediato a la embajada estadounidense o le garantizo que toda la prensa internacional se enterará de esto. ¿Cree que es el mejor momento para un escándalo, con las Olimpiadas en el horizonte?

Jukichi Oyama hizo un gesto maquinal de asentimiento. Cerró la carpeta y entrelazó los dedos adoptando un aire de gravedad.

—Muy bien. Sepa que, si no coopera, podemos presentar cargos de obstrucción a la justicia. Verá, esto no es América. Aquí las cosas funcionan de otra manera. Una vez bajo custodia policial, una persona puede estar retenida hasta veintitrés días sin que la asista un abogado. Durante ese tiempo, nosotros decidimos cuándo come, cuándo bebe, cuándo duerme o cuándo se asea. Los interrogatorios pueden llegar a ser interminables, créame. En el Keisatsu-chō hay agentes con mucha menos paciencia que yo y… —dijo, y frunció los labios, como si buscara las palabras adecuadas— proclives a ejercer cierta violencia moderada.

Tragué saliva con fuerza.

—¿Me está amenazando?

—Al contrario, solo la estoy informando educadamente para que le quede claro que no se encuentra usted en disposición de negociar. ¿Por qué no me explica cómo ha acabado convertida en un objetivo del Suginami-rengō, Kobayashi-san?

—Dígame dónde está, por favor. Se lo suplico.

Oyama suspiró frustrado.

—Ya le he dicho que no sé a quién se refiere.

—¡Y yo que no pienso contarle nada, así que deje de hostigarme de una vez!

De repente, la puerta de la sala se abrió de par en par. Cuando vi el rostro de la persona que acababa de entrar como una exhalación, creí que el estrés de la situación me estaba jugando una mala pasada. Parpadeé varias veces seguidas. No podía ser. Debía de tratarse de una ilusión.

Salvo que no lo era.

Era tan real como el aire que respiraba.

—¿Kenji? Pero ¿qué…?

Llevaba el brazo en cabestrillo. Tenía la nariz algo hinchada, un cardenal debajo del ojo izquierdo y la piel de los nudillos levantada. Y también la misma funda colgada al cuello que el inspector Jukichi Oyama.

Entonces, noté que el pecho se me estrechaba. Ahogué un grito con la mano. En cuestión de un segundo, mi mundo había dado un vuelco.

Parte II

Kenji Hatanaka

36

La primera vez que la vi, sentada en la barra del Glass Geisha, supe de inmediato que aquella chica rubia con el rostro dominado por unos magnéticos ojos claros no pertenecía a ese mundo. Había algo en su mirada, una mezcla de curiosidad e inocencia, que desentonaba en un lugar tan decrépito como un club de alterne tokiota. Tras la fascinación inicial, me invadió el desconcierto. ¿Quién era Mia Kobayashi? ¿Qué buscaba? ¿Y de qué manera afectaría su presencia a la operación? Hablaba un japonés impecable y tenía una habilidad extraordinaria para meterse en líos. Era obstinada, temeraria y demasiado hermosa, incluso su nombre encerraba un matiz seductor; tal vez por eso experimenté una necesidad irracional de protegerla en el mismo instante en que comprendí que representaba una seria amenaza para sí misma. También la representaba para mí, aunque de otra clase. Y ahora estaba allí, en una sala de interrogatorios del Keisatsu-chō, con la misma ropa con la que había dormido, el pelo revuelto y una expresión confusa que me hacía pedazos por dentro. No soportaba verla así, parecía una muñeca rota. Pero debía ser consecuente, asumir mi responsabilidad: si habíamos llegado a ese punto, era únicamente porque la situación se me había ido de las manos.

Mia no podía ser rehén de mis actos.

Ella no.

No se lo merecía.

Nuestras miradas se engarzaron, y por un segundo permanecimos inmóviles.

—¿Kenji? Pero ¿qué...?

Cuando me vio la placa policial, se tapó la boca; con toda probabilidad, ya habría empezado a encajar las piezas del rompecabezas.

—Kobayashi-san —dije, luchando para que la voz no se me quebrara.

Me incliné en una reverencia *saikeirei*, con la vista fija en el suelo, llena de remordimiento.

—No me lo puedo creer... ¿Eres... eres poli? —Sonó como si la hubiera traicionado. En parte, era lo que había hecho.

Jukichi Oyama carraspeó y me deslizó un parpadeo atónito.

—¿Se puede saber qué está haciendo, Hatanaka? Acaba de cargarse el protocolo de actuación con su entrada estelar —me reprendió.

—Déjenos solos, por favor. Y haga que le traigan agua y una pomada antiinflamatoria.

El inspector frunció el ceño.

—¿Cómo dice?

—Me parece que ya me ha oído. —Estaba molesto y se notaba, a pesar de que mantuviera un tono pausado.

—Se lo advierto, Hatanaka. —Levantó el dedo índice—. No se pase de listo conmigo. Lo conozco muy bien, sé que tiende a ir por libre. Destaca usted más por sus habilidades operativas que por respetar la jerarquía policial, pero le convendría recordar que soy su superior; no puede darme órdenes. De todas maneras, lo que me está pidiendo es altamente irregular.

—¿Y qué me dice del numerito que ha montado el equipo de extracción? ¿Acaso no es eso altamente irregular también?

—Nuestro trabajo consiste en asumir riesgos a corto plazo para conseguir beneficios a la larga.

—Con el debido respeto, inspector, somos servidores públicos. —Percibí una leve turbación en el gesto del hombre—. Llevar a cabo acciones hostiles de forma injustificada es un error. Por favor, déjenos solos —insistí.

Oyama resopló irritado.

—Tiene cinco minutos.

Después, se levantó y salió de la sala de interrogatorios en un silencio desairado. No me gustaba nada Jukichi Oyama, nunca me había gustado. Puede que fuera un excelente burócrata, pero era un mal jefe, un tipo poco empático que solo exigía resultados, además de un pésimo policía. En mi opinión, el respeto era algo que se debía ganar, no venía de serie con el cargo, y tal vez por eso no me llevara del todo bien con las jerarquías.

Cuando nos quedamos solos, me senté frente a Mia, que me escudriñaba con un velo de sobriedad mustia en los ojos.

Tomé aire.

—¿Cómo estás? —le pregunté, en un tono contrito.

—Sorprendida, desconcertada, decepcionada, dolida, cansada... ¿Quieres que siga?

—No es necesario, me hago una idea. Siento mucho que no te hayan tratado de manera adecuada. —Dejé volar una mirada de preocupación sobre sus muñecas, en carne viva a causa de las bridas—. Y dado que mi jefe ha sido bastante brusco contigo, me veo en la obligación de pedirte disculpas en su nombre —añadí, antes de inclinar la cabeza en otra reverencia.

—Yo creía que tu jefe era Sato Hattori —replicó Mia, con acritud.

Apreté la mandíbula. Tenía la mano izquierda muy quieta sobre la rodilla, tensa, como si quisiera agarrar algo. Sabía que aquello iba a resultarme difícil, aunque no intuía hasta qué punto. Cuando no estaba con ella, pensaba en todas las cosas que le había contado, la verdad sobre mi familia y las mentiras sobre mi vida actual, unas mentiras que por las noches me rodeaban la garganta con sus garras de acero y me asfixiaban.

—Ojalá hubiera podido ser sincero contigo, pero, de haberlo hecho, habría comprometido una operación encubierta. No espero que me perdones, ni tampoco que me entiendas, solo que trates de ponerte en mi piel por un segundo.

Silencio.

—Así que en realidad no eres de la Yakuza.

—No. Soy un *sennyū sōsakan*, un agente infiltrado.

—Entonces, los tatuajes, la catana, tu fama de asesino cruel...

—Una tapadera. Cuando entré en el Suginami-rengō, no me quedó más remedio que tatuarme como ellos si aspiraba a ganarme el favor de Hattori; de lo contrario, habría levantado sospechas enseguida. En cuanto a la catana, no es más que atrezo para dar solidez al relato que yo mismo he ido fabricando en la sombra.

—Pero dijiste que te la había regalado tu jefe.

Un atisbo de sonrisa indulgente se me dibujó en los labios.

—Sí, mi jefe en la División, el superintendente Morishita. Fue una especie de reconocimiento por mis, según él, «proezas» en el club de kendo de la policía.

—¿Y la casa?

—Es una *safe house*. La hemos utilizado otras veces para esconder a testigos protegidos o a informantes en situación de riesgo antes de... —expliqué, y tragué saliva; me costaba poner en palabras lo que iba a ocurrir— asegurarlos. El Samurái no existe, Mia. Solo es un personaje, una leyenda. Yo nunca he matado a nadie, ni siquiera en acto de servicio.

Mia se pasó las manos por la cara, como si de ese modo pudiera aclarar sus ideas, despedazadas igual que viejos jirones.

—¿Me has contado algo que sea verdad? ¿Te llamas Kenji o eso también era fabricado?

«Mi nombre fue la primera verdad que te conté. La primera de muchas», pensé. Abrí la funda doble que llevaba colgada al cuello y le mostré mi tarjeta de identificación.

—Entiendo cómo te sientes ahora mismo, aunque imaginaba que al menos te alegrarías de saber que no soy un asesino.

La expresión de Mia se endureció. Sus ojos destilaban ira.

—Me acosté contigo creyendo lo contrario, así que ya ni siquiera me importa.

Había sido un golpe bajo.

Y, como todos los golpes bajos, dolía el doble.

Miré instintivamente hacia la cámara del techo y luego me pasé la mano izquierda por la cara con lasitud.

—Iré a ver qué demonios pasa con el agua y la pomada. Vuelvo enseguida.

Abandoné la sala de interrogatorios con una sensación de fatalidad inminente, la que antecede a los desastres. Mia me había puesto contra las cuerdas con aquel comentario. El asunto escalaría rápido hasta llegar a Superintendencia y, de ahí, a la Comisión Ética. Sabía muy bien cómo funcionaban las cosas en el Keisatsu-chō, era cuestión de tiempo que me sancionaran. Claro que nada de eso me afectaba tanto como el hecho de que fuera ella quien sufriese las consecuencias de mi falta de previsión. Debería haberme imaginado lo que pasaría si me dejaba llevar y perdía el control de la situación. Un flechazo repentino de dolor me recorrió el antebrazo. Me estaba resintiendo de la herida de bala; yo también necesitaba un analgésico. Iba a buscarlo cuando Oyama me interceptó en el pasillo.

—¿Lo que ha dicho la testigo es cierto? ¿Ha mantenido relaciones sexuales con ella? —me soltó a bocajarro.

Tensé la mandíbula antes de responder.

—Eso no es asunto suyo.

El inspector sonrió con displicencia.

—Usted siempre tan díscolo, Hatanaka. Claro, ahora entiendo su ineficacia; estaba implicado emocionalmente. ¿Sabe? Llevar tres años infiltrado en la Yakuza no lo exime de cumplir ciertas reglas. Puede que su condición le permita actuar sin tutela judicial, lo cual no significa que tenga carta blanca para hacer lo que le venga en gana. Su misión era muy específica, y no solo ha sido incapaz de completarla con éxito; además, ha incurrido en una falta grave. Debería cesarlo de inmediato —dijo, como si masticara las palabras una a una.

—Hágalo —repliqué, impasible. Tiré de experiencia para fingir que las palabras de Oyama no me habían despertado cierta inquietud—. Aunque dudo mucho que Kobayashi-san vaya a cooperar con otra persona que no sea yo.

—No me tome por imbécil, ¿quiere? ¿Se da cuenta de que estamos de mierda hasta el cuello por culpa de su nula profesionalidad? De todas las mujeres que hay en el mundo, ha ido a meterse entre las piernas de la única a la que no debía tocar. —Chascó la lengua—. Esta vez la ha cagado hasta el fondo, Hatanaka. Si hubiera mantenido la polla en los pantalones, la operación seguiría su curso con normalidad.

Necesité contar hasta cinco para no asestarle un puñetazo de una pulgada, un golpe que se realiza a muy poca distancia del oponente y en el que se utiliza la parte inferior de la palma de la mano para el impacto final. Nunca he tenido problemas para controlar la ira; al contrario, poseo la sangre fría necesaria para desempeñar un trabajo tan peligroso como este. De acuerdo, involucrarme con Mia no había sido lo más inteligente desde un punto de vista estratégico. Aun así, que mi jefe me acusara de no ser profesional, con todos los sacrificios personales que había hecho en los últimos años, me molestaba muchísimo. Claro que, en parte, llevaba razón. Si me hubiera esforzado más, ahora ella estaría a salvo en algún lugar lejos de las garras de la Yakuza y el Samurái no sería más que un recuerdo borroso. De modo que no me quedó otro remedio que reprimir las ganas de partirle la cara allí mismo. Algo que, sin duda, solo habría servido para empeorar la situación.

—Deme más tiempo, inspector. Y déjeme hacer las cosas a mi manera. Conseguiré que hable, se lo garantizo.

Oyama dejó escapar un resuello sarcástico.

—Menudo par de huevos tiene, Hatanaka. Está bien, está bien —claudicó, alzando las manos en señal de rendición—. Le doy veinticuatro horas. Pero más le vale emplearlas de forma sensata porque, con el Samurái al descubierto, el reloj corre en nuestra contra. Quiero resultados, ¿está claro? Y sepa que, cuando los de arriba vengan a apretarle las tuercas, estará usted solo.

Asentí.

De todas maneras, sabía muy bien lo que era la soledad.

37

Dejé un botellín de agua, un paquete de toallitas higienizantes y un tubo de pomada antiinflamatoria sobre la mesa de la sala de interrogatorios.

—Ponte un poco en las muñecas —le sugerí—. Te calmará.

—Ya no estamos en la casa —me espetó ella. Apartó la pomada a un lado y se limitó a beber agua—. No tienes que seguir fingiendo que te importo.

—Eso no es justo —le reproché, compungido—. ¿Crees que eres la única que está sufriendo con esta situación? —El tono de mi voz se volvió un poco más duro, casi hiriente. Cogí el tubo y traté de abrirlo con dificultad. Maldije por dentro; el dichoso cabestrillo me dificultaba la movilidad del brazo derecho—. Acércate, por favor.

Mia extendió los brazos a regañadientes. Utilicé la mano izquierda para untarle una capa generosa de pomada en las muñecas. Mientras lo hacía, cruzamos una mirada vacilante. No pensé en que Jukichi Oyama estaría observando la escena desde un monitor en la sala contigua.

Tampoco es que me importara demasiado.

—Lo siento —musitó Mia—. Tienes razón. He sido muy injusta contigo. Recibiste un tiro por mí y yo ni siquiera te he preguntado cómo estás. —Me señaló el brazo derecho con un movimiento de la barbilla.

—La bala no llegó a entrar. Solo es un desgarro, se habrá curado en unos días.

Por suerte para mí, Keisuke Matsumoto nunca había sido un buen tirador.

Continuamos mirándonos a los ojos como si estuviéramos solos en el mundo. Mi mano descansaba ahora sobre su muñeca. Con el pulgar le tracé una caricia casi imperceptible, pero ella se apartó; parecía que hubiera sentido un chispazo.

Me dolió que me rechazara.

Aunque quizá era lo mejor.

—¿Qué ha sido de esos tres? —preguntó.

—Hiroshi y la Ballena se encuentran bajo custodia policial. Keisuke, el que quiso dispararte, está hospitalizado. Ya te dije que ese tipo era peligroso —respondí, mientras me limpiaba a conciencia los restos de pomada con una toallita.

—¿Sabe Hattori que tú...?

—Sea como sea, se enterará pronto; las redes de la Yakuza son muy extensas —alegué, con aire de seriedad profesional—. Y cuando eso pase, cuando ese sanguinario descubra que ha dejado entrar a un agente infiltrado en su organización criminal, se convertirá en un auténtico peligro público. Por eso estás aquí, porque este es el único sitio donde tienes garantizada la seguridad hasta que podamos neutralizar la amenaza. Es una medida cautelar, nada más. Confía en mí, ¿vale?

La decepción que percibí en el semblante de Mia me heló la sangre.

—¿Sabes una cosa, Hatanaka-san? Anoche, me arrepentí de haberte dejado en la casa. Me arrepentí enseguida, nada más subirme al coche. Me daba la sensación de que te estaba abandonando, y no pude soportarlo. Así que decidí dar media vuelta e ir a buscarte. Por una vez, quería ser yo la que te salvara la vida a ti. Entonces, esa furgoneta negra apareció de la nada. Me ataron las manos y me pusieron una capucha en la cabeza. Supuse que sería la gente de Hattori, *tu gente*, y sentí un pánico atroz. Creía que iban a matarme, que sería el fin. No te imaginas la angustia que pasé hasta que llegamos a Tokio. Hoy descubro que todo eso no fue más que un teatro, y tú... ¿me pides que confíe en ti? ¿Cómo voy a confiar en ti, si ni siquiera sé quién eres? Pensaba que te conocía, pero en realidad solo conocía el envoltorio, no lo de dentro. Lo de dentro sigue siendo un misterio, el mismo que el primer día.

Dice un proverbio japonés que las personas tienen tres caras. La primera es la que se muestra al mundo. La segunda, la que se reserva para los seres más cercanos, sean familiares o amigos. Y, por último, una tercera que no se enseña y que, quizá, constituya el retrato más honesto de uno mismo. Si de algo estaba seguro era de que Mia Kobayashi me conocía mejor que nadie. Le había mostrado mi yo más íntimo, el más real, y pese a haber pasado tan poco tiempo juntos, pese a los silencios, los huecos en blanco en el relato y el engaño sobre el que se cimentaba nuestra relación, lo que habíamos vivido había sido auténtico.

Se pueden fingir muchas cosas.

Una identidad.

Una manera de ser.

O, incluso, una historia personal.

Pero lo único que no se puede fingir son los sentimientos, cuando son tan de verdad.

—Yo no tenía ni idea de que iban a tratarte así. Si lo hubiera sabido, nunca lo habría permitido, te lo juro.

—Deja ya de manipularme, ¿quieres?

—¡No te estoy manipulando! ¡Soy yo, Mia! ¡Soy Kenji! —exclamé, con la mano en el corazón—. ¿Qué tengo que hacer para que me creas?

Estaba desesperado. El simple hecho de imaginar lo sola e indefensa que se habría sentido lograba que me despreciara a mí mismo. La observé con detenimiento: melancólica, los ojos perdidos en algún punto de fuga inalcanzable, tan fuerte y tan vulnerable a la vez. Y me pregunté cómo iba a ser capaz de renunciar a ella.

—Se acabaron las mentiras, Kenji. Cuéntamelo todo.

Ocho horas antes

Una punzada lacerante me recorrió los dedos, me atravesó la muñeca y se me clavó en el antebrazo. Ese miserable de Keisuke me las iba a pagar. En cuanto saliera del estado operacional me encargaría de hacerle la vida imposible, igual que había hecho él durante todo ese tiempo. Lo observé retorciéndose en el tatami, las manos tratando inútilmente de detener el flujo de sangre que le brotaba con profusión de la ingle, y no pude evitar sentir cierto placer vengativo. Todavía notaba el retroceso del arma en la mano, la presión del gatillo, el ruido ensordecedor de los disparos; se lo merecía, por haberme subestimado.

Sabía que Keisuke Matsumoto, uno de los *kyodai*[25] más violentos del Suginami-rengō, me la tenía jurada desde el principio. A un hombre como yo, entrenado en la observación silenciosa, que había desarrollado una conciencia casi extrasensorial para detectar el peligro y un sexto sentido para leer a los enemigos, no se me iba a escapar la mirada que me había deslizado durante el *sakazuki-goto*, la ceremonia iniciática de intercambio de sake, tres años atrás. Vi rabia en aquel par de ojos de esclerótica enrojecida y comprendí que Matsumoto no soportaba el hecho de que un recién llegado se hubiera ganado la confianza del *oyabun* tan rápido. Desde entonces, me había buscado las cosquillas muchas veces, acaso movido

25 Hermano mayor, dentro de la estructura jerárquica de la Yakuza.

por el temor de que el Samurái, el tipo misterioso que había impedido que se cargaran al jefe, se hiciera con el codiciado puesto de *shateigashira*, el líder de los hermanos mayores. Por suerte, yo tenía una capacidad infalible para mantenerme frío en los momentos de máxima tensión. Era hábil y mi relato, sólido. Debía parecer malo, hablar como un malo y, lo más importante, comportarme como un malo. Si alguna de esas tres cosas fallaba, estaría fuera. O peor aún, estaría muerto. A fin de que mi personaje resultara creíble, me había visto obligado a cometer algunos delitos como extorsión, amenazas, tráfico de sustancias ilegales e incluso agresiones. No me sentía orgulloso, pero había acabado asumiendo que mi perfil criminal era un mal necesario, pues reforzaba la creencia de que asesinar no suponía problema alguno para el nuevo miembro del clan. Mi enemigo intentaba desacreditarme a la mínima ocasión. Una vez, me preguntó delante de Hattori por qué me empeñaba en actuar como un lobo solitario. «¿Y por qué nunca nos dejas ver los cuerpos de los tíos a los que liquidas?», insistió con un brillo acusatorio en la mirada, como si sospechara que, en realidad, no los mataba, sino que los enviaba lejos bajo el falso pretexto de haberles perdonado la vida. Me limité a meterme en el papel y le respondí con un aplomo ensayado. «Considéralo un acto de generosidad por mi parte. No creo que vuestros delicados estómagos sean capaces de aguantar lo que les hago con la catana». Hattori estalló en una carcajada, lo que dio por válido el argumento. Keisuke Matsumoto había querido joderme y le había salido el tiro por la culata. Ahora, ese bastardo tenía una bala incrustada en la pierna y otra, a pocos centímetros de la polla. Con un poco de suerte, no se le volvería a levantar en la vida, y las pobres chicas del Glass Geisha respirarían aliviadas.

Menos mal que Mia dio antes conmigo que con ese cerdo.

Había inmovilizado ya a Hiroshi y a la Ballena con un dispositivo de última generación que descarga una cuerda de kevlar para contener de forma segura al sujeto; ahora le tocaba el turno a Matsumoto. Accioné el disparador desde mi posición. La cuerda se enroscó alrededor de su cuerpo maltrecho sin que le diera tiempo a reaccionar para esquivarla.

—¡Desátame ahora mismo, hijo de puta!

—¿Ha enviado Hattori a más hombres, aparte de ti y tus compinches habituales? —le pregunté, sin perder ni un ápice la calma.

Matsumoto me lanzó una mirada de odio desde el tatami.

—¡Que te follen! —exclamó. Acto seguido, ladeó la cabeza y escupió.

Me acerqué a él despacio, me agaché a su lado y le hundí los dedos en la herida de la ingle a traición. El alarido fue desgarrador.

—Responde a la pregunta, Keisuke, o te juro que vas a saber lo que es el dolor —dije, antes de intensificar la presión.

La amenaza surtió efecto.

—¡Ay! ¡Vale, joder, vale! Solo estamos nosotros tres.

—¿Seguro? No me estarás contando una patraña de las tuyas, ¿eh? —Apreté un poco más fuerte.

—¡Te estoy diciendo la verdad, puto psicópata de mierda! ¡Solo hemos venido ese par de inútiles y yo!

Fue suficiente.

Una vez neutralizados los tres sujetos, recuperé el teléfono vía satélite que había mantenido oculto todo el tiempo en la caja fuerte de mi armario y salí al porche para comunicarme con el equipo de extracción.

Marqué el número.

—Samurái Uno al habla. Solicito activación inmediata del Código Rojo. Repito: Código Rojo. Sakura está en marcha —informé.

—Recibido, Samurái Uno. Confirme coordenadas y si precisa de refuerzos o atención médica urgente —respondió mi enlace desde el otro lado de la línea.

«Sakura» era el nombre en clave asignado a Mia. Se lo había puesto yo mismo porque me parecía tan hermosa y efímera como la flor de cerezo. La primera unidad, con base en Takayama, a pocos kilómetros de la casa, sabría en qué punto exacto localizarla porque el Toyota Corolla, propiedad de la Agencia Nacional de Policía, llevaba implantado un dispositivo de rastreo. No tardé mucho en recibir la llamada que esperaba.

—Equipo Uno al habla. Sakura está asegurada y el Equipo Dos, preparado para la extracción inmediata. Permanezca en su ubicación, Samurái Uno.

Mientras aguardaba, me encendí un cigarrillo. Cerré los ojos y aspiré con placer la primera bocanada, dejando que toda la tensión acumulada saliera con el humo. Saber que ella estaba a salvo me tranquilizaba. ¿Qué habría ocurrido si no hubiera reaccionado a tiempo? Cerré los ojos. No. Un mundo sin ella no era una opción que contemplase siquiera. Mia era para mí como llegar a un arroyo después de una larga carrera bajo el sol. La seguridad de que las cosas seguían su curso debería haber calmado mi conciencia y haberme proporcionado el alivio que buscaba. No fue así. La ansiedad me carcomía por dentro.

Ella me había dicho que me quería.

Y yo me había quedado callado porque, en el fondo, aunque le hubiera prometido que volveríamos a encontrarnos, sabía que no sería así.

No cumpliría mi promesa, esa vez no.

Nunca había tenido la intención de irme con ella.

Le había mentido.

Dos furgonetas Sprinter negras llegaron al cabo de un rato. Las puertas de ambas se abrieron prácticamente al mismo tiempo, y un par de escuadrones de agentes de intervención rápida se bajaron de forma casi coreografiada. Entraron en la casa capitaneados por mí, que en ese punto me había dado un par de bofetadas para recuperar el nivel óptimo de activación. Mis compañeros les comunicaron a los tres criminales que estaban detenidos, los levantaron del suelo y los condujeron a la salida.

Al pasar por mi lado, Keisuke, que a duras penas se mantenía en pie, me fulminó con una mirada asesina.

—Sabía que no eras trigo limpio, Ken. Puta rata... Yo de ti me andaría con mucho ojo a partir de ahora.

—Aplícate el cuento, Matsumoto. Vas a tener que aprender a hacerte respetar en la cárcel, si esperas sobrevivir sin la protección de esa escoria a la que llamas familia.

—¡Te voy a...!

—¡Vamos, andando! —El agente que lo llevaba custodiado lo empujó con saña hacia el interior de una de las dos furgonetas. Luego se dirigió a mí y me dijo—: Deberían verte esa herida cuanto antes.

—No es tan grave como parece. —Moví el brazo, disimulando una mueca de dolor—. Oye, en cuanto a Sakura... —Me mordí el labio. Sabía que debía dejarlo correr, pero no podía—. ¿Ha ido todo bien?

—Sí, como la seda. Los del Equipo Uno le han puesto una capucha y le han atado las manos para que no se huela la tostada; les íbamos a la zaga en la carretera, así que he visto la intercepción con mis propios ojos. Ha sido espectacular, de película, diría yo. No me extrañaría que la pobre chica se hubiera meado encima de miedo.

Chasqueé la lengua. Aquello no era lo acordado; se suponía que iban a ser delicados con ella. Sin la certeza de que Mia estuviera bien, no seguiría adelante con el protocolo de actuación. A decir verdad, me importaba una mierda el protocolo de actuación.

—Recogemos todo y nos vamos directos a Tokio, ¿entendido? —dije con aire marcial. Acto seguido, me rasgué la camiseta para hacerme un torniquete improvisado.

—Negativo, tenemos órdenes de ir primero a la base de Takayama. Necesitas un médico, Hatanaka. Y, de paso, asearte y cambiarte de ropa. No puedes presentarte en el Keisatsuchō con esa pinta.

38

—Y así fue como pasó —concluí—. Si hubiera estado yo al mando, te garantizo que habría llegado aquí mucho antes. Aunque hubiese tenido que conducir todo el trayecto con una sola mano.

O aunque se supusiera que yo no debía estar en esa sala.

—¿Ahí es donde ibas cada vez que desaparecías? ¿A Takayama?

Hice un gesto de asentimiento.

—Por cuestiones puramente operativas que no vienen al caso.

—Ya veo. Bueno, al menos me pusiste «Sakura» como nombre en clave y no «Gaijin» —soltó, en un tono próximo al sarcasmo. Suspiró, vencida—. Cuando dijiste que nos iríamos juntos, no hablabas en serio, ¿verdad? Me mentiste, ¿no es así? Dime, ¿cuál era el plan? ¿Meterme en un avión de vuelta a Washington y seguir fingiendo con todo el mundo? Con la Yakuza, con la policía, conmigo, contigo mismo.

Tensé la mandíbula. Le sostuve la mirada lo que dura una respiración y después la desvié.

—¿Qué pasa? ¿Ni siquiera eres capaz de mirarme a la cara?

—Lo siento.

—Yo también lo siento, Kenji. Siento mucho haber confiado en ti —dijo con amargura.

—Mia, no...

—¿Puedo ir al baño o eso tampoco me está permitido?

—Sí, claro. Por supuesto que puedes. Vamos, te acompaño.

Aunque la tentación de tomarla de la mano era muy fuerte, tuve que contentarme con apoyar levemente la palma en la parte baja de su espalda; ir más allá habría sido pasarse de la raya. Fuera de la sala de interrogatorios, la guie por un pasillo hasta el aseo más cercano.

—Te espero aquí. Tómate tu tiempo.

Me aposté en la puerta con los brazos cruzados y el mismo rictus de seriedad que un guardaespaldas, lamentándome una vez más por haber perdido el control de la situación. La imagen de un futuro lleno de conjeturas se desplegó en mi cabeza. Qué hubiera pasado si.

Si hubiera conseguido antes la información.

Si hubiera sido un poco más duro y quizá menos amable.

Si no me hubiera empeñado en protegerla a cualquier coste.

Si no hubiera dejado que se enamorase de mí.

Si yo no me hubiera enamorado de ella.

De repente, oí un sollozo agudo al otro lado de la puerta. Entré sin pensármelo. La encontré sentada en el retrete del último cubículo. Tenía los ojos rojos, inundados de lágrimas, los labios crispados en una mueca de aflicción y la vena de la frente hinchada. Lloraba convulsionando todo el cuerpo, como si alguien la estuviera retorciendo por dentro. Me incliné sobre ella. Mia trató de esquivarme la mirada, pero la tomé de la barbilla con delicadeza, y nuestras pupilas se encontraron sin remedio.

—¿Alguna vez has sentido algo por mí o seducirme formaba parte del plan?

Se me partió el corazón, y cientos de diminutas esquirlas punzantes se me calvaron por dentro. Sin embargo, no hubo ni un ápice de despecho en el tono de mi voz cuando respondí:

—Quién sedujo a quién, ¿eh? —Le enjugué una lágrima con el pulgar—. No estoy muy seguro de haber sido yo el que tomara la iniciativa.

—No puedo más... Todo esto me supera.

—Ven aquí. —La alcé con cierta dificultad y la abracé—. Lo sé, ya sé que no puedes más. Y yo tampoco —le susurré, a la vez que le acariciaba la espalda con la mano izquierda—. Pero debemos ser fuertes.

Silencio.

—Dime que lo nuestro fue real.

Entonces, la miré a la cara.

—¿Cómo puedes preguntarme algo así con todo lo que hemos vivido juntos? Claro que fue real, Mia-chan. *Es* real.

Al instante, me vi sobrepasado por una necesidad visceral de besarle las lágrimas una a una, y esta vez no quise o no pude reprimirme. Repartí un reguero de besos por sus mejillas húmedas que la calmó poco a poco. Cuando el eco del llanto se extinguió, ella hizo lo mismo: posó los labios sobre mi pómulo magullado, sobre el morado que tenía debajo del ojo, sobre los nudillos maltrechos.

Mia era la mejor terapia del mundo.

Después, me besó en los labios; un único roce suave, inocente, sin previo aviso. Suficiente para que perdiera el poco sentido común que me quedaba. Abrí la boca e irrumpí en la suya moviendo la lengua como un torbellino. Me había vuelto loco, completamente loco. Besarla de esa manera, en un cuarto de baño de la Agencia Nacional de Policía, con el ultimátum de Oyama y la amenaza de una sanción disciplinaria pendiendo sobre mi cabeza, consciente de que nos quedaban apenas unas horas antes de separarnos para siempre..., era una auténtica insensatez. Aun así, lo único en lo que era capaz de pensar en ese momento de enajenación era en lo chispeante de su sabor. Y no pude parar. No quise. Nos devoramos el uno al otro con ansia, y luego el ansia dio paso a un deseo lleno de manos que buscaban tocarse como fuera en aquel espacio exiguo. La atmósfera se volvió densa, electrizante como una tormenta en pleno *tsuyu*.[26]

—Fóllame —me pidió al oído.

Se me erizó la piel. Fue por lo que dijo y por cómo lo había dicho, con ese matiz sucio de exigencia que daba a entender que lo deseaba demasiado como para que le importase cualquier otra cosa.

Tragué saliva.

—¿Aquí? —pregunté, turbado.

Mia hizo un leve gesto de asentimiento. Y noté que toda la sangre se concentraba en un punto concreto de mi anatomía. ¿Para qué molestarme en fingir que no ansiaba lo mismo que ella? Cerré la puerta del cubículo con pestillo y me abalancé sobre sus pechos sin reservas. Me encantaban, eran perfectos. Igual que sus caderas anchas y esas nalgas redondas, con forma de luna llena. Mia buscó bajo la camisa; sus dedos me recorrieron las costillas como brisa en las dunas. Me desabrochó el pantalón con avidez y me liberó el pene, dolorosamente duro. Jadeé cuando empezó a acariciármelo. Dejé caer la cabeza hacia atrás, y ella se puso de puntillas para lamerme el lóbulo de la oreja, el cuello, la nuez. Estaba excitado de un modo animal. Quizá se debiera al estrés acumulado en las últimas horas o a la posibilidad de que nos pillaran. O quizá a la mujer que tenía en sus manos lo más frágil de mí, en sentido literal y figurado, tan distinta de cualquier otra que hubiera conocido nunca.

—Quiero follarte. Ahora mismo —le dije, con una voz ronca. La voz de un hombre que no aguantaba más—. Y dudo que pueda ser delicado esta vez.

---

26 Época de lluvias en Japón. En la mayoría de las regiones japonesas (incluida Tokio), se extiende desde principios de junio hasta mediados de julio.

Mia se mordió los labios de una forma muy sensual.

—No espero que lo seas. Y tampoco quiero.

—Vale —susurré. Asentí varias veces seguidas—. Vale.

Me quité el cabestrillo y lo dejé encima del retrete; qué más daba que me doliera el brazo. La puse de espaldas, contra el alicatado de la pared. Le bajé el pantalón unos centímetros, lo justo para poder penetrarla, pero antes de eso la toqué. Estaba empapada, densa, caliente, a punto de fundirse; acariciarla era como meter los dedos en un tarro de miel.

—Joder, Mia. ¿Por dónde empiezo contigo?

Era una pregunta retórica; sabía muy bien lo que tenía que hacer. Le separé las piernas con la rodilla y le retiré las bragas hacia un lado con los dedos. Con una mano la sujeté de la cintura; con la otra, me agarré el pene y me deslicé en su interior sin control. Mia soltó un gemido, seguido de otro, lo que no me dejó más opción que taparle la boca; oírla era excitante, pero demasiado arriesgado. No me imaginaba que ella decidiría chuparme los dedos como respuesta, los mismos con los que la había tocado previamente, así que tuve que hacer un esfuerzo sobrehumano para no gemir yo también. Mientras la embestía, subí la otra mano de la cintura a los pechos por dentro de la camiseta. Se los masajeé, le pellizqué los pezones. Luego, le junté los bordes de las bragas en un puño apretado y la masturbé sin piedad con la propia tela. Llegó al clímax enseguida, arqueándose. Me habría gustado verle la cara; me parecía aún más bonita cuando tenía un orgasmo. No tardé en acompañarla.

—Me corro, Mia —le susurré al oído—. Me corro.

Me apresuré a eyacular fuera, justo en el momento en que los últimos espasmos de placer la sacudían a ella. Gruñí mientras me vaciaba en la mano, la cara apoyada en su hombro, tratando de retener para siempre la sensación de estar perdido en un paraíso que de otra forma sería inalcanzable. Suspiré aliviado, satisfecho, exhausto, mi respiración acompasada a la suya.

—Espera, no te des la vuelta aún.

Nos limpié a ambos con un poco de papel higiénico, arrojé los desechos al inodoro y tiré de la cadena. Luego le recoloqué la ropa con una delicadeza recuperada tras la explosión de lujuria. Empezaba a acusar la sobrecarga en el brazo, por lo que me costó abrocharme el pantalón. Mia se giró. Me miraba con una tristeza infinita en los ojos, y temí haber podido dañarla de alguna manera.

—¿Qué ocurre, Mia-chan? ¿Tan horrible te ha parecido?

—Ojalá. Así no me dolería tanto tener que admitir que esto no ha sido más que un polvo de despedida.

Su voz sonó vacía, lejana.

Agaché la cabeza con aire de derrota.

39

La sede del Keisatsu-chō, en Chiyoda, era un edificio colosal y laberíntico que sobrepasaba en altura al resto de los del distrito, en el que se concentraba un gran número de instituciones gubernamentales como la Dieta, la Corte Suprema y la residencia oficial del primer ministro. Constituía, junto con la Policía Metropolitana de Tokio, el centro neurálgico de las fuerzas del orden. Había tanta seguridad en el complejo que ni los cuervos se atrevían a acercarse. Por eso, los agentes de las unidades operativas que llevaban a cabo misiones encubiertas tenían permiso para quedarse allí. Se trataba de una medida de protección total. Carecer de puntos estables —un lugar de trabajo fácilmente identificable, una dirección o lazos afectivos de algún tipo— convertía al policía encubierto en un objetivo escurridizo para los criminales, una vez finalizada la operación. Los apartamentos destinados a estos grupos de élite, 1DK[27] sin grandes comodidades, se encontraban en una zona restringida mediante un código electrónico de acceso,

27 Nomenclatura utilizada en Japón para describir la distribución de un apartamento. El número que precede a las letras hace referencia al total de habitaciones; DK (Dining room-Kitchen) significa que tienen el comedor y la cocina integrados en un mismo espacio.

aunque sus beneficiarios podían hacer uso de la totalidad de las instalaciones del edificio, como el *dōjō*[28] o la cantina.

«Creo que necesitas descansar, has estado sometida a muchísimo estrés en las últimas horas», le había dicho después de lo ocurrido en el cuarto de baño. Ella parecía estar de acuerdo, de modo que decidí llevarla a mi apartamento. Sabía que aquello me costaría una nueva reprimenda por parte de Oyama, pero ya asumiría las consecuencias más tarde. Supuse que debía de estar muerta de hambre, así que, mientras se duchaba, fui a la cantina a comprarle un *bentō*. Elegí la cajita más completa, una que llevaba arroz, salmón, ciruelas *umeboshi*, espinacas maceradas con sésamo, huevo hervido y una manzana cortada en láminas, todo bien distribuido en cada uno de sus compartimentos. Para beber, agua y dos latas de café autocalentable Suntory. Cuando volví, Mia me esperaba sentada en el sofá, las manos sobre las rodillas en actitud apocada. Tenía el pelo mojado y olía a jabón.

—Hola —dijo, y esbozó una sonrisa tímida—. Me he tenido que poner tu albornoz. Espero que no te importe.

Al contrario, me encantaba.

—Claro que no. Más tarde iré a buscar tus cosas, ¿vale? —Ella asintió, agradecida—. ¿Tienes hambre? Seguro que sí.

Dejé la comida en la mesa auxiliar y me senté a su lado. Agité una de las latas de café durante treinta segundos. Debía dejarla reposar unos minutos antes de abrirla.

—¿Y tú? —me preguntó, al ver que solo había un *bentō*.

Una de las reglas básicas de los grupos policiales operativos: comer en cuanto se pueda porque nunca se sabe cuándo habrá tiempo para volver a hacerlo. No obstante, tenía demasiadas cosas en la cabeza como para preocuparme también por algo tan trivial como llenar el estómago.

---

28 Espacio destinado a la práctica y enseñanza de artes marciales.

—No me apetece. De todas maneras, he forzado mucho el brazo, no creo ni que fuera capaz de sostener los palillos ahora mismo. Pero, por favor, come. Necesitas reponer fuerzas.

—Tiene muy buena pinta. ¿Seguro que no quieres? Podemos compartirlo.

—Ni hablar. Lo he traído para ti.

Mia se encogió de hombros. Crac. Despegó los palillos de madera, abrió la caja y cogió un trozo de salmón todavía humeante. Me dediqué a contemplarla en silencio mientras masticaba con fruición, pensando en lo mucho que me iba a costar dejarla ir. Disfrutaba de las pequeñas cosas de la vida cuando las compartíamos. Comer. Beber café autocalentable. Pasear por el bosque después de la lluvia. Jugar a las cartas. Hacer un origami. Dormir abrazado al cuerpo cálido de otra persona. Sonreír. O verla sonreír a ella después de limpiarle de las comisuras una mancha de ciruela con el pulgar y llevármelo a la boca. A su lado, los nudos del pecho se me deshacían porque conseguía relajarme. Tanto que incluso pensaba en el futuro sin que me engullera la ansiedad. ¿Qué derecho tenía el destino a tentarme con la esperanza de algo real, algo bueno de verdad, sabiendo al mismo tiempo que todo acabaría convertido en un puñado de polvo?

—Entonces ¿vives aquí?

—Temporalmente, por razones de seguridad. Se supone que vivo de alquiler en la zona de Kodemmachō, en un estudio casi tan pequeño como la habitación de un hotel cápsula.

—¿Y en realidad?

—En realidad..., no tengo casa. Desde hace tres años —puntualicé.

Había sonado más triste de lo que imaginaba.

Mia dejó los palillos sobre la tapa del *bentō.*

—Siento lo de antes.

—¿El qué, exactamente? ¿Que lo hayamos hecho en los aseos?

—Me refiero a lo que te he dicho. Lo de que solo había sido un polvo de despedida. No ha estado bien. Lo siento mucho. —Agachó la cabeza.

Me había dolido, claro que me había dolido. Pero sería un cretino si me atreviera a reprochárselo, dadas las circunstancias.

—Eh, mírame. —Mia hizo lo que le pedía—. No hace falta que te disculpes. Si lo que te preocupa es que me haya sentido utilizado, puedes quedarte tranquila. Soy una persona adulta, un hombre, y... bueno, me he puesto muy cachondo. —Un leve rubor le tiñó las mejillas y a mí me pareció encantador—. Lo que has dicho no tiene la menor importancia. No eras tú misma en ese momento, estabas confundida y agotada. Por eso te he traído aquí, para que te repongas. Verás las cosas de otro modo cuando hayas descansado.

—A veces, me gustaría odiarte. Dios sabe que llevo intentándolo con todas mis fuerzas desde esta mañana, pero no puedo. No me lo pones nada fácil para que te odie, agente Hatanaka. —Sonrió, melancólica—. ¿Qué más vas a hacer por mí? ¿Qué más, que no hayas hecho ya?

—Lo que sea necesario —respondí, dejando volar una mirada de rendición absoluta sobre su precioso rostro—. ¿O es que todavía no te has dado cuenta?

—Acabarás teniendo problemas serios por mi culpa.

—*Ya* tengo problemas serios, Mia-chan. Muchísimos. No me queda otra que ser consecuente con mis actos.

Ella me acarició un mechón de pelo y me lo colocó por detrás de la oreja en un gesto espontáneo que me erizó la piel.

—Hablas como un verdadero samurái.

Siseé.

—¿Sabes una cosa? Hay demasiados mitos sobre los samuráis en el imaginario colectivo, pero ya hablaremos de eso en otra ocasión. Ahora, termina de comer para que puedas descansar, vamos.

«Estúpido. No habrá más ocasiones», me reproché a mí mismo. Y tuve que disimular una mueca de dolor escondiéndome detrás de la lata de café.

La cama era estrecha y algo incómoda; sin embargo, la sensación de plenitud que experimentaba cuando estábamos así, tumbados frente a frente, aligeraba cualquier tipo de malestar. Mia paseaba sus dedos juguetones a lo largo del cabestrillo; yo la miraba con fijeza, sin perder detalle.

—¿Cómo llegaste a convertirte en un agente infiltrado?

Hinché los carrillos antes de soltar el aire despacio. Había llegado el momento de la verdad. La mía era una historia turbia, muy complicada, que jamás había querido compartir con nadie. Pero Mia me inspiraba confianza. Y necesitaba abrirme en canal, sincerarme con ella; no podía posponerlo más.

—¿Te acuerdas de cuando me preguntaste si no estaba harto de *ese* mundo? Te dije que sí, pero que dudaba que *ese* mundo se hubiera hartado de mí todavía. Tú creías que hablaba del hampa, y en parte era así, solo que desde otra perspectiva. —Pausa—. Mia, yo no me hice poli por casualidad, sino por una cuestión personal. —Otra pausa. Esta vez, más larga—. La Yakuza mató a mi padre cuando yo era un niño y después obligó a mi madre a suicidarse. Desde entonces, he vivido con el único objetivo de quitarles algo, del mismo modo que ellos me lo quitaron a mí.

Mia contrajo la expresión en un gesto de horror.

—Dios mío, Kenji… —musitó.

—¿Comprendes ahora por qué no podía hablarte abiertamente sobre mi pasado? Si lo hubiera hecho, me habrías acabado descubriendo.

Asintió en silencio, conmocionada por mi revelación.

—¿Fue cosa de Hattori?

—¿Hattori? No, él no tuvo nada que ver. Déjame empezar por el principio y lo entenderás todo enseguida. —Tomé aire—. Mi padre trabajaba en una fábrica de recambios para automóviles. Era un buen hombre, honrado y trabajador. Se llamaba Kentarō, el mismo nombre de pila que utilicé cuando me presenté ante el Suginami-rengō, aunque acabó derivando en Ken, a secas. La cuestión es que quiso comprar una casa de nueva construcción en una zona residencial de Nagoya, así que pidió un crédito al banco.

—¿Y qué ocurrió?

—Lo mismo que a tantos otros japoneses por aquel entonces, que cayó en un círculo vicioso: un salario mínimo y un préstamo desorbitado. Mi madre intentó buscarse un empleo para ayudarlo con los pagos, pero él no lo consintió. Era de otra generación, ya sabes, el hombre en el trabajo y la mujer en casa. De modo que solicitó un segundo préstamo, en esta ocasión a un usurero.

—Oh, no. Creo que ya sé por dónde vas.

—El pobre tuvo la mala suerte de tropezar con una operación financiera de las que cargan una barbaridad de intereses; un negocio controlado por la Yakuza. Al final, esa gente recompró todas sus deudas, cosa que solo sirvió para agravar el problema. La presión que ejercieron para que devolviera el dinero que les debía fue horrible. Aporreaban la puerta en mitad de la noche, lo acosaban por la calle e incluso lo amenazaban de muerte.

—¿Cuántos años tenías tú?

—Trece, aunque lo tengo todo grabado a fuego en la memoria. El miedo, la vergüenza, la incertidumbre... Un día lo hicieron subir a la parte de atrás de un coche y ya no volvimos a verlo con vida. —Me aclaré la garganta antes de proseguir—. Lo encontraron tirado en una cuneta a la mañana siguiente. Nunca los denunció, así que...

—¿Por qué no? ¿Por miedo?

—Supongo. Aunque, de haberlo hecho, tampoco habría servido de nada. La policía de Nagoya es aún más incompetente que la de Tokio. No mueven un dedo hasta que la Yakuza no recurre a la violencia física; la no intervención en «asuntos privados» —remarqué con ironía— es una regla de oro. El problema es que, cuando se deciden a actuar, ya es demasiado tarde. Es lo que conlleva mirar para otro lado.

Una arruga de consternación se le dibujó en las cejas.

—Entonces, no estamos hablando de incompetencia, sino de corrupción.

Torcí los labios en una mueca sarcástica.

—De ambas, en realidad. ¿No has oído el dicho de que la policía japonesa tolera el crimen, siempre y cuando esté organizado? Pues es cierto, al cien por cien. En este país de mierda, hay menos trabas para conseguir una orden de detención por un delito no violento que por un homicidio. Nunca detuvieron a nadie.

—Y el caso se acabó archivando, ¿a que sí?

—Bingo. Por si no hubiéramos tenido suficiente, los vecinos comenzaron a señalar a mi madre, cuchicheaban a su paso. «Mirad, es la viuda de Kentarō Hatanaka, el hombre que hizo tratos con la Yakuza para saldar sus cuentas pendientes. Qué deshonra, qué vergüenza, a saber para qué querría el dinero, *pachinko*, prostitutas, blablablá». Así somos los japoneses: nos encanta juzgar a las víctimas como si ellas tuvieran la culpa de su desgracia.

—Si te sirve de consuelo, creo que funciona igual en todas partes.

—Ya, bueno. En fin, la ley considera las deudas como responsabilidad exclusiva de quien incurre en ellas, cosa que no impidió que esos malnacidos siguieran reclamando lo suyo. Pero estábamos en bancarrota. Perdimos la casa y tuvimos que mudarnos con mi abuelo, eso ya lo sabías. Lo que no te conté es que unos hijos de perra obligaron a mi madre a suscribir una póliza de seguro de vida y después la coaccionaron para que se suicidara. Así, ella lavaba la honra de la familia y ellos cobraban el dinero. Se ahorcó, yo la encontré. —Mia se tapó la boca con las manos, horrorizada—. Lo hicieron pasar por *inseki-jisatsu*, un suicidio por responsabilidad impulsada, como si se hubiera sentido responsable última de la situación a la que se habían visto abocados los Hatanaka y no hubiera podido soportarlo más. Una farsa.

Entre exhalaciones, giré la cabeza y centré la vista en el techo del dormitorio.

Una lágrima silenciosa se me enredó en las pestañas, antes de precipitarse pómulo abajo. No era un hombre que soliera llorar. Con el tiempo, había aprendido la penosa lección de que hasta lo insoportable se acaba convirtiendo en algo corriente. Pero verbalizar todo aquello que creía enterrado había reabierto la herida. Tras la catarsis, se me hizo más evidente que nunca que mi vida había quedado pausada, atrapada en un paréntesis, mientras los demás niños crecían propulsados por la fuerza motriz de la normalidad. Tenía la sensación de que mi existencia se había dividido en segmentos. El primero terminó de forma drástica al morir mis padres, acontecimiento que hizo pedazos un mundo seguro y lo sustituyó por la vulnerabilidad, el temor y, finalmente, la sed de venganza.

Mia me acarició la mano con suavidad y me sentí reconfortado, como si regresara poco a poco de la nebulosa.

—Podemos dejarlo aquí, Kenji. De verdad. Hablar de esto es demasiado traumático para ti; no quiero que sufras más, no te lo mereces.

Volví a mirarla.

—Tranquila, estoy bien. Lo peor ya ha pasado, ahora viene la parte interesante de la historia. Además, quiero contártelo. Te lo debo. A ti más que a nadie.

—¿Estás seguro?

Le besé los nudillos.

—Sí. Cuando mi abuelo murió y me vine a Tokio, tenía clarísimo que quería combatir el crimen como fuera, así que ingresé en la Academia de Policía. Hice las pruebas para entrar al SAT, el Equipo Especial de Asalto, en la 6.ª Unidad Móvil de la Oficina de Seguridad de la Policía Metropolitana. Se trata de un grupo de intervención rápida para la resolución de situaciones críticas: redadas, liberación de rehenes, captura de individuos de extrema peligrosidad; ese tipo de cosas. Las pruebas de acceso son inhumanas, un jodido infierno a todos los niveles.

—Pero tú las pasaste.

—Exacto. Hace cuatro años, poco tiempo después del desastre de Fukushima, vino a verme un tipo del Keisatsu-chō.

—¿Jukichi Oyama?

—El mismo.

En aquel encuentro, Oyama me había dicho que la División de Crimen Organizado Japonés estaba poniendo en marcha una unidad especial de agentes infiltrados. Extraoficial, bien financiada. Les interesaba mi perfil; por lo visto, me habían estado observando. No me lo pensé. La preparación fue durísima. Entre otras cosas, me sometieron a diferentes formas de tortura como las que emplea la Yakuza para sonsacar información útil o como pago de una deuda. No todo el mundo vale para un trabajo así, hay que tener alta tolerancia al estrés, sangre fría, buenos reflejos, conocimiento de los principios de ataque continuo y una capacidad de disociación mental casi destructiva. Sin mencionar que, además, hay que estar dispuesto a jugarse la vida o la carrera por el país y a renunciar a cualquier vínculo con la sociedad.

A decir verdad, uno renuncia a todo, incluso a sí mismo.

—Acepté meterme en el papel del Samurái porque era mi gran oportunidad. Y el momento, óptimo. Ren Hosokawa y Sato Hattori se habían enemistado, y las tensiones entre el clan Itabashi y los divergentes del recién creado Suginami-rengō estaban al rojo vivo.

—¿Qué pasó entre ellos? ¿Visiones de negocio distintas?

—Básicamente.

Con la entrada en vigor de la Ley Anti-Boryokudan, la Yakuza se vio obligada a cambiar su *modus operandi* para sobrevivir, pero cada clan lo hizo a su manera. El Itabashi optó por modernizarse, y eso a un criminal de la vieja escuela como Hattori no le gustó, así que decidió fundar su propia organización.

—Por eso Hosokawa intentó matarlo para vengarse —dedujo Mia. Yo negué despacio con la cabeza. Ella se incorporó sobre el codo y me devolvió una mirada atónita—. Espera, espera. No me digas que... ¿fue un montaje del Keisatsu-chō?

Sonreí.

—Eres una periodista muy perspicaz.

—Pero ¿cómo...?

Le conté que un grupo de trabajo multidisciplinar había llevado a cabo un exhaustivo análisis de datos, entornos y posibilidades. Por la información que nos llegaba a través de cauces no reglamentarios, conocíamos los movimientos de Sato Hattori. De modo que le tendimos una trampa para que el Samurái pudiera entrar en escena sin levantar sospechas.

—Y así fue como te ganaste su confianza y, de paso, el odio de Keisuke Matsumoto.

—Ajá. Por favor, no escribas nunca sobre esto, ¿vale?

—Yo jamás haría nada que pudiera perjudicarte, Kenji. Especialmente ahora, que sé que eres de los buenos —dijo, antes de volver a apoyar la cabeza en la almohada, frente a frente—. Aunque, creo que, en el fondo de mi corazón, siempre lo he sabido.

Me acerqué a ella y la besé con dulzura en los labios.

—Eres un regalo caído del cielo para mí, Mia-chan. Hemos pasado muy poco tiempo juntos, pero quiero que sepas, necesito que sepas, que he sido más feliz a tu lado que en toda mi penosa vida.

—Vuelves a hablar como si no tuviéramos futuro —se lamentó, mirándome con una profunda tristeza.

—Porque no lo tenemos. Tú no puedes quedarte en Japón. Y yo no puedo irme de aquí.

—Pero tu misión ha terminado. Acabó el día que huiste conmigo a los Alpes japoneses.

—Mi misión terminará cuando vea caer a Hattori. Puede que él no matara a mis padres, pero representa lo que más detesto en el mundo. Mira, he recabado muchísima información a lo largo de estos años; solo necesito un detonante, algo que haga saltar por los aires a toda su jodida infraestructura criminal de una vez. Y ese detonante eres tú. Lo supe en cuanto me ordenaron que te matara.

El recuerdo emergió como lodo que revienta la tapa de una alcantarilla. Fue después de la redada en el Glass Geisha. Aquella noche, me había costado mucho conciliar el sueño por culpa de esa preciosa *gaijin* de ojos azules que no hacía más que merodear por el club. Andaba buscando a Matsumoto sin sospechar siquiera del peligro que la acechaba. Para qué, no lo sabía, a pesar de que llevaba horas dándole vueltas mientras evocaba el lustre dorado de su pelo, la plenitud de sus labios y aquel cuerpo de curvas rotundas que le tensaban la ropa. El asunto adquirió una dimensión mucho más dramática cuando me confesó que trabajaba para el *Washington Post*. Me temí lo peor; si descubrían a una periodista norteamericana husmeando en alguno de los negocios controlados por la Yakuza, lo pagaría caro. ¿Qué decía Ian Fleming? Una vez es casualidad, dos, coincidencia y tres, una acción enemiga. Hattori me mandó llamar al día siguiente. Cuando me presenté en la sede del clan, me arrojó unas fotografías en las que se veía claramente a Mia Kobayashi en el club. «Ocúpate de ella. Esa zorra sabe algo que no nos conviene que sepa. Por lo visto ha preguntado por Keisuke. Y por ti también», dijo. Me quedé un instante paralizado, con una de las fotografías apretada entre el pulgar y el índice. Fingí no haberla visto en mi vida. «Pues yo sí. En Tsukiji. No sé quién cojones es, pero te aseguro que una modelo de *nyotaimori* no. Averigua para quién trabaja, antes de deshacerte de ella». Le pregunté si estaba seguro de que fuera la misma persona. «Oh, ya lo creo. Un par de tetas como las suyas no se me olvidarían. Procura dejárselas intactas. Me daría pena que destrozaras algo tan bonito con la catana».

Exhalé. Metí el recuerdo a presión en algún lugar recóndito de mi cabeza y regresé al momento presente.

—Te llevé conmigo porque mi deber como policía era mantenerte a salvo de la Yakuza y porque necesitaba averiguar qué información manejabas, como bien sabes. El plan original consistía en conseguirla lo antes posible para poder sacarte del país y volver a representar mi papel; sin embargo... —expliqué, y me mordí los labios— sucedió algo con lo que no contaba.

—Te topaste con una chica dura de pelar.

Reí expulsando el aire por la nariz.

—Entre otras cosas. Oye, sé lo importante que es esta investigación para ti, sé que supone una oportunidad de oro para relanzar tu carrera, pero debes tomar distancia. No hay ninguna noticia por la que valga la pena morir, Mia.

—¿Y qué pasará cuando atrapes a Hattori? —preguntó. Un halo de esperanza le tiñó la voz, y a mí se me rompió una vez más el corazón. Lo poco que me quedaba intacto.

—Eso podría tardar años en materializarse. No puedo pedirte que me esperes, no tengo ningún derecho a seguir involucrándote en mi vida.

Aunque lo deseaba.

Deseaba tenerla a mi lado.

Tanto como completar mi venganza personal.

—¿Por qué es todo tan difícil, Kenji?

—Créeme, yo me pregunto lo mismo a menudo. No he dejado de hacerlo desde que te conocí.

Mia suspiró; su cálido aliento me agitó un mechón de pelo.

—Está bien. Te lo contaré. Te diré por qué vine a Tokio y lo que oí en el *nyotaimori*. —Apreté los párpados, aliviado—. No por Japón, y desde luego no por la policía japonesa. Lo haré por ti, porque tu alma se merece una tregua. Solo espero que encuentres un lugar seguro y acogedor al final del túnel.

Ya lo había encontrado.

Aunque tratara de convertirlo en algo demasiado bueno para ser verdad, en algo imposible.

—Ahora duérmete, Mia-chan. Necesitas descansar. Continuaremos más tarde con todo esto.

La besé en la frente inspirando con fuerza, como queriendo atrapar el momento, y dejé que se sumiera en un sueño profundo. Cuando noté que su respiración adquiría una cadencia más pausada, me levanté con cuidado de no despertarla. Hurgué en el bolsillo del pantalón y saqué la grulla de origami que había hecho para ella aquella vez junto al río. Estaba un poco arrugada, así que intenté alisarla. La había encontrado en la casa y quería devolvérsela. Quería que supiese de alguna forma que nunca la olvidaría. Y tener la certeza egoísta de que ella tampoco me olvidaría a mí. «La guardaré entre sus cosas sin decirle nada», pensé.

Después, salí del apartamento en silencio.

«Debería dejar de fumar; ya tengo una edad, y sé que a ella no le gusta», me dije, al mismo tiempo que sacaba un cigarrillo de mi paquete de Mild Seven. Me lo llevé a los labios y, después de encendérmelo, aspiré la primera bocanada sin un ápice de culpabilidad. Tal vez más adelante. Aquel no era el mejor momento vital para plantearse cambios drásticos. Un minuto después, busqué el número de Jukichi Oyama en la agenda de contactos de mi teléfono móvil y pulsé el botón de llamada.

La voz de mi superior rompió el silencio estático de la línea a los tres tonos.

—*Moshi moshi*.

—Inspector.

—Hatanaka, ¿dónde se ha metido? Hace un buen rato que no lo veo por aquí.

—Estoy en mi apartamento. Concretamente, en la puerta.

—¿Y la chica?

—En mi cama, durmiendo.

El sonido de una carcajada quejumbrosa me reverberó en el oído.

—Pero ¿qué demonios...? Da igual, prefiero no saberlo. Solo espero que tenga una buena excusa para haber llevado a la periodista esa a una zona restringida del Keisatsu-chō.

—Oiga, la «periodista esa» tiene un nombre. Se llama Mia Kobayashi. Le agradecería que se dirigiera a ella como tal —repliqué molesto—. Y la he traído aquí para que descansara un poco.

—Es usted de lo que no hay, Hatanaka. Tanto tiempo en la montaña lo ha vuelto un sentimental. ¿No le he dicho antes que...?

—Va a cooperar —lo interrumpí.

Oyama dejó escapar una exhalación de alivio.

—Ah. Vaya. ¿De veras? Bueno, en ese caso, me encargaré de disponerlo todo. Quédese ahí, si lo desea. Yo mismo lo avisaré en cuanto estemos listos. En fin, buen trabajo, Hatanaka. No he dudado ni por un momento de que lo conseguiría.

«Menudo hipócrita de mierda».

—Una cosa más, inspector.

—Usted dirá.

—Quiero estar presente mientras le toma declaración.

—¿Es que no se fía de mí? —me preguntó, con un tono sardónico.

—Ni un pelo.

—¡Ja! ¿Sabe una cosa? Resulta usted insultantemente sincero para ser japonés. Si no fuera uno de mis mejores activos, le aseguro que le habría dado una patada en el culo hace tiempo.

40

Mia pasó gran parte de la noche prestando declaración en la sala de interrogatorios. Lo contó todo, sin obviar un solo detalle: por qué había ido a Tokio y qué información había estado guardando con el mismo celo que una botella de vino caro que se reserva para las mejores ocasiones. Empezó explicando que Eugene Compton, jefe de redacción del *Washington Post*, había recibido un soplo anónimo que aseguraba que Kaito Yamada había financiado la campaña electoral del candidato republicano a la presidencia de Estados Unidos. Yo no estaba demasiado familiarizado con la política de su país. Hablaba inglés con bastante fluidez y tenía una idea general de cómo funcionaban las cosas, pero hasta ahí. No obstante, sí sabía quién era Yamada, qué tipo de negocios dirigía y con quién se codeaba, por lo que no me sorprendió que un periódico norteamericano hubiera decidido investigar el asunto a fondo. Me indignó que Mia no lo hubiera tenido fácil a su llegada, así que anoté mentalmente el nombre de Hotaru Matsuda; quizá fuera a hacerle una visita a ese cretino del *Asahi Shimbun* algún día para bajarle los humos. Cuando mencionó a sus contactos en Tokio, deduje que la idea de ir a husmear al Glass Geisha habría sido de Utsuki Watanabe, el reportero de

Sucesos de *Jiji Press* que la había guiado por los bajos fondos tokiotas.

—¿Fue él quien le habló del Samurái? —preguntó Oyama.

—No. En realidad, fue Takehiro Fujimoto, un policía jubilado y bastante desencantado con el sistema, por cierto.

—Cuéntenos lo que sucedió la noche de los hechos, Kobayashi-san. Si no me equivoco, se hizo usted pasar por una modelo de sushi corporal en Tsukiji, ¿no es así?

Mia inspiró hondo y soltó el aire con energía por la nariz.

—Así es. La dueña del local de *nyotaimori* me había dicho que los clientes eran muy importantes y que me pagaría el doble. Yo no quería hacerlo, la experiencia me había parecido muy desagradable, pero tuve un pálpito.

Tensé la mandíbula. Escuchar esa parte de la historia también era muy desagradable para mí. El mero hecho de imaginarme lo degradante que habría sido para ella desnudarse delante de esos hombres activaba mi lado más primario.

—Continúe, por favor —la instó el inspector, con un gesto de la mano.

—El caso es que esos clientes resultaron ser Sato Hattori y Toshiro Takeda.

—Solo para que conste, ¿se refiere usted a Sato Hattori, líder del clan yakuza Suginami-rengō con base en Tokio y a Toshiro Takeda, del Suita-kai de Osaka? —Mia hizo un gesto de asentimiento—. ¿Está segura?

—Cien por cien segura.

—¿Cree que podría confirmar sus identidades si le enseño unas fotografías? —Lanzó la pregunta al aire, sin esperar una respuesta. Oyama abrió el dosier que reposaba sobre la mesa y rebuscó en su interior. Mostró unas imágenes en color—. ¿Eran estos hombres?

—No pude ver bien a Takeda, pero a Hattori lo recuerdo perfectamente. El pelo blanco, los pómulos... Era él. Sí, no hay duda.

Oyama retiró las fotografías.

—Cuéntenos lo que escuchó.

—Hattori le propuso a Takeda una alianza secreta contra Ren Hosokawa. Dijo que, o hacían algo pronto para pararle los pies, o sus clanes acabarían convertidos en bandas residuales. Takeda le respondió que no lo necesitaba para cargárselo, si lo que andaba buscando era vengarse por lo ocurrido tres años atrás. —Y aquí, Mia y yo cruzamos una leve mirada cómplice—. Pero Hattori adujo que no tenía ningún interés en liquidar a su archienemigo; lo que él quería era darle donde más le doliese.

—Es decir...

Contesté por Mia:

—Kaito Yamada. ¿Dijo que lo iba a matar?

—Las palabras textuales que usó fueron «eliminar de la ecuación».

—O sea, que Hattori está al corriente de lo que trama Yamada —concluí. Giré la cabeza y miré a Oyama de soslayo—. ¿Cómo lo sabe?

El inspector frunció los labios.

—¿Un topo? Quizá haya untado a alguien del clan Itabashi para que lo mantenga al tanto de todos los movimientos de Hosokawa.

Una hipótesis plausible, aunque nada convincente.

—He pasado mucho tiempo en el Suginami-rengō, inspector. De ser así, creo que lo sabría. O sospecharía de alguien, cuando menos.

—Bueno, no es ningún un secreto que Ren Hosokawa y Kaito Yamada se entienden en los negocios.

—No, aquí hay algo más. Algo que se nos escapa. Hattori sabe qué hay detrás de la financiación a la campaña de ese político. Y también sabe que, sea lo que sea, es Hosokawa quien sale ganando con el trato. —Volví a dirigirme a Mia—. ¿Qué le ofreció al de Osaka a cambio de su respaldo?

—La Oficina 39.

—¿Cómo? Repita eso —le pidió un Oyama sorprendido, al tiempo que se ajustaba las gafas.

—Hattori le prometió a Takeda entrar en el negocio del tráfico de anfetaminas procedentes de Corea del Norte. Con un porcentaje de participación muy elevado, además.

Bingo.

—¿Lo ve, inspector? —Arqueé las cejas—. Lo de Pionyang es un negocio muy lucrativo para Hattori, más que el juego o los clubes de alterne. Si está dispuesto a repartirse el pastel con Takeda es porque se guarda un as en la manga.

Oyama dejó reposar la información unos segundos mientras consultaba el reloj.

—Sea como sea, solo resolveremos el misterio si el juez autoriza una intervención urgente. En fin, muchas gracias por su testimonio, Kobayashi-san —dijo, e inclinó la cabeza en una reverencia—. Ha sido usted de gran utilidad para Japón.

—No lo he hecho por Japón ni tampoco por su Agencia Nacional de Policía, que le quede claro —repuso Mia con dureza. Advertí un leve rubor en el rostro impecablemente afeitado de mi superior y tuve que agachar la cabeza para aguantar el tipo—. Y ahora, ¿van a devolverme el pasaporte de una vez?

Silencio.

—Yo me encargo, inspector.

41

Cuando Jukichi Oyama salió de la sala, una sensación de fatalidad inminente se cernió sobre mí. Conocía bien la tensión que me recorría el cuerpo; era la misma que antecedía al momento previo al inicio del estado operacional, como la adrenalina de un francotirador justo antes de calibrar la mira telescópica. Noté que el pulso, razonablemente calmado hasta entonces, se me aceleraba de golpe. El poco tiempo que nos quedaba juntos se me escapaba igual de rápido que el agua entre los dedos.

Traté de centrarme.

—Lo has hecho muy bien, Mia —dije.

—¿Crees que servirá de algo?

—Si el juez autoriza rápido el registro de las oficinas de cada uno de los implicados para evitar una posible destrucción de pruebas, seguro que encontramos algo gordo. Y habrá sido todo gracias a ti.

Mia se mordió los labios.

—No estoy preparada para dejar ir esta investigación, Kenji. Quiero llegar hasta el final. Es demasiado importante para mí —admitió.

Asentí reiteradas veces; me hacía cargo de la situación.

—Lo sé, pero ahora es cosa nuestra. Mia, debes abandonar Tokio de inmediato. —Tragué saliva e intenté reunir todo el sosiego que pude para continuar—. Y Washington D. C. tampoco es seguro para ti.

La preocupación comenzó a reflejarse de forma nítida en su semblante. Una arruga vertical le surcó la frente.

—¿Qué quieres decir?

Saqué un sobre marrón de dentro del dosier que Oyama había dejado allí y se lo extendí, procurando que mi expresión fuera tan neutra como una máscara de teatro *nō*. En el interior había un pasaporte canadiense a nombre de Mia Brown.

—¿Brown? —preguntó, extrañada—. Es el apellido de soltera de mi madre. —Me devolvió el sobre deslizándolo sobre la mesa y me miró con unos ojos más asustados que confundidos—. Dime qué está pasando, Kenji. ¿De qué va todo esto?

Emití un suspiro profundo.

—Cuando te dije que debías tomar distancia de este asunto, no fui honesto contigo, no del todo. Ahora mismo, ser Mia Kobayashi supone un riesgo para tu propia integridad. Y lo seguirá siendo mientras no tengamos a Hattori. Si te quedas en Japón, irán a por ti. Pero es muy probable que también lo hagan si vuelves a casa. El Keisatsu-chō acaba de entregar al FBI una lista actualizada con los miembros de la Yakuza para que las autoridades norteamericanas no los dejen entrar en el país; claro que eso no garantiza tu seguridad al cien por cien. —Pausa. De repente, cobré conciencia de mi corazón, que me latía desbocado en la caja torácica. Me temblaba la mano izquierda, y decidí esconderla bajo la mesa. Debía mostrarme frío, profesional, implacable—. Desde este momento, formas parte del programa de testigos protegidos del Gobierno nipón —anuncié, adoptando un tono grave—. Te llamas Mia Brown, eres ciudadana canadiense y resides en Vancouver. Un agente especial armado te escoltará en avión hasta tu nuevo destino para asegurarse de que te reubicas de forma adecuada. Allí le tomará el relevo nuestro enlace en Canadá. El Gobierno lo ha dispuesto todo: una vivienda y una cuenta bancaria en el HSBC donde recibirás una serie de transacciones periódicas para que no te falte de nada durante los primeros meses; estará operativa en unas horas. —Carraspeé para aclararme la garganta—. Por razones de seguridad, la ubicación de tu nuevo hogar es información reservada. Incluso para mí. Y por las mismas razones, han desactivado tus cuentas en redes sociales, tu número de teléfono y tu correo electrónico. Por favor, no trates de ponerte en contacto con nadie; es vital que mantengas un perfil bajo desde ahora. En cuanto a tu portátil, buenas noticias: el Keisatsu-chō pudo recuperarlo. Supongo que te lo devolverán en cuanto hayan terminado de borrar todos los archivos relativos a este caso. ¿Alguna pregunta?

Mia se masajeó las sienes con expresión de angustia.

—Esto es surrealista. ¿De verdad me estás diciendo que tengo que dejar mi vida y mi trabajo en Washington, renunciar a todo aquello por lo que tanto he luchado y empezar de cero en otro país, bajo otra identidad? ¿Que ni siquiera puedo llamar a mi madre? Y qué diablos le vais a contar, ¿eh? ¿Que me ha asesinado la Yakuza?

—Claro que no. No te preocupes, ¿vale? Alguien de la embajada la informará de la situación. A ella y a quien corresponda.

—¿Cómo quieres que no me preocupe, con la bomba que me acabas de soltar? —repuso, amargamente—. ¡Por el amor de Dios, Kenji! ¡Me estás pidiendo que viva escondida!

—Oye, entiendo que es difícil de asumir, pero te aseguro que esta es la única manera de protegerte.

—¿Y quién te protegerá a ti cuando yo no esté? —Una lágrima silenciosa le resbaló despacio por la mejilla. La tentación de enjugársela me quemaba en el pulgar; aun así, mantuve el puño apretado sobre la rodilla—. Ven conmigo —dijo entonces, y alargó la mano hacia mí—. Por favor. Nos ocultaremos del mundo; ya sabemos cómo hacerlo, lo hemos hecho antes.

Había esperanza en su voz. La esperanza de que me levantara, la rodeara con los brazos y le dijera que tenía razón.

Quizá podía dejar todo aquello atrás, correr con ella hacia la salida, escapar a algún destino nuevo e inventar otro Kenji Hatanaka.

Pero no se puede vivir con un pie en una realidad y el otro en otra. Ser dos personas en una sola vida es demasiado.

—Lo siento, no puedo. No hay nada que hacer, tienes que marcharte. —Mi tono sonó más brusco de lo que me hubiera gustado—. Ojalá las cosas fueran distintas —añadí, como si así fuera a suavizar el golpe.

—Hablamos de irnos a Canadá, ¿te acuerdas? Dijiste que querías vivir en un sitio donde hubiera montañas, bosques y ríos para que pudiéramos ir de acampada los fines de semana.

—Eso no fue más que una fantasía —musité, desviando la mirada.

En ese punto, las lágrimas de Mia se habían convertido en hipidos y los hipidos, en sollozos. Y yo tenía la sensación de estar cometiendo un grave error, mi conciencia empezaba a resentirse; mi resistencia, también. Después de tanto tiempo aislado, estar frente a la única mujer en el mundo que poseía el poder mágico de hacer de mí una persona plena me desestabilizaba. Algo estaba a punto de terminar. Algo concluiría para siempre en aquel lugar y en aquel momento, y ni siquiera tenía claro si eso era lo que deseaba en realidad.

La irrupción del inspector Oyama en la sala logró pausar el tráfico inútil de mis pensamientos.

—Es la hora —anunció.

Asentí. De todos modos, debía hacer lo correcto. No podía permitir que mis sentimientos por Mia alteraran el orden de mis prioridades. Así que me puse en pie y la insté a hacer lo mismo.

—Debes irte ya.

—No quiero irme sin ti.

Hice un esfuerzo denodado por mantener la calma. No sirvió de mucho. La angustia que me atenazaba por dentro acabó estallando y saliéndome por cada poro del cuerpo.

Después de todo, yo también era humano.

—¡Vete de una vez, Mia! —le grité, casi sin aliento en mitad de la crisis de pánico que amenazaba con destruirme—. ¡Tienes que subirte a un avión y largarte de aquí cuanto antes! ¿Qué parte no entiendes?

Silencio.

Uno glacial, punzante, hiriente.

—Entonces ¿vas a dejar que me marche sin más?

La pregunta me asaltó como una estocada.

Quería abrazarla. Besarla. Aspirar su olor. Rozar sus pómulos con la yema de los dedos. Decirle que era ella la que me sostenía con su fuerza, la que me anclaba a la tierra. Consolarla y dejar que me consolara como si fuera un niño de nuevo. Suplicarle que se quedara.

A mi lado.

Para siempre.

Pero todo eso solo serviría para complicar aún más las cosas.

De modo que opté por la vía fácil. O difícil, según se mire. Me pasé la mano por el pelo entre exhalaciones que sonaron a derrota y me limité a susurrar un adiós casi imperceptible.

Mia me dedicó una caída de párpados dolida, lacerante. Y que me condenaran si esa luz que se apagaba poco a poco en sus ojos no se me iba a quedar grabada en la retina para siempre.

—Vamos, Kobayashi-san. No hay tiempo que perder —la apremió el inspector.

Salieron.

Y solo entonces me permití derrumbarme.

«No te voy a olvidar nunca, Mia Kobayashi».

El silencio se apoderó de la sala, compacto como un ladrillo.

42

Me miré en el espejo del cuarto de baño sin reconocerme, como si alguien hubiera distorsionado mi imagen. Me vi cansado, abatido, mayor de lo que era. Tenía ojeras y una sombra de barba incipiente; parecía que los años se me hubieran echado encima con el peso inexorable del tiempo en apenas veinticuatro horas. Necesitaba una tregua, salir de esa espiral de descontrol. Sin embargo, aunque mi cuerpo me exigiera un descanso, sabía que mi mente no lo encontraría durmiendo. Todavía no. Abrí el grifo y me mojé la cara con la mano izquierda para tratar de despejarme. No sirvió de mucho. Había estado con ella en ese mismo aseo hacía poco; aún conservaba la huella de su piel en las manos, los ecos del placer, las promesas susurradas al oído entre suspiros.

Siempre.

Todo.

Juntos.

«¿Vas a dejar que me marche sin más?».

De repente sentí que me costaba respirar. Los movimientos de mi pecho se volvieron tan convulsos que creí que me ahogaría. Me desabroché la camisa como si me fuera la vida en ello. Cuando mi torso tatuado apareció en el reflejo, me di cuenta de que era la primera vez desde mi regreso de los Alpes japoneses que tomaba conciencia real de que ya no *era* un yakuza. Jamás lo había sido, naturalmente. No obstante, al verme, comprendí lo perdido que estaba. Esa gente había jugado conmigo hasta exprimirme la identidad y ahora no sabía ni quién era. El Suginami-rengō, Sato Hattori, Jukichi Oyama, el propio Keisatsu-chō, todo el mundo. La revelación hizo que experimentara un vacío inexplicable, angustiante. Ya me habían avisado de que algo así podría sucederme cuando me estaba preparando para convertirme en el Samurái. El riesgo de ser descubierto no es el único peligro al que se enfrenta un agente infiltrado; también existe la posibilidad de que los puntos de referencia se desdibujen. El psicólogo de la Unidad Especial lo llamó «plasticidad cerebral», aunque reconozco que nunca me importó demasiado.

Hasta ahora.

Fijé la vista en la tinta de mi piel. Esas carpas de colores estarían siempre conmigo, un recuerdo imborrable de cómo la Yakuza había marcado mi camino desde niño, convirtiendo mi corazón en un músculo atenazado, atrofiado, herido, que latía por inercia. No me arrepentía. Lo había hecho por voluntad propia, porque tenía el firme propósito de pagar la deuda que un hijo contrae con sus padres por el mero hecho de haberle dado la vida. Y volvería a hacerlo, volvería a sacrificarme con tal de honrar el buen nombre de mi familia. O eso creía. Una terrible sensación de hastío me tomó por asalto. ¿Por qué me sentía así, como si nada hubiera merecido la pena?

Sabía la respuesta.

Conocer a Mia Kobayashi había supuesto que empezara a cuestionármelo todo. Mi trabajo, mis objetivos, mi estilo de vida. Que sopesara otras opciones, otras maneras de vivir, como un hombre libre, con un día a día normal y un futuro que se nutre de sueños e ilusiones. Ella había conseguido lo imposible hasta la fecha: que sintiera algo más que odio. Que me plantease qué pasaría si renunciara a mi venganza. Si me liberase de mis cadenas. Si empezara de cero, borrón y cuenta nueva. Salvo que Mia ya no estaba. Conjugué el verbo en mi cabeza. «Se va, se ha ido, se fue». ¿De verdad había tomado la decisión correcta dejándola marchar? No podía mantenerla atada a mí, no se lo merecía. Pero su ausencia, que ahora sí era real, me dolía más de lo esperado. ¿Cómo iba yo a saber, a intuir siquiera, que sin ella me rompería en trocitos igual que un vaso de cristal al estrellarse contra el suelo? «Se va, se ha ido, se fue». Yo, en cambio, me había quedado en Tokio, preguntándome en quién me había convertido mientras luchaba contra mis propios demonios.

¿Y después, qué?

No lo sabía.

«Hablamos de irnos a Canadá, ¿te acuerdas?».

Lo de Vancouver fue cosa mía. No había sugerido ese destino porque sí. De hecho, la idea de Oyama era reubicarla en Brasil. Solo en São Paulo viven seiscientos mil del millón aproximado de japoneses residentes en el país, la mayor comunidad fuera de Japón. Claro que las raíces de Mia podrían tentar a los vecinos a poner a prueba ciertos detalles de su pasado y a comentarlos entre ellos más tarde. Además, los tentáculos de la Yakuza llegaban hasta allí, asentados en Liberdade, el distrito nipón más extenso del mundo. Aunque en Canadá, y especialmente en Vancouver, también había muchos japoneses, era preferible enviarla a un lugar en el que pasara desapercibida, donde no lo tuviera difícil para asentarse y donde, por qué no, la llama de lo que pudo ser y no fue ardiera hasta extinguirse. Al evocar el instante del adiós, noté que perdía el equilibrio. Apoyé la palma de la mano en los azulejos de la pared y dejé caer la cabeza hacia abajo. Derrotado, sin rumbo, herido de muerte. ¿Por qué había sido tan brusco con ella? ¿Por qué no le había dicho que yo también la quería, aunque se lo estuviera quitando todo?

Que estaba enamorado de ella.

Que me sentía libre en su abrazo y prisionero en su ausencia.

—Deberías habérselo dicho, estúpido —me reproché a mí mismo.

Entonces se me ocurrió algo. Consulté la hora en mi reloj. No hacía mucho que se había marchado. Si me daba prisa, podría llegar al aeropuerto, buscarla y decírselo; eso no cambiaría las cosas, pero al menos se subiría al avión con la certeza de que me importaba. A partir de ese momento, emprendí una carrera contra el tiempo. Salí del baño a la velocidad del rayo. Mientras corría por el pasillo, me choqué con el encargado de la limpieza del turno de noche; «Lo siento mucho, perdone», reverencia, reverencia. Seguí corriendo. Me monté en el ascensor y bajé al aparcamiento —«Vamos, vamos, vamos, pero ¿por qué va tan lento este trasto?»—, donde tomé prestado otro Toyota Corolla de la flota de vehículos de los que disponía la unidad dirigida por Jukichi Oyama. Aunque se suponía que debía registrar la salida, puñetera burocracia, me salté el trámite; ya rendiría cuentas con quien hiciera falta más tarde. Dentro del coche, me quité el cabestrillo y lo arrojé sobre el asiento del copiloto ignorando el dolor del brazo, asumiendo que no me quedaba más remedio que lidiar con ello. Después de ajustar el retrovisor, reclinar el asiento y ponerme el cinturón, arranqué y salí quemando rueda, sin importarme nada. Las calles estaban desiertas. En unas horas, la luz bañaría Tokio poco a poco y la ciudad emergería despacio de su letargo, estirándose como en un bostezo. Treinta minutos para llegar a mi destino, según el GPS; procuraría que fueran veinte. Si eran quince, mejor. Para ello, circulé a toda velocidad, agarrando el volante con tanta fuerza que los brazos e incluso la espalda se me tensaron. Me salté un semáforo en rojo. «Tranquilo, muchacho, que llegas». En otro, tuve que dar un frenazo; tampoco era cuestión de convertirse en un kamikaze. Me incorporé a la C1 en Kasumigaseki y continué hasta Minato para girar en dirección al Rainbow Bridge, el puente colgante sobre el norte de la bahía que conecta el muelle de Shibaura con la isla artificial de Odaiba. Urbanizada en tierra recuperada al mar, respondía al típico plan urbanístico de la época de la burbuja inmobiliaria, con edificios grandes, calles anchas y un paseo marítimo lleno de atracciones como reclamo principal. No era ni de lejos mi lugar favorito de Tokio. Con todo, me descubrí pensando en lo mucho que me habría gustado tomar la línea Yurikamome esa noche, cruzar el puente iluminado y llevarla a cenar a algún sitio con vistas. «Ramen. Sé que le encanta, aunque no haga ruido al sorber los fideos», pensé, a la vez que esbozaba una sonrisa melancólica.

Como no había tráfico, llegué al aeropuerto de Haneda en un tiempo récord. Las cámaras de seguridad y los múltiples radares instalados por todas partes me habrían captado por el camino debido a las infracciones y al exceso de velocidad, pero ya me ocuparía de eso más tarde. Estacioné de cualquier manera en la terminal de salidas, accioné la luz de emergencia y me dispuse a abrir la puerta.

Sin embargo, algo me retuvo, como si estuviera atado de pies y manos. No llegué a salir del coche, no fui capaz; todavía hoy me pregunto por qué. En vez de eso, me quedé sentado con la ventanilla bajada, esperando a que el aire de la noche me envolviera, paralizado por completo, las fuerzas drenadas. De cuando en cuando entraban en el interior del vehículo palabras sueltas de la gente que pasaba por fuera, palabras carentes de sentido, burbujas mínimas de sonido que explotaban en el silencio.

—Joder, pero ¿qué demonios estoy haciendo? ¿Qué demonios hago?

Exhalé derrotado y me pasé las manos por la cara.

Quería fundirme en la oscuridad.

43

Tres años.

Tres puñeteros años de mi vida dedicados en cuerpo y alma a acabar con la podredumbre desde dentro, y ahora, una simple llamada de teléfono estaba a punto de enviarlo todo al traste.

Las setenta y dos horas previas a ese fatídico momento habían sido frenéticas: los requerimientos judiciales dieron paso a los registros simultáneos, a las detenciones preventivas y a los interrogatorios interminables en un despliegue policial sin precedentes; claro que muchas de las acciones llevadas a cabo por la División de Crimen Organizado Japonés tras la marcha de Mia no servirían de gran cosa. De Kaito Yamada no obtuvimos nada concluyente, pues, en principio, no había indicios delictivos en las actividades de un empresario, en apariencia respetable, con negocios en el extranjero y que, además, contaba con un séquito de abogados del mejor bufete de Ginza. Demostrar la naturaleza criminal de su asociación con Ren Hosokawa, cuyas oficinas aparecieron convenientemente limpias antes del registro, era una tarea compleja para la que harían falta tiempo y recursos; de ahí que Superintendencia ordenara que, en lo sucesivo, fuera la División de Delitos Económicos la que coordinase la investigación. Así pues, sin Yamada ni Hosokawa, solo quedaba una opción: apretarle las tuercas a Sato Hattori. Era obvio que el *oyabun* del Suginami-rengō estaba al tanto de los negocios que esos dos tenían con Reggie B. Clark, el candidato republicano a la Casa Blanca, o no habría amenazado con cargarse al dueño de Arai Entertainment Corp. para neutralizar a su rival. Para mí, Hattori representaba el lado más oscuro de la Yakuza, uno cuyas prácticas estaban ligadas de forma intrínseca a la tragedia de mi vida. Por eso, y por un sentido de la justicia muy arraigado, tenía la firme intención de devolverle el golpe como fuera.

«Quiero quitarle algo a la Yakuza, de la misma manera que la Yakuza me lo quitó a mí».

Lo haría por mis padres.

Por mí mismo.

Y, por supuesto, por Mia. A ella también se lo debía.

Se suponía que la autorización judicial para registrar el cuartel general del Suginami-rengō no tardaría en materializarse, pero en Japón la burocracia suele ir unos cuantos pasos por detrás de cualquier investigación que se precie, salvo que el impacto mediático de la misma represente una amenaza grave para la reputación de las instituciones públicas. No era el caso —o no lo parecía—. De modo que no nos quedó más remedio que jugar la baza del *bekken taiho*, un polémico método consistente en detener a un sospechoso por un delito diferente al que se investiga, si no se dan las condiciones legales para su detención. En el caso de Hattori, gracias a mi exhaustivo trabajo, la Agencia Nacional de Policía contaba con evidencia de sobra como para poder dedicarse a exprimirlo al margen de los cauces reglamentarios al menos durante unos días: extorsión, amenazas, tenencia ilícita de armas, narcotráfico o tentativa de homicidio por encargo. El hecho de que la infiltración se hubiera llevado a cabo de manera preventiva, no en una causa abierta, sin la presión de combatir el crimen ni el visto bueno de un juez, tenía sus ventajas. Por ejemplo, cierta libertad de movimientos.

Cuando llevaron a Hattori arrestado a las dependencias del Keisatsu-chō en Chiyoda, le supliqué al inspector Oyama que me permitiera interrogarlo. Dejando a un lado mis implicaciones emocionales, que un infiltrado interrogara a un capo del hampa no era el procedimiento habitual, y mucho menos a cara descubierta; claro que yo no me caracterizaba precisamente por hacer las cosas de acuerdo con el manual. Quería ver con mis propios ojos cómo reaccionaba ese desgraciado en el momento en que descubriera que el Samurái, su supuesto salvador, llevaba nada más y nada menos que tres años engañándolo. Lo había estado observando desde Control. Esposado y todo, parecía inexplicablemente tranquilo, con esa altivez propia de los tipos de su calaña y un rictus de soberbia que espoleaba unas ganas cada vez más incontrolables de bajarle los humos. Renunciar a semejante privilegio solo para garantizar mi seguridad no era una opción que contemplase siquiera. De todas formas, estaba bien entrenado; podía reducir al enemigo usando solo las manos en cuestión de segundos. Cuanto más sudas en el adiestramiento, menos sangras en el combate. Lo aprendí de un instructor del SAT, una lección que había procurado no olvidar nunca.

Oyama accedió, aunque me advirtió que debía mantener la cabeza fría si aspiraba a conservar el puesto.

—He perdido la cuenta de la cantidad de irregularidades que ha cometido en el transcurso de esta operación, Hatanaka. Procure que no me arrepienta de habérsela asignado, ¿me oye? —dijo, sin demasiada convicción.

Asentí. Tomé aire, una bocanada que me pinchó en la garganta, y entré en la sala contigua. La adrenalina me rebasaba el torso hacia el cuello y las extremidades; aun así, me senté frente a aquel hombre con la asepsia adquirida tras años de disciplina. Lo miré a los ojos sin parpadear, esforzándome por no mostrar ninguna emoción, tan inexpresivo como una máscara. Al verlo de cerca, me dio la impresión de que estaba demacrado; la tez presentaba el tono macilento de la enfermedad, los pómulos se le marcaban de un modo cortante e incluso parecía haber perdido el lustre de su espesa cabellera blanca, que raleaba en los lados.

Hattori frunció el ceño y a continuación esbozó una sonrisa de alimaña, como si lo hubiera comprendido todo de golpe.

—¿Qué haces aquí, Kentarō? ¿Vienes a presentar tus respetos después de haber apuñalado a tu jefe por la espalda? —preguntó dolido.

—No me llamo Kentarō —contesté sin ningún rastro de vacilación en la voz—. Y nunca te he considerado mi jefe.

—Así que eso es lo que eres, ¿eh? Una sucia rata que se ha colado en mi casa por la puerta de atrás. Menuda decepción. Hasta hace treinta segundos, aún conservaba la esperanza de que las sospechas de Keisuke no fueran más que patrañas fruto de la envidia. ¿Sabes? Llegué a apreciarte mucho, casi tanto como un padre a su hijo. Los yakuzas de hoy en día no tienen modales ni saben lo que es el honor. Pero tú sí. Por eso me gustabas, porque eras un tipo serio, como los de antes, a diferencia del inútil de tu hermano. Me han dicho que él salió peor parado que tú —apostilló, clavándome la vista en el brazo en cabestrillo—. En fin, es una pena que al final tuviera razón. Yo confiaba en ti. Estaba seguro de que llegarías lejos en el clan. Por tu lealtad, tu discreción y tu letalidad. Si hubieras sido sincero conmigo, a lo mejor me habría conformado con uno de tus meñiques.

Permanecí impasible, con la mirada fija en Hattori y los hombros relajados, a pesar de que por dentro era una olla a presión.

—Celebro que tu opinión sobre mí sea tan favorable, aunque me parece que tienes una idea distorsionada de la realidad y bastante exagerada con respecto a las capacidades que me atribuyes. Ni soy un asesino ni tampoco tu ángel de la guarda —rematé. Analicé su rostro de facciones angulosas un instante antes de proseguir. Un destello de desprecio brilló en sus ojos oscuros, medio ocultos por unos párpados entrecerrados que le conferían un aire de tranquilidad probablemente impostado. En ese leve destello, creí reconocer mi primera victoria en una batalla dialéctica que se intuía ardua. Decidí avanzar posiciones—. ¿Qué sabes de los negocios de Ren Hosokawa y Kaito Yamada?

—¿No deberías informarme primero de por qué estoy aquí?

Responder a una pregunta con otra pregunta; la clásica estrategia de desestabilización para ganar tiempo.

—Verás, la lista de delitos que has cometido delante de mis ojos es interminable. Conozco todos tus secretos. —Chasqué la lengua varias veces seguidas, recreándome en el placer que me provocaba aquel sonido—. Has sido muy descuidado, Hattori. Tu obsesión por la seguridad no ha impedido que el enemigo se te acerque por tu ángulo muerto. Yo de ti me iría haciendo a la idea de que esta vez no te vas a ir de rositas con una multa de cincuenta mil yenes o una condena simbólica de un año.

Silencio.

Segunda victoria.

—¿Por qué me ordenaste que matara a la chica?

Hattori trató de secarse el sudor de la frente con el dorso de la mano, pero las esposas le dificultaban el movimiento. El gesto me resultó patético, casi indigno. Sin embargo, no sirvió para borrarle esa detestable expresión de arrogancia de la cara, como si, a pesar de todo, creyera o supiera que no debía estar allí.

Tuve un mal presagio y decidí aumentar la presión.

—La pena de cárcel para el delito de homicidio por encargo en grado de tentativa es muy elevada. Habla. O me aseguraré de que pases el resto de tus días en una celda de castigo en Fuchū. —De nuevo, el silencio por toda respuesta. Exhalé y llevé la vista al techo momentáneamente—. Reformularé la pregunta inicial: ¿por qué financiaría el dueño de una empresa de máquinas de *pachinko* la campaña electoral de un político estadounidense? ¿Y en qué modo beneficiaría dicha financiación a Hosokawa?

—¿Sabes cuál es la base de una buena relación, Kentarō?

—La confianza. Y ya te he dicho que no me llamo Kentarō.

—Te equivocas. —Meneó la cabeza—. No es la confianza, sino el equilibrio de fuerzas; eso que los jóvenes llamáis hoy en día «igualdad de condiciones». Si quieres que volvamos a llevarnos bien, no puedes limitarte a exigir; tienes que ofrecerme algo a cambio, algo ventajoso de verdad, para que estemos en igualdad de condiciones.

—¿Qué te hace pensar que me interesa llevarme bien contigo?

—Que no conoces todos mis secretos. En cambio, yo sí conozco los tuyos —me escupió, antes de masticar las palabras una a una.

Aquella frase se me atragantó. De pronto, un pensamiento oscuro, aunque todavía difuso, me sacudió con violencia; no me gustaba nada el giro que había tomado el interrogatorio, debía reconducirlo para que ese malnacido no lograra llevarme a su terreno como pretendía.

—Lo siento, no negocio con criminales —repliqué, esforzándome al máximo por mantener la calma y el dominio de mí mismo—. No soporto ver cómo se pervierte la justicia.

El yakuza dejó escapar una carcajada quejumbrosa.

—¿De verdad crees que hacer justicia está en tu mano? —Siseó—. Muchacho, pero qué ingenuo eres. En este país, la justicia va siempre a remolque del poder y del dinero. Y tú no tienes ni lo uno ni lo otro, de modo que operas en un universo muy limitado de posibilidades. ¡Con lo intimidante que parecías con la catana y ese aire de asesino sin escrúpulos! Qué pena. Por curiosidad, ¿cómo lo conseguías?

—Practicando delante del espejo para parecer un tipo duro. Ya sabes, como Robert De Niro en *Taxi Driver*. No te haces una idea de lo mucho que le deben a Hollywood los asesinos a sueldo. Mira, Hattori, se me está empezando a agotar la paciencia. ¿No querías joder a Hosokawa? Pues te estoy sirviendo en bandeja de plata la oportunidad de hacerlo.

—Muy amable por tu parte. Lo que pasa es que he cambiado de opinión. Resulta que el viejo Ren nunca intentó matarme.

«Mierda».

Apreté los dientes. Me notaba el cuerpo tan tenso que incluso había comenzado a sentir calambres puntuales en las piernas. Moví los gemelos por debajo de la mesa mientras reflexionaba sobre qué decir a continuación. Hattori era un tipo curtido por la vida, un viejo zorro, no sería fácil manipularlo. Claro que, si lo había conseguido una vez, podía conseguirlo de nuevo. Solo necesitaba hablar como un yakuza, volver a meterme en la piel del Samurái por un instante, aunque lo detestara.

Ingenio y experiencia.

—Es verdad. Hosokawa no intentó matarte. Pero lo habría hecho, tarde o temprano. Ambos sabemos que lleva años arrinconándote, desde que te revelaste contra la jerarquía del clan Itabashi. Ese tipo es demasiado avaricioso. No le basta con Tokio, también quiere expandir sus negocios fuera de Japón. Al final, se quedará con todo y a ti no te dejará más que migajas. ¿Vas a consentirlo o vas a anticiparte a sus próximos movimientos? Tienes dos caminos, pero solo una oportunidad de escoger el que seguirás.

Fingir empatía constituye una venerable técnica destinada a hacerte con el control de la situación.

Hattori pareció meditar la respuesta durante unos segundos.

—Está bien, está bien —claudicó—. Me has convencido. Tienes una labia increíble, muchacho. Te contaré lo que sé, ¿de acuerdo? Que no se diga que la Yakuza no colabora de manera proactiva con las instituciones japonesas.

Hubo algo en esa frase, una especie de anomalía, de contradicción en la narrativa, que se me clavó igual que una espina de pescado en el fondo de la garganta, sin que lograse identificar qué era.

—Adelante, te escucho.

—Una licencia para abrir un casino japonés en Las Vegas —anunció, sin más preámbulos.

—¿Cómo dices?

—Que eso es lo que le ofreció el americano a Yamada a cambio de pasta. Obviamente, el socio de Hosokawa no es más que un testaferro, un hombre de paja, un interlocutor, la cara visible de los negocios, el dueño de las máquinas; yo qué sé, llámalo como quieras. Esos dos llevan tiempo queriendo montar algo grande. Primero lo intentaron en Macao y luego en Filipinas, comprando a alguien del Gobierno local, pero la mafia coreana, que es la que controla el negocio de los *junkets* en Manila, se les echó encima. De todas maneras, han salido ganando con esta operación. Y así es como la codicia y la vergüenza engendran la complicidad —sentenció, recuperando las aristas de severidad en el tono de voz.

Me recliné hacia atrás en la silla, la mano izquierda apoyada en la nuca, intentando asimilar lo que acababa de oír. Así que de eso se trataba, de la concesión de una licencia para el primer casino de titularidad japonesa en suelo estadounidense; algo que, sin duda, reportaría sendos beneficios a todas las partes, pues una operación de tal envergadura posiblemente implicaba desde amañar licitaciones hasta el blanqueo de capitales procedentes del crimen organizado. Además de que harían falta muchas máquinas como las que fabricaba Arai Entertainment Corp., claro. Era una auténtica bomba. No solo para Japón, donde los casinos seguían siendo ilegales, sino también para Estados Unidos, un país cuyos ciudadanos iban a votar, sin saberlo, por un candidato a la presidencia que no tenía reparos en mezclarse con la Yakuza. Con razón el *Washington Post* había sospechado desde el principio que había algo raro en esa financiación. La cuestión de fondo era cómo lo sabía Sato Hattori.

—Necesito pruebas de que la información es veraz.

—Ni hablar —objetó Hattori, con un gesto de desdén—. Tienes mi palabra, ya debería bastarte con eso.

—Tu palabra no vale una mierda, ¿me oyes? Eres un yakuza, la escoria de la sociedad japonesa.

—Cuidado con lo que dices, hijo. La Yakuza es tan vital para el equilibrio de Japón como el propio yen.

—Te lo advierto, Hattori: no vuelvas a llamarme «hijo», si sabes lo que te conviene.

El hombre se echó a reír. Un sonido siniestro que me puso el vello de punta.

—Por curiosidad —dijo a continuación, llevando el cuerpo hacia delante—, ¿eran naturales las tetas de la *gaijin*? No pude tocárselas aquella noche, aunque me habría encantado.

Lo fulminé con la mirada.

—Eres un...

Fue entonces cuando Jukichi Oyama entró en la sala destilando un aire de preocupación que no pasó desapercibido para mí.

—¿Podemos hablar un momento en privado, agente?

Apreté la mandíbula y asentí con impotencia. Una maldición flotó bajo mi aliento. Por mucho que me hubiera molestado la interrupción de mi superior, no me quedaba más remedio que acatar la orden disfrazada de pregunta.

Oyama pidió a los agentes que estaban monitorizando el interrogatorio que salieran de la sala. Por el tono apremiante y un tanto áspero que había empleado, entendí enseguida que la cosa era seria. No habló hasta que nos quedamos solos.

—He recibido una llamada de arriba —anunció.

—¿Del superintendente Morishita?

—De más arriba. —Hizo un gesto ilustrativo con la mano—. Hay que soltar a Hattori de inmediato. Sin cargos —agregó, tras una pausa.

—Me toma el pelo, ¿verdad?

—¿Cree que tengo tiempo para jueguecitos, con la que está cayendo? Las instrucciones son muy claras: tenemos carta blanca para empapelar a todos los miembros del Suginami-rengō que nos dé la gana; yo incluso le sugeriría que se centrara en el consejero o incluso en el segundo al mando, ya sabe, para calmar su conciencia. En cuanto a Hattori, me temo que no podemos hacer nada. Órdenes del Secretariat.

El estupor inicial dejó paso a la ira, que comenzó a brotarme por dentro igual que un río de lava. De repente tenía ganas de gritar, de darle un puñetazo a la pared, de romperlo todo.

—¡Venga ya, no me joda! ¿Qué demonios pretenden esos burócratas de despacho entorpeciendo una operación policial?

—Hatanaka, haga el favor de tranquilizarse. Yo solo soy el mensajero, ¿de acuerdo? Y créame, todo esto me indigna tanto como a usted.

—Ah, ¿sí? No me diga. Pues no lo parece. Ni una pizca. Al contrario, da la impresión de que tolera usted muy bien las presiones políticas.

Oyama resopló por la nariz.

—Fingiré que no acaba usted de lanzar una acusación muy grave contra su superior directo porque comprendo que la noticia lo haya impactado. En fin, lo que voy a contarle ahora es estrictamente confidencial. Si sale de aquí, los mandamases sabrán que me he ido de la lengua y mi carrera en el Keisatsuchō habrá terminado para siempre. Supongo que no hace falta que añada que, si eso llega a ocurrir, mi cabeza no será la única que expongan en la picota.

—Al grano, inspector.

—A ver cómo le explico esto... —Tomó aire igual que si tomara impulso—. Resulta que Sato Hattori es un informante del Gobierno japonés.

Le devolví una mirada de estupefacción.

—¿De qué cojones está hablando, Oyama?

—Ese cabrón cuenta con información de primera mano sobre la fabricación y posterior distribución de los superdólares; ya sabe que lleva años introduciendo en Japón la metanfetamina procedente de Corea del Norte, así que tiene contactos en Pionyang. Por lo visto, utiliza esa información como salvoconducto, a cambio de, digamos, ciertas garantías.

El asunto de los superdólares norcoreanos —se llamaban así porque solo los bancos del Sistema de la Reserva Federal de Estados Unidos eran capaces de distinguirlos de los billetes auténticos— venía enfrentando a ambos países desde hacía décadas. Los servicios secretos japoneses tenían conocimiento del mismo gracias a un desertor norcoreano que afirmaba haber trabajado en la planta donde se producían. Según un informe de la Naicho, Corea del Norte podría haber ganado entre quince y veinticinco millones de dólares anuales durante varios años con las falsificaciones. No eran cifras como para desestabilizar la primera economía mundial, pero cualquier tipo de información privilegiada que sirviera para que los americanos mantuvieran a raya a Corea del Norte valía su peso en oro. Sobre todo, si además contribuía a reforzar una alianza de lo más conveniente entre Japón y Estados Unidos. Puras cuestiones geopolíticas, demasiado delicadas como para que un vulgar criminal sin escrúpulos jugara con ellas como a una partida de *mahjong*.

—Esto es de locos, joder —murmuré.

Cerré los ojos e inhalé profundamente para controlar la cólera que amenazaba con apoderarse de mí; una técnica de chi kung infalible. No sirvió de nada. Las noticias desconcertantes generan, claro está, desconcierto; sin embargo, en ocasiones sobrepasan el nivel de estrés que puede soportar un ser humano.

—Hay algo más —agregó Oyama. Abrí los ojos de golpe—. A Estados Unidos le viene bien que Hattori esté libre, por lo que su Gobierno le ha solicitado al nuestro hasta en dos ocasiones que no lo arreste. Mientras tenga algo que pueda interesar a los americanos, no volverá a pisar el trullo ni para visitar a los de su clan. Con las Olimpiadas a la vuelta de la esquina, le aseguro que lo último que le conviene a Japón es cabrear a los yanquis; eso solo conseguiría hacer temblar el mercado de valores. En resumidas cuentas, Sato Hattori es un tipo con influencia.

«No conoces todos mis secretos».

«Que no se diga que la Yakuza no colabora de manera proactiva con las instituciones japonesas».

«La Yakuza es tan vital para el equilibrio de Japón como el propio yen».

Ese mafioso había estado jugando conmigo desde el principio, ahora lo veía claro.

Creí que el mundo se me derrumbaba bajo los pies.

—¿Y qué más da lo influyente que sea? Sato Hattori es el líder de una organización criminal, un peligro público, y debe estar entre rejas. Punto.

—No digo que no tenga usted razón. Pero, por desgracia, el sistema es el que es. Lo mejor que puede hacer es pasar página cuanto antes.

—¡Y una mierda! —bramé—. El sistema es el que nosotros queramos que sea. ¿De qué han servido entonces estos tres años de sacrificio? He renunciado a todo, inspector. ¿Y ahora me dice que pase página?

—Alto ahí, Hatanaka. Usted sabía muy bien dónde se metía cuando lo recluté para la Unidad de Agentes Encubiertos. ¿Y por qué se empeña en llevarlo al terreno personal? Si lo que le preocupa es esa *gaijin*, quédese tranquilo. La chica estará bien, así que olvídese ya de ella y búsquese a otra que le caliente la cama. Seguro que no le faltan candidatas.

«Hijo de puta».

Negué despacio con la cabeza, al tiempo que le lanzaba una mirada cargada de rencor.

—Qué vergüenza. Cómo se nota que no es su vida la que corre peligro —le espeté. El tono de mi voz se había endurecido.

—Bueno, ya basta. Todo tiene un límite, agente. Mire, sé que es injusto, pero hay cosas que ni siquiera nosotros podemos controlar. Nuestro trabajo ha terminado, no me obligue a repetírselo. Y no trate de hacerse el héroe, ¿entendido? Tómese unos días de descanso, preferiblemente fuera de Tokio. Cargue las pilas. ¿No era usted de Nagoya? Pues vaya y cómase un buen *hitsumabushi*; la anguila asada es muy nutritiva. Vuelva cuando esté listo y ya veremos qué nuevo destino se le asigna. Me fastidiaría prescindir de usted. En el fondo, es un buen policía. No es culpa suya que este caso se le haya quedado grande.

Tuve la sensación de estar expuesto, pelado como una cebolla a la que se le van quitando las capas una a una, y lo comprendí todo. Yo no era más que un peón, una pieza diminuta de un engranaje mucho mayor, un mercenario al servicio de un país cuyas instituciones estaban podridas desde los cimientos. Y por un instante, uno muy breve, deseé ser el Samurái de verdad. Para que todo fuera más fácil, para que todo terminara más rápido. Mataría a Hattori con mis propias manos, corregiría esa injusticia.

Salvo que no lo era.

Porque ningún hombre que crea en la ley podrá ser nunca un asesino.

Pero tampoco un policía que mira hacia otro lado.

Y con esa certeza, me arranqué la placa del cuello ante la mirada atónita de Jukichi Oyama.

La vida da frecuentes varapalos capaces de quebrar los más férreos ideales. Yo acababa de sufrir uno de ellos.

44

Por la noche, salí del apartamento que tenía asignado en las dependencias del Keisatsu-chō, tomé la línea Hibiya en la cercana estación de metro de Kasumigaseki y me bajé en Ebisu sin ningún motivo especial salvo el de pasar desapercibido entre la multitud. Recorrí a pie los trescientos metros aproximados que distan hasta Ebisu Yokochō, un ruidoso callejón que se llena de trabajadores sedientos al caer el sol. De camino, levanté la mirada para ver las estrellas, aunque no había más que rascacielos y una tiniebla gris. Un tren elevado pasó zumbando sobre los transeúntes, ocultando por un instante el paisaje de rótulos de neón y anuncios con logotipos animados: una flor publicitaba yogures probióticos, dos gatos negros representaban una empresa de paquetería. Escogí una taberna cualquiera; los farolillos rojos bailaban en la fachada del establecimiento con el ideograma de «sake» escrito en letras gigantes. Aparté las cortinas *noren* de color azul añil y entré. Olía a carne a la brasa, pero no tenía apetito. Solo quería beber hasta que flotar fuera lo mismo que hundirse. Necesitaba aligerar mi carga, arrasar con la vorágine emocional que me consumía por dentro, y en ese sentido, el alcohol era mi mejor aliado.

Como el local estaba lleno, me senté en una esquina de la barra y pedí una botella que me sirvieron enseguida. Quizá no fuera lo más inteligente, teniendo en cuenta que la probabilidad de que Sato Hattori apareciera en cualquier momento y me volara la tapa de los sesos era elevada. Claro que a Hattori nunca le había gustado mancharse las manos de sangre. Y tampoco le interesaría que los miembros del clan —los pocos que no estaban prestando declaración o en los calabozos— se enterasen de que su adorado líder había dejado entrar a un agente infiltrado en la organización. Mejor no arriesgarse a un motín o a una guerra entre facciones. Me habría apostado los dos meñiques a que no lo sabía nadie, aparte de Keisuke Matsumoto, Hiroshi y la Ballena. Y, de todos modos, esos tres ya estaban fuera de juego.

Decidí fiarme de mi instinto.

Mientras me bebía un vaso tras otro, no pude evitar preguntarme qué iba a ser de mi vida, y si no sería ya hora de buscar otras metas o cambiar de aires. Tenía la sensación de que la Yakuza, la policía y hasta mi propio país habían jugado conmigo de la misma forma en que un niño malcriado se entretiene con un animal cautivo. Hasta hacía muy poco, mi trabajo era lo único que me empujaba a levantarme cada mañana, el eje alrededor del que pivotaban todos mis esfuerzos. Siempre había llevado la placa con orgullo, siempre dispuesto a sacrificarme por el bien de los demás, por el bien de Japón. Ahora, sin embargo, esa pequeña insignia de cuero y metal me asfixiaba. Cuando los últimos acontecimientos acudieron a mi mente por enésima vez aquel día, sentí un vacío interior tan grande que ni siquiera una segunda botella de sake lograría llenarlo. Consideré las docenas de ocasiones en las que mi existencia pudo haber concluido de manera abrupta, sin un fin digno ni un propósito concreto, más allá de una venganza disfrazada de justicia que se había revelado como una obsesión enfermiza, una enorme carga psicológica y un sacrificio inútil. Supe entonces que ya nunca sería el mismo. Conecté ese pensamiento con otro aún más demoledor: no volvería a ver a Mia.

Solo hacía tres días que se había marchado, pero el recuerdo de las semanas que habíamos pasado juntos estaba más vivo, más a flor de piel que nunca. Quizá porque mi fracaso profesional resaltaba el valor de la persona a la que había dejado escapar. Sonreí, nostálgico. En aquel momento, me vino a la cabeza una afirmación budista según la cual todo sufrimiento procede del apego, y tuve que reconocer que me había enamorado de ella de un modo muy romántico y occidental. Era la primera vez que me sentía así por una mujer. Fuera como fuese, Mia ya no estaba y yo debía ser consecuente con mi decisión. Salvo porque ahora ya no me quedaba nada a lo que aferrarme. Y a ella, tampoco. Sobrepasado, noté que una espiral de tristeza nueva me succionaba igual que un agujero negro. No solo me arrepentía de haberla perdido para siempre; también de habérselo arrebatado todo antes de obligarla a alejarse, la posibilidad de reconciliarse con su madre, su carrera, lo que más le importaba. Ojalá hubiera tenido agallas para hacer las cosas de otra forma. Me apreté las cuencas de los ojos con el puño hasta que me dolieron y, mientras buscaba un motivo para no desafiarme a mí mismo, sentí que perdía el equilibrio.

—¿Se encuentra bien, joven?

La pregunta me reconectó con el eje espaciotemporal. Procedía del hombre que estaba sentado a mi lado, frente a un plato de brochetas a la brasa. Pelo grisáceo, el rostro bronceado, surcado de incontables arrugas y manchas cutáneas, corpulento. Iba vestido a la manera informal, con un bolso de bandolera que descansaba sobre sus rodillas. Había algo sutil en su aura, una especie de calma tensa que solo es capaz de detectar la mente intuitiva, que me hizo pensar que habría sido policía antes de jubilarse.

—Sí, no se preocupe.

El hombre asintió. Señaló la botella de sake con un gesto de la barbilla y preguntó:

—¿Siempre bebe solo?

—Digamos que la soledad es mi estado natural para casi todo.

No supe por qué lo había dicho. Tal vez porque el alcohol me había soltado la lengua más de la cuenta. O tal vez porque simplemente necesitaba desahogarme con alguien.

—Como el de la mayoría de los japoneses. ¿No ha oído hablar del movimiento *ohitorisama*? La forma de relacionarse está cambiando, ahora la gente quiere ir sola a todas partes, incluso al karaoke. No me extraña que el índice de natalidad haya caído en picado, pero, en fin —murmuró. Separó una seta *shiitake* de una de las brochetas ayudándose de los palillos y la mojó en un pequeño cuenco con salsa de soja y jengibre antes de llevársela a la boca. Masticó—. Si es por voluntad propia, no tengo nada que decir. Aunque su postura me parece un error. Ahora es joven, pero cuando llegue a mi edad, verá las cosas de otro modo, se lo aseguro. La soledad es un estado antinatural. Hace poco conocí a una mujer bastante interesante y le dije lo mismo que a usted. No sé qué habrá sido de ella, le he perdido la pista. —Permaneció pensativo unos instantes y después volvió de aquella efímera regresión—. Discúlpeme, no hago más que parlotear como un viejo melancólico. Debo de estar aburriéndolo.

—En absoluto. De hecho, ¿por qué no me acompaña? —le sugerí—. La verdad es que beber solo es muy triste.

—Claro, me encantaría.

Pedí un vaso adicional para mi nuevo acompañante. Le serví una buena cantidad de sake y se lo ofrecí con sumo respeto, antes de rellenarme el mío.

—¿Sabe? Yo también he conocido a una mujer —admití, tras el preceptivo brindis.

—¿De veras? Bueno, entonces no está todo perdido. Dígame, ¿es guapa? —Un destello de luz le iluminó la mirada—. Seguro que sí.

Los labios se me curvaron en una sonrisa que no se podía disimular.

—Mucho, muy guapa. Aunque lo que más me gusta de ella es su coraje. Ella... descubrió mi yo real y no le horrorizó lo que vio.

—Una mujer con las ideas claras. ¿Y qué pasó?

—Que la dejé marchar.

La expresión de ilusión se desvaneció de su rostro al momento.

—¿Por qué? Es evidente que siente algo por ella, solo hay que ver cómo le brillan los ojos.

—Porque creía que era mi deber.

—¿Y lo era?

—No lo sé, yo... estoy hecho un lío —reconocí. Dejé caer la cabeza hacia delante y exhalé. Una profunda sensación de desconsuelo se me había instalado en el corazón—. Me han sucedido tantas cosas últimamente que ya ni siquiera logro distinguir lo que es correcto de lo que no.

—Lo correcto no siempre es lo más conveniente; de vez en cuando, es necesario dar un paso hacia el interior de la sombra. Lo sé por experiencia. Es una lección que he aprendido por la fuerza, después de muchas batallas perdidas, porque el ser humano es débil por naturaleza y, si tiene la posibilidad de enmascarar sus errores o sus flaquezas, lo hace. Eso no tiene nada de antinatural, aunque ni mucho menos significa que haya que resignarse a aceptarlo. Ya sabe, el clásico «así son las cosas». Siempre hay opciones, créame.

—En este caso, temo que sea demasiado tarde para dar marcha atrás.

El hombre esbozó una sonrisa que le acentuó las arrugas, una que contenía toda la sabiduría del universo.

—Bueno, eso es algo que solo usted puede valorar. Pero, si le interesa la opinión de este viejo charlatán, nunca es demasiado tarde para lo que verdaderamente importa.

Y durante unos breves instantes, me sentí reconfortado.

Un poco menos solo en el mundo.

Bebí en silencio mientras procesaba el significado de aquellas palabras, entre el humo, el ruido y el alegre caos de la normalidad de una taberna cualquiera.

—¿Puedo hacerle una pregunta? —dije al cabo de unos segundos. Él asintió al tiempo que daba cuenta de otra brocheta—. ¿Cómo aprende uno a reconocer lo que verdaderamente importa?

—Es complicado y no siempre se consigue. Sin embargo, hay un truco que le puede ser de utilidad. Piense en su vida como si fuera una línea, con un principio y un final. A continuación, visualice ambos extremos a la vez. Lo primero que le venga a la mente es lo importante de verdad.

Me quedé perplejo.

—¿Y ya está?

—Ajá. Pruébelo cuando esté solo. A lo mejor se lleva una sorpresa agradable.

—De acuerdo, lo haré —convine. Apuré el vaso de sake y dejé unos cuantos billetes encima de una bandejita metálica que había en la barra—. Ahora debo irme. Gracias por la charla. —Reverencia, reverencia—. Ha sido muy revelador hablar con usted, señor…

—Ah, sí. Fujimoto. Me llamo Takehiro Fujimoto. Espero que encuentre usted la respuesta a su pregunta. Uno se acaba cansando si la inestabilidad se prolonga demasiado. Y cuídese ese brazo, ¿quiere?

Cuando salí del establecimiento estaba lloviendo. No tenía paraguas, así que permanecí a resguardo, contemplando desde la puerta cómo se vaciaba la calle. Takehiro Fujimoto. Ese nombre me sonaba de algo, aunque no recordaba de qué; tenía la cabeza embotada por el alcohol, la falta de sueño y el estrés acumulado durante los últimos días. Con todo, el hombre me había caído bien. Se notaba que estaba decepcionado, pero no parecía la clase de persona que se resigna a vivir en un estado de decepción permanente, sino más bien un inconformista.

«Otro poli asqueado. Bienvenido al club, colega», pensé.

De pronto, mi memoria hizo clic. Y al entender por qué ese nombre me resultaba familiar, no pude evitar echarme a reír. Elevé la cara hacia el cielo y dejé que el aguacero me empapara.

45

A la mañana siguiente, después de una ducha reparadora, un desayuno frugal y un analgésico para el dolor de cabeza, me dirigí a la estación de Tokio, donde me monté en el primer Nozomi con destino a Nagoya. Dentro del vagón de aquel tren bala que cubría la línea Tōkaidō Shinkansen entre Tokio y Osaka, casi nadie hablaba, aunque algunos pasajeros subían a bordo acompañados. De vez en cuando se oía a alguien reír, pero por lo general eran extranjeros. Así pues, llegué a la capital de la prefectura de Aichi una hora y treinta nueve minutos más tarde, tras un viaje tranquilo y sin sobresaltos. Al menos, en apariencia, porque en mi interior bullían toda clase de sensaciones. La cuarta ciudad más grande de Japón, reconstruida después de la Segunda Guerra Mundial, me recibió con el clima gris propio del otoño. Una hilera de taxis de color azul y blanco a la espera de clientes taponaba la salida de la estación. Me subí a uno y le indiqué al conductor que me llevara a una dirección en el distrito de Tempaku. De camino, observé el paisaje por la ventanilla. La urbe había cambiado mucho en las últimas décadas, costaba reconocerla: rascacielos y edificios de nueva construcción, centros comerciales, circunvalaciones. Claro que algunas cosas se mantenían intactas al paso del tiempo; a saber: la NTV Tower, la que fuera la primera torre de televisión de Japón, el castillo de Nagoya, coronado por dos *shachihoko*[29] dorados en el techo como símbolo de la autoridad feudal, todo un icono de la ciudad, o esa boina de niebla ocre, fruto de la contaminación industrial, que la envuelve permanentemente.

Cuando llegamos al destino, una zona residencial de viviendas unifamiliares como las que se construían antes, aceras estrechas y vallas de hormigón, le pedí al taxista que me esperase unos minutos. Salí del vehículo y me planté delante de la casa donde había pasado los últimos años de mi infancia, antes de que la Yakuza me lo arrebatara todo. Inspiré profundamente, una bocanada de aire frío que me raspó la garganta. Junto al buzón había un *hyōsatsu* de madera con el nombre de la familia que vivía allí ahora: Haitani. En realidad, no sabía muy bien qué estaba haciendo. No pensaba llamar a la puerta, presentarme ante los nuevos propietarios y contarles mi tragedia personal. Tan solo había seguido un impulso interior, una necesidad inexplicable de ver aquel lugar con mis propios ojos una vez más. Comprar esa casa había supuesto el principio del fin. Mi padre había luchado con uñas y dientes por mantenerla; mi madre, a su manera, también. Sin embargo, el precio que habían tenido que pagar había sido demasiado elevado. La vida les había privado del derecho a envejecer contemplando el paso de las estaciones en el jardín. Y a mí, su hijo, del de crecer feliz como cualquier niño, en el calor del hogar.

Bueno, la vida no.

Los bancos.

Las entidades de crédito rápido.

Los usureros.

La Yakuza.

La policía.

---

[29] Animal del folclore japonés, con cabeza de tigre y cuerpo de carpa.

El sistema.

Exhalé abatido. Me costó lo indecible reprimir el sentimiento de ira mezclada con impotencia que me inundaba por dentro, pero conseguí dominarme antes de subirme al taxi de nuevo. El conductor me llevó al cementerio de Yagoto, donde reposaban las cenizas de los Hatanaka.

—Esta vez no hace falta que me espere —le comuniqué, antes de pagar la carrera y apearme del vehículo.

El cementerio era extensísimo, una extraña ciudad de piedra en miniatura llena de losas erectas con nombres grabados en negro para los que ya habían partido y en rojo para los que esperaban poder reunirse con sus seres queridos; tan hermoso como perturbador. Tuve que caminar un buen rato hasta llegar a la tumba familiar. El aire olía a crisantemos mustios, que ya habían dejado atrás su mejor momento; costaba respirar. Las estatuas Jizō con baberos y gorros de tela roja estaban por todas partes. Había comprado flores e incienso y alquilado un cubo y una cuchara de madera en una tienda cercana al templo adyacente. Lavé minuciosamente la lápida, bastante descuidada a causa de la falta de mantenimiento, arranqué las malas hierbas, coloqué las flores en una vasija y encendí el incienso. Después, uní las manos a modo de rezo y cerré los ojos con la intención de recitar una breve plegaria por el alma de mis padres; no obstante, acabé inclinándome por la franqueza para expresarme.

«*Otōsan*, *okāsan*, siento mucho haber tardado tanto en venir. No tengo excusa. Podría decir que he estado demasiado centrado en mi trabajo, aunque eso solo serviría para enmascarar los verdaderos motivos por los que me he mantenido alejado de este lugar desde que murió el abuelo. No creo que vuelva por aquí, ni siquiera para la festividad del Obon, pero os llevaré siempre en el pensamiento, como he hecho hasta ahora. Me regalasteis la vida al nacer, lo más preciado que tenemos las personas. Por eso estaré en deuda con vosotros hasta mi último aliento. Desde que os fuisteis, he vivido con el único objetivo de hacer pagar a alguien por vuestra muerte. Estaba convencido de que, de esa forma, honraría vuestra memoria y acabaría con esta tristeza física y tangible, tan intensa que me oprime el pecho. Pero he fracasado. No he sido capaz de hacerlo. Quizá no me haya esforzado lo suficiente. O quizá era una batalla que tenía perdida desde el principio. No lo sé. Sea como sea, ya no puedo seguir luchando. Y creo que tampoco quiero. *Otōsan*, *okāsan*, he venido a deciros que me rindo. Necesito estar en paz. Por favor, espero que podáis perdonarme, allá donde estéis».

Sellé mis palabras con una reverencia de profundo arrepentimiento, arrodillándome hasta tocar el suelo con la frente. Cuando me erguí, observé los pequeños reflejos de luz que titilaban como insectos sobre las hojas rojizas de un arce.

46

Marqué el código de acceso en el panel del ascensor y subí a la tercera planta, donde estaba el despacho de Jukichi Oyama. Llamé con los nudillos. Dos golpes secos, fuertes. La puerta se abrió a una oficina aséptica, con unas vistas de la ciudad nada conmovedoras: edificios y más edificios de hormigón en el corazón institucional de Tokio.

Entré con determinación.

—¿Qué hace aquí, Hatanaka? —preguntó Oyama con aire de extrañeza, al tiempo que despegaba la vista de la pila de documentos con el membrete del Keisatsu-chō que reposaba sobre su escritorio—. ¿No le dije anteayer que se tomara unos días de descanso?

Sin mediar palabra, deposité la placa y mi arma de dotación junto a una carta de renuncia encima de la mesa de mi jefe.

Oyama me miró boquiabierto.

—¿Me puede explicar qué significa esto?

—Significa que lo dejo, inspector. Me retiro. No puedo seguir siendo policía si las instituciones públicas a las que sirvo me piden que mire para otro lado; va contra mis principios.

—O sea, que renuncia por lo de Hattori. —Entre suspiros, se quitó las gafas y se pasó la mano por la cara antes de volvérselas a colocar—. Comprendo que esté cabreado, pero me parece que exagera, Hatanaka. ¿Qué pasa con nuestro país? Lo que hacemos es de vital importancia para Japón. Sato Hattori no es el único elemento indeseable al que debemos combatir, hay muchos más criminales por ahí. Que la Yakuza esté algo debilitada actualmente no significa que haya dejado de existir. ¿No cree que irse es una irresponsabilidad patriótica por su parte, habiendo tanta porquería que limpiar?

Solté una risa cáustica.

—«Irresponsabilidad patriótica», lo que hay que oír. Es usted un manipulador de primera, Oyama. La Yakuza sigue existiendo porque a la gente como usted, pero sobre todo a la de más arriba que usted, le interesa. Punto. Así que, por favor, déjese de discursitos baratos y acepte mi dimisión. Me gustaría marcharme con dignidad, creo que me lo he ganado.

El inspector se frotó la barbilla, reflexivo.

—Y si se retira, ¿qué hará?

—No lo sé. Todavía tengo que pensar qué camino quiero tomar a partir de ahora.

—Su camino es este, Hatanaka —insistió Oyama, señalando mi placa sobre la mesa—. Usted ha nacido para esto. Lleva esa rabia por dentro, la clase de rabia que solo puede convertir a un hombre en policía o en delincuente. No sea cobarde, no desoiga esa rabia. ¿De verdad está dispuesto a arruinar su carrera? ¡Vamos, hombre, recapacite!

—Me parece que no ha entendido nada. Mi decisión no se basa en la cobardía, sino en la fidelidad a mí mismo. Puede que usted tenga la conciencia tranquila, a pesar de estar ahí sentado cómodamente, haciendo la vista gorda mientras otros se juegan la vida, pero yo no me hice policía para que algún funcionario corrupto me dictara cómo debo proceder. No es el oficio lo que me ha decepcionado, sino su ecosistema.

—Ese ecosistema ha existido y existirá siempre. No podemos cambiar las cosas por muchos principios que tengamos.

Por un instante, me vino a la cabeza la charla que había mantenido un par de noches atrás con Takehiro Fujimoto en aquella taberna de Ebisu y no pude evitar pensar en lo diferente que era su visión del mundo de la de Oyama.

—La decisión está tomada, inspector. Ya no hay vuelta atrás —sentencié.

Cuando por fin salí del despacho de Jukichi Oyama, desprovisto de mi placa y de mi arma reglamentaria, no sentí nada, solo alivio. La furia de los últimos días se había disipado, o gran parte de ella. Pero todavía me quedaba algo que hacer: una llamada que quizá sí pudiera cambiar algunas cosas. Busqué el número en la agenda de contactos de mi teléfono móvil y pulsé el botón verde.

Una voz ronca masculina respondió al cuarto tono.

—¿Hablo con Utsuki Watanabe, reportero de *Jiji Press*? —pregunté.

—El mismo. ¿Quién es? ¿Y cómo ha conseguido este número?

—Usted no me conoce, pero tengo información que podría interesarle. ¿Cree que podemos vernos en algún lugar discreto esta misma noche?

—Espere un momento. ¿De qué se trata?

Tomé aire antes de contestar:

—De Mia Kobayashi.

Un silencio prolongado se instaló en la línea telefónica. Watanabe parecía estar meditando su respuesta, pero yo tenía claro que acabaría aceptando, así que decidí no presionarlo. Esperé con paciencia.

—De acuerdo. Envíeme una ubicación y estaré ahí cuando me diga.

—Una cosa más, Watanabe-san.

—¿Sí?

—Avise a Takehiro Fujimoto. Quiero que venga él también.

Después de colgar, me encendí un cigarrillo y me lo fumé con el convencimiento absoluto de que ese sería el último de mi vida.

Los cité en un *manga-kisha* de Akihabara, una de esas cafeterías donde uno puede pasarse el día entero leyendo mangas, aislado del mundo exterior, e incluso pernoctar si se le hace tarde; un sitio un tanto excéntrico para un encuentro de esa naturaleza, pero donde sin duda pasaríamos desapercibidos.

Takehiro Fujimoto se quedó petrificado al verme.

—¡Pero si es usted! —exclamó, ante la expresión de extrañeza de Utsuki Watanabe.

—¿Lo conoces? —le preguntó el reportero.

—Aquí donde nos ves, Utsuki-kun, este joven tan alto y yo hemos compartido sake y confidencias recientemente.

Asentí.

—Y no es lo único que hemos compartido, Fujimoto-san. Yo también soy policía. O lo era, hasta hoy.

—No me diga.

—Bueno —atajó Watanabe—, ¿qué tal si vamos al grano, señor…?

—Hatanaka. Me llamo Kenji Hatanaka. —Incliné la cabeza—. Aunque es posible que hayan oído hablar de mí como el Samurái.

Bum.

Se miraron el uno al otro con perplejidad manifiesta, desconcertados ante el rumbo que había tomado aquel encuentro del que ninguno de los dos sabía qué esperar.

Watanabe dio un paso hacia atrás, arredrado. Fujimoto, en cambio, alzó la barbilla con determinación y me miró a los ojos. Los suyos, grises como dos gemas lechosas, brillaron cuando dijo:

—¿Qué ha hecho con la chica? ¿Dónde está Kobayashi-san? Si se ha propasado con ella, le juro que...

Levanté la mano en un gesto disuasorio.

—Calma, no es lo que parece.

—Pues explíquese, ¿quiere? Porque hasta donde yo sé el Samurái es un asesino de la Yakuza, pero usted acaba de decirnos que es policía.

—Era. Hasta hoy —le recordé.

Cuando logré que dejaran sus reticencias a un lado, nos sentamos en la mesa más discreta del local. Pedimos bebidas y algunos mangas que hojeábamos sin interés, solo porque habría sido raro no hacerlo, mientras yo les relataba mi historia. No me dejé nada en el tintero. Les conté que me había infiltrado en el Suginami-rengō hacía tres años, que Mia Kobayashi había aparecido en escena y que las cosas se habían puesto tan feas que había tenido que sacarla de Tokio.

—Pero no se preocupen, caballeros. Mia está bien, tienen mi palabra.

—Un momento, alto ahí. Conque «Mia», ¿eh? Eso solo puede significar una cosa, Hatanaka-san: que ella es la mujer de la que está enamorado —concluyó Fujimoto.

Esbocé una sonrisa. O más bien, una mueca. Ese viejo zorro había conseguido que me pusiera nervioso.

Watanabe arrugó sus minúsculos ojos detrás de los cristales redondos de sus gafas y nos miró a ambos con cara de circunstancias.

—Me parece que me he perdido algo.

—Quédese con lo importante, Watanabe-san, no se distraiga con los detalles de la narrativa —le dije.

Retomé el relato. Los puse al corriente de la deriva que había adquirido el asunto, con Mia fuera del país como testigo protegido, el casino de Yamada y Hosokawa, Hattori en libertad por su condición de informante y mi propia renuncia al cuerpo de policía como culmen de aquella historia intrincada.

Fujimoto resopló con indignación.

—De modo que, una vez más, Japón se ha plegado ante las injerencias de la Casa Blanca. Qué vergüenza —farfulló, negando con la cabeza—, somos la puñetera concubina de América. Nos tienen cogidos por las pelotas desde que la CIA entregara fondos al Jimintō en los cincuenta para convertirnos en el bastión del anticomunismo en Asia.

—A mí ya nada me sorprende —terció Watanabe, los labios curvados en un gesto de desdén—. Estos ojos han visto demasiada inmundicia. En fin, ¿qué quiere que hagamos?

Los miré a uno y a otro alternativamente.

—¿Puedo contar con su ayuda, señores?

—Pues claro. Lo que sea, con tal de dar bien por el culo a toda a esa gentuza.

—¿A qué gentuza te refieres, Utsuki-kun? ¿A la de abajo o a la de arriba?

Una sonrisa siniestra afloró en el rostro del peculiar reportero de *Jiji Press*.

—A las dos, mi viejo amigo, a las dos.

Entonces, les expliqué mi plan.

47

Hacía un frío que pelaba, y eso que se suponía que Vancouver era una de las ciudades con el clima más templado de Canadá. Según el último parte meteorológico del MSC, se esperaba una caída en picado de las temperaturas en toda la Columbia Británica para las próximas horas, con una probabilidad de nieve del setenta por ciento incluso en las cotas más bajas. Un noviembre atípico, al parecer. Me froté las manos para calentármelas y me las metí en los bolsillos de mi cazadora de cuero. Con las orejas, por desgracia, no podía hacer nada, aparte de resignarme al hecho de que cortarme el pelo en esa época del año hubiera resultado una pésima idea. Volutas de vaho flotaban en el interior del sedán eléctrico de alquiler cada vez que respiraba. Si encendía la calefacción, me arriesgaría a consumir demasiada batería y que la autonomía del vehículo se viera afectada justo cuando necesitaba ponerlo en marcha. Recordé entonces haber leído en alguna parte que el azúcar ayuda a combatir el frío. No tenía muy claro que tal afirmación respondiese a una verdad empírica o más bien a uno de los incontables mitos que circulan por ahí, pero, de todos modos, probaría con una de las piruletas de cola que guardaba en la guantera para los momentos críticos de todo exfumador reciente. Acababa de retirarle el envoltorio al caramelo para llevármelo a la boca cuando la vi.

—Ahí estás.

Tan cerca y tan lejos al mismo tiempo.

Conocía bien su rutina, la había estado estudiando una semana entera sin que ella me hubiese detectado; claro que observar el entorno de incógnito había sido mi especialidad durante mucho tiempo. Sabía que cada día a las siete en punto salía de la pequeña librería de segunda mano en Granville Street donde trabajaba en el turno de tarde, se montaba en una bicicleta del servicio de alquiler público y pedaleaba unos cinco kilómetros hasta Kitsilano —«Kits», como se lo conoce localmente—. Vivía en un apartamento cerca de la bahía, en una zona tranquila de calles residenciales rodeadas de parques. Salvo por un encuentro semanal con Robert Kitamura, el enlace del Keisatsu-chō en Canadá, no tenía ninguna clase de vida social. En su tiempo libre, hacía la compra en un supermercado de comida orgánica, paseaba, visitaba museos o se sentaba en alguna cafetería de la ciudad. *Un grito de amor desde el centro del mundo*, de Kyoichi Katayama, era el último libro que había leído. Me gustó descubrir que, pese a todo, seguía teniendo esa conexión tan especial con Japón a través de su literatura. En líneas generales, daba la sensación de que se hubiera instalado en su nuevo destino sin problemas; sin embargo, su aspecto distaba mucho del de una persona feliz. Había perdido peso y unos surcos oscuros bajo los ojos le habían robado el brillo natural a su mirada. Detrás, había una carga de dolor de la que me sentía responsable.

Si me había mantenido a una distancia prudente, no era por otro motivo que el de velar por su seguridad. Antes de acercarme a ella, debía tener la certeza de que mi presencia no suponía un peligro, ya que existía la posibilidad, aunque remota, de que alguien me hubiera seguido hasta Vancouver. Había sido cuidadoso en extremo, pero toda precaución es poca cuando se trata de la Yakuza. No podía precipitarme, cualquier movimiento en falso por mi parte lo arruinaría todo. Aquella noche, no obstante, supe que el momento de la verdad había llegado por fin. Además, se acercaba el aniversario de la muerte de su padre, no iba a dejarla sola en una fecha tan señalada. Volví a ponerle el envoltorio a la piruleta de cola y la guardé. Cogí aire y lo solté muy despacio, sintiendo cómo se me deslizaba por la garganta con una suavidad que contrastaba con el ritmo violento de mis pulsaciones. Salí del coche. Fuera, el viento gélido hacía volar la hojarasca. Me levanté el cuello de la cazadora mientras la seguía hasta la estación de alquiler de bicicletas, a pocos metros de distancia. Mia estaba de espaldas, ni siquiera me vio venir.

—Hoy va a nevar. Dudo que ir en bici sea buena idea —dije.

Se quedó petrificada, como si el sonido de una voz y un idioma que reconocía a la perfección le hubiera congelado el movimiento de golpe. Tras unos segundos de vacilación inicial, se dio la vuelta muy despacio.

—Dios mío, Kenji…

Oírla decir mi nombre hizo que el tiempo chasqueara igual que una toalla mojada. Noté que el aire se me escapaba del pecho, que la sangre se me coagulaba en las venas. En mis labios afloró una sonrisa tan tímida como esperanzada.

—Hola, Mia-chan.

Era hermosa, simplemente hermosa. Llevaba un gorro de lana del mismo color que sus mejillas, sonrojadas por el frío. Se tapó la boca con las manos, sus gruesos guantes de goretex no pudieron ocultar lo mucho que le temblaban, y un río de lágrimas comenzó a manar de sus ojos de forma descontrolada. Yo no dije nada, me limité a abrazarla fuerte contra mi cuerpo, sintiendo ese ciclón pirotécnico que me sacudía el pecho cada vez que estaba con ella, que me sacudía entero. Su cercanía me calentó al instante, me calmó el dolor por cada día de ausencia, por cada decisión equivocada, por cada segundo de espera, por cada noche de insomnio. Dos meses. Dos meses sin verla. Me perdí en ella, en ese momento. Existe un tipo de felicidad capaz de deshacer las preocupaciones y diluir las pesadillas. Juro que entonces la sentí en toda su plenitud, sentí esa felicidad. Había cumplido mi penitencia. Mia estaba entre mis brazos otra vez, y eso era todo lo que me importaba. El universo era justo. O al menos, equitativo.

—No puede ser. Eres tú, Kenji. Eres tú de verdad. Estás aquí…

Los sollozos me impidieron distinguir si lo preguntaba o lo afirmaba. Elevó la cabeza para mirarme, como para comprobar que aquello no fuera una alucinación. Se quitó uno de los guantes y me acarició el rostro: las mejillas, cubiertas ahora por una barba de tres días, la línea de mi boca, la línea de mis ojos, las cicatrices de mis orejas, la nuez, la nuca despejada.

—Te has cortado el pelo.

—Sí, y también he dejado de fumar. Te he echado tanto de menos… —le susurré, al tiempo que le enjugaba las lágrimas de las mejillas con los pulgares helados.

Dejé volar una mirada devota sobre aquellos ojos azules que seguían cautivándome, pese al desgaste emocional que transmitían. Luego clavé la vista en sus labios carnosos. Mi animal interior comenzó a arañarme por dentro con unas garras ansiosas. Deseaba reencontrarme con el sabor de su boca, era incapaz de pensar en otra cosa, pero quizá besarla no fuera lo más apropiado en ese momento. «Espacio, dale espacio», me dije a mí mismo, a mi corazón sobresaltado, a mi pulso impetuoso. Dejé que la idea me impregnase. Ella tendría muchísimas preguntas, responderlas a todas era lo primordial.

—¿Qué estás haciendo en Vancouver? ¿Y cómo me has encontrado? —preguntó entonces; parecía que me hubiera leído el pensamiento—. Se suponía que ni siquiera tú sabías dónde estaba.

—Y no lo sabía. Llegué hará unos quince días y me puse a buscarte por mis propios medios. Di contigo la semana pasada, aunque he preferido ser cauteloso.

—Espera. ¿Quieres decir que llevas una semana espiándome?

El comentario me resultó divertido.

—La que solía espiar eras tú, ¿recuerdas? —Mia se sonrojó, una encantadora pincelada de rubor—. Yo solo estaba esperando el momento idóneo para acercarme a ti, por seguridad, para protegerte.

Algo cambió entonces en su expresión, algo que le ensombreció la mirada. Volvió a ponerse el guante y se separó de mí adoptando un aire distante e hiriente. Noté un reajuste en mi fuero interno, una sensación pesada. La felicidad se desvaneció, como si nunca hubiera estado allí; el calor volvió a dar paso al frío.

—Esto es Canadá, agente Hatanaka. Aquí no necesito tu protección, ahora me llamo Mia Brown. Vuelve a Tokio, vamos —dijo, arrastrando las últimas palabras con agotamiento.

Apreté los dientes con tanta fuerza que percibí la tensión en la mandíbula. Las palabras de Mia se me clavaron, una tras otra, igual que dagas; pequeños trozos de hielo afilados lacerándome la cara.

—Ya no soy el agente Hatanaka. He dejado la policía.

—¿De qué estás hablando?

—Oye, hace un frío de mil demonios. Tengo el coche aparcado ahí mismo. Ven conmigo y te prometo que te lo contaré todo.

Mia suspiró.

—De acuerdo.

Verla sentada en el asiento del copiloto del sedán, abrazada a su pequeña mochila igual que a un asidero, me procuró una extraña sensación de *déjà vu*, como si de pronto hubiéramos regresado a la noche que nos fuimos a los Alpes japoneses. Por aquel entonces, yo era el Samurái, o fingía serlo, y ella, una periodista temeraria con un terrible dilema moral. No había pasado tanto tiempo desde aquel viaje que resultó iniciático para ambos; aun así, daba la impresión de que todo aquello, el hotel de Asakusa, el Toyota Corolla, la lluvia, los *dorayaki* del área de servicio de la autopista, el trayecto en silencio hasta llegar a la casa, hubiera sucedido en otra vida.

—¿Cómo estás? —me atreví a preguntar.

Mia infló los carrillos antes de responder.

—Intento sobrevivir. Me he buscado un empleo para tener algo que hacer. Supongo que, si llevas una semana vigilándome, te habrás dado cuenta de que no paso por mi mejor momento. —Otro largo silencio desganado hasta que cambió de tema—. ¿De quién es este coche?

—De una empresa de alquiler. ¿Quieres que vayamos a algún sitio en particular?

—No quiero ir a ningún sitio. Escucharé lo que tengas que contarme y después me marcharé.

Había hablado con mucha dureza, y tuve la sensación de que me rompía por la mitad. Claro que no podía reprochárselo. En realidad, no podía reprocharle nada.

—Entiendo que estés enfadada. La última vez fui muy brusco contigo y te hice daño. Pero quiero que sepas que solo estaba intentando que fuera rápido e indoloro. Tu bienestar ha sido siempre mi prioridad, Mia.

—Basta, Kenji. Deja ya de dar vueltas sobre lo mismo. Primero me obligas a convencerme de que no volveremos a vernos y después te las arreglas para aparecer de nuevo con el pretexto de siempre. ¿Para qué demonios has venido? ¿No te das cuenta de que no puedo seguir perdiendo cosas que me importan? Por el amor de Dios, ya he perdido demasiadas.

Dicen que las personas, igual que los objetos, tienen un punto irreparable de rotura. Con todo, me negaba a aceptar que la oportunidad de arreglar lo que yo mismo había roto se me hubiera escapado de las manos.

«Nunca es demasiado tarde para lo que verdaderamente importa».

—Lo sé. Y también sé que la culpa es mía. Pero quiero solucionarlo. Por eso he venido a Vancouver, para ayudarte a recuperar algunas de esas cosas. La primera, tu investigación —anuncié, sin ambages. Acto seguido, me saqué un *pendrive* del bolsillo y se lo di a Mia, que me observaba confusa—. Yamada financió a Clark a cambió de la concesión de una licencia para abrir un casino en Las Vegas. Hosokawa es su socio. Todos los detalles están ahí. —Señalé.

—¿Qué? —Arqueó las cejas sin dar crédito. Miró el *pendrive* y luego me miró a mí en una rápida progresión—. ¿Cómo lo has averiguado?

—Me lo confesó el propio Hattori. Quien, por cierto, resultó ser un informante del Gobierno japonés, así que no me quedó más remedio que dejarlo marchar después de interrogarlo. Sin cargos. Órdenes de arriba —añadí en tono sarcástico.

Ella entornó los ojos hasta convertirlos en rendijas.

—Increíble. ¿Y se puede saber qué clase de información le proporciona ese criminal al Gobierno? Espera, no me lo digas. Algo relacionado con Corea del Norte, ¿a que sí?

Sonreí.

—Bingo.

Mia se quedó pensativa unos segundos, dándose toquecitos en los labios con el dedo índice, lo que le confería un aire reflexivo a la par que espontáneo que me encantaba. Por un instante, creí que la mujer sagaz, valiente y curiosa que conocía había vuelto. Incluso me pareció percibir de nuevo el brillo natural de sus ojos.

—Si Hattori sabía lo de ese casino, debe de ser un secreto a voces en determinados círculos selectos. ¿Quién se lo sopló? ¿Un pez gordo del Gobierno?

—Eso no he podido averiguarlo todavía, aunque estoy convencido de que fue más o menos así: alguien vinculado de algún modo al PLD con intereses en el sector de la construcción esperaba sacar tajada del pelotazo. Todo el mundo debía de estar frotándose las manos con el asunto. Ya te puedes imaginar lo que implica la construcción de un casino. Licitaciones, contratos, obras y más obras; dinero, en definitiva, mucho dinero. Y el dinero, igual que la carroña, atrae a los buitres. Salvo que, en este caso, los depredadores llevan traje y conducen coches caros. Probablemente, nuestro hombre no consiguió el favor de Ren Hosokawa.

—Demasiada competencia —apostilló Mia.

—Exacto. Es posible que se ofendiera y...

—Se lo contara a Hattori. Y este decidió guardarse la información hasta que se le presentara la oportunidad perfecta de destruir a su rival, que fue durante...

—La reunión secreta con Takeda en el local de *nyotaimori*. Hattori tenía tantas ganas de joder a Hosokawa que estaba dispuesto a repartirse las ganancias de su negocio más lucrativo con el jefe de otro clan.

—Tiene sentido. —Pausa—. Entonces, ese cerdo está libre, ¿eh?

—Me temo que sí. Tres años de trabajo tirados por la borda solo porque el muy bastardo maneja información sensible. Es de locos —me lamenté, sacudiendo la cabeza.

—Por eso has dejado la policía, ¿verdad? —Asentí con énfasis—. No ha debido de ser fácil para ti. Tú... tenías tus propias razones para hacer lo que hacías.

—No, no lo ha sido. Lo que ocurre es que, por encima de esas razones, están mis principios, y servir a un país que tolera el crimen y la corrupción atenta contra ellos. La vida está llena de encrucijadas morales ineludibles. Mira, yo ya no puedo hacer nada; tú, en cambio, aún estás a tiempo de modificar el curso de los acontecimientos. Ningún periódico japonés se atreverá a publicar una sola línea acerca de esta historia; sería un escándalo difícil de digerir incluso para una sociedad tan pasiva como la nipona. Pero seguro que al *Washington Post* sí le interesaría destapar el entramado. ¿Cuándo son las elecciones presidenciales?

—El día veintinueve. Quedan tres semanas.

—En ese caso, tal vez quieras darte prisa para escribir el reportaje más brillante de tu carrera hasta la fecha, tan brillante que ni siquiera ese idiota de Nick Pulaski podría hacerte sombra, y enviárselo a tu jefe, digamos, desde una cuenta de correo anónima e imposible de rastrear. Solo por si acaso —maticé.

Lo había soltado casi de carrerilla, sin apenas pausas entre las palabras, que se pisaban las unas a las otras debido al entusiasmo creciente.

Ella suspiró, un suspiro prolongado que no auguraba nada bueno.

—¿Por qué me cuentas todo esto?

—Ya te lo he dicho, Mia. Porque te lo debo. Y porque tú también has sacrificado muchas cosas para descubrir la verdad. Como mínimo, te mereces cerrar la investigación.

Una mueca de angustia le transformó la cara. Tenía una expresión sombría, la cabeza gacha, las manos laxas sobre las rodillas. Y en ese momento comprendí que, en mi afán por ayudarla, no había valorado que quizá todo aquello fuera demasiado para ella, dadas las circunstancias.

—¿Y de qué sirve que cierre la investigación, si no puedo volver a Washington ni recuperar mi puesto? Echo de menos mi vida, Kenji, la vida que llevaba antes de conocerte. Me siento muy sola, más de lo que me he sentido nunca. Echo de menos a mi madre. En unos días se cumplirá un año sin *otōsan* y ni siquiera puedo hablar con ella. No puedo llamarla y decirle «¿Sabes qué, mamá? Me equivoqué. No debí juzgarte con tanta severidad. Ahora, por favor, olvidemos lo ocurrido y oremos juntas por su alma». Dios... —musitó, y se pasó las manos por la cara—. Debe de estar pasando por un infierno... Primero pierde a su marido, y después, a su única hija.

—Tu madre sabe que estás bien. Créeme, lo sabe.

—Pero es que no lo estoy, Kenji. No estoy bien —repuso, al borde del llanto—. No es que Vancouver no me guste, aunque no es lo mismo. Aquí no tengo raíces, no tengo historia, no tengo nada, no tengo a nadie. Aquí... yo no soy yo, sino otra persona, una que no he elegido ser.

La última frase se me clavó en el pecho con la misma exactitud que un dardo en la diana. Podía soportar muchas cosas, excepto que ella sufriese. Nada me había preparado para algo tan implacable como verla sufrir de aquella manera. Abrí la boca para decir algo, pero no lo hice. En su lugar, aparté la mirada y dejé caer los hombros con impotencia.

Entonces, ocurrió algo con lo que no había contado.

Mia me devolvió el *pendrive*.

—No voy a seguir adelante con esto —musitó entre lágrimas—. No puedo. Ya no. Lo siento.

Y dicho esto, abrió la puerta del coche y se bajó.

Fuera, los primeros copos de nieve habían empezado a caer, tal como pronosticaba el parte meteorológico que sucedería. Diminutas estrellas blancas flotaban en el aire con placidez; habría sido bonito si dicha placidez no hubiera resultado insultante, en comparación con mi tormento interior. Salí tras ella a toda prisa y la agarré de la muñeca para impedir que se marchara.

—Espera, por favor.

—Vete, Kenji. Ya has dicho todo lo que tenías que decir, así que vete. Desaparece de mi vista —me pidió, sin fuerza en la voz.

Parecía profundamente triste, conmocionada, exhausta. Y yo sentí una oleada de amor y preocupación.

—No, te equivocas. Aún no he dicho todo lo que tenía que decir —repliqué, aferrándome a la última carta que me quedaba por jugar. Tragué saliva y le retiré un copo de nieve que se le había enredado en el pelo. Vi mi imagen reflejada en sus ojos. Era la imagen de un hombre desesperado por mantenerse erguido en plena tempestad—. Aún no te he dicho que te quiero, ni que me aterraba no tener jamás la oportunidad de decírtelo con palabras. Debí haberlo hecho aquella vez en la casa, cuando tú me lo dijiste a mí, pero fui un cobarde. O quizá estaba convencido de que quedarme callado era lo mejor para ambos. Ahora sé que no lo era. —Ella parpadeó—. No te he dicho que la noche que nos separamos fui a buscarte al aeropuerto porque me arrepentía de haber sido tan idiota. Creía que te estaba protegiendo, aunque en realidad me estaba protegiendo a mí mismo, y por eso, ni siquiera tuve las agallas de bajar del coche cuando llegué a la terminal. Supongo que, en esta vida, las cosas son más frágiles de lo que parecen. Tampoco te he dicho que me he dado cuenta de que no hay nada que logre llenar el vacío que has dejado. Ni que, si pienso en mi vida como en una línea con un principio y un final, eres tú quien aparece en los dos extremos. —Exhalé. Me dolía el fondo de la garganta por haber reprimido lo que siempre había sabido. Pero las palabras habían encontrado el camino de mis labios y ya no pude detenerlas. Tampoco quise. Fluyeron en una secuencia rápida para hilvanar todas las emociones que había experimentado en los últimos meses—. Mia-chan, he venido porque todo lo que queda de mí es tuyo.

Noté que eran mis propios ojos los que se humedecían esta vez. No de tristeza, sino de liberación. No sabía que decirle a una persona que la amas fuera tan liberador. Las lágrimas cayeron una detrás de otra, saladas, gruesas como perlas, hasta nublarme la visión. Se desbordaron de repente, sin previo aviso, inundándome la cara, el cuello, la garganta; parecía que me saliera el llanto de cada poro del cuerpo.

Mia se volvió a quitar el guante derecho y me las secó con los dedos, igual que había hecho yo con ella antes. Que me partiera un rayo si no estábamos hechos el uno para el otro. Pese a todo y contra todo, encajábamos a la perfección.

—Una vez dijiste que habíamos florecido en las sombras y que no podíamos existir en la luz.

—Pues me equivoqué. Me equivoqué de lleno. Tú y yo nunca hemos pertenecido a la oscuridad.

—A lo mejor sí, Kenji. A lo mejor era cierto que lo nuestro es demasiado complicado como para seguir intentando abrir grietas en el cemento. Hemos pasado por mucho en muy poco tiempo. Quizá haya llegado la hora de aceptar que no existe un futuro para nosotros. Vuelve a Tokio, ¿vale? Y procura ser feliz —remató, acariciándome la mejilla.

Negué con la cabeza. Un pánico efervescente me hormigueaba en la garganta y en la nariz.

—No voy a volver. Yo ya no tengo nada que hacer allí. —Le atrapé la mano, ella no me rechazó—. Mia, estoy muy cansado. Débil, solo, agotado. Y muy decepcionado. Me he entregado en cuerpo y alma a una causa condenada al fracaso desde el principio. Lo único bueno de todo esto es que te he encontrado a ti. Tú me has abierto los ojos, has hecho que cambien mis prioridades, que me dé cuenta de lo mucho que deseo llevar una vida normal. Tú… —Le besé los nudillos; un beso largo, apretado—. Tú eres mi refugio contra la desilusión y contra la mezquindad de este mundo. Solo quiero estar a tu lado, no me importa en qué condiciones mientras tenga la certeza de que respiramos el mismo aire.

Tras la confesión, se apartó de mí con una delicadeza resignada y yo me quedé con las manos suspendidas, delante de sus ojos, durante unos segundos. Temblaba de frío y ardía de calor, todo al mismo tiempo. Era un niño desamparado.

—Quiero irme a casa, Kenji —se limitó a decir—. Quiero irme ahora y olvidarme de que existes, de que alguna vez existimos. Cuando te acercas al fuego demasiadas veces, acabas aprendiendo que quema.

La amarga verdad no me llegó, no enseguida. Luego, igual que el viento gélido, me caló en lo más hondo de los huesos y me destrozó el corazón; partículas tan diminutas como los copos de nieve que se me estrellaban contra el pelo.

Apreté los párpados.

¿Qué iba yo a hacer sin ella?

Sin ella estaría incompleto, perdido. Llevaría para siempre una herida abierta en el centro del pecho.

—Al menos déjame acompañarte. Es peligroso circular en bicicleta con este tiempo, podrías tener un accidente.

—Correré el riesgo.

No era la respuesta que habría querido oír, pero sí la que esperaba.

—Está bien, no voy a presionarte más —cedí. Me sequé la humedad de debajo de los ojos y me sorbí la nariz tratando de recuperar la compostura—. Me hospedo en el Holiday Inn de Gastown. Habitación 409. Ven a verme si cambias de opinión con respecto al tema de Yamada o si... necesitas cualquier cosa. Lo que sea. Cuando sea. Estaré esperándote.

«Toda la vida».

Mia dejó que las palabras colgaran entre los dos sin añadir nada. Mantuvo la vista al frente, con unos ojos brillantes vacíos de expresión. Se esforzó por respirar hondo y se dio la vuelta. Su sombra se alejó hasta volverse tan pequeña que desapareció.

Una ráfaga de viento, llena de nieve, me azotó con violencia. La moneda del destino volaba por los aires.

48

Abrí la puerta de mi habitación con la llave electrónica. La temperatura en el interior era agradable, ni demasiado fría ni demasiado caliente. Me deshice de los zapatos y de la cazadora y me dediqué a contemplar las vistas a través de la ventana mientras trataba de poner mis ideas en orden, notando el corazón errático tras lo sucedido. Me gustaba Vancouver. Era una ciudad portuaria rodeada de montañas. El aire parecía más limpio que en Tokio; las avenidas, más anchas; el tráfico, más fluido; la criminalidad, más baja; la diversidad étnica, más aceptada. Quizá hacerse una composición exacta del lugar fuera un poco prematuro, teniendo en cuenta que solo llevaba allí un par de semanas, pero sí había observado que la gente no me miraba con recelo por mis rasgos asiáticos ni entrecerraba los ojos al escuchar mi inglés imperfecto. Me sentía cómodo, creía que podría encajar, que me integraría rápido. No sabía qué haría con mi vida, aunque no me preocupaba en exceso. Al fin y al cabo, yo también era un superviviente. Me reinventaría.

El sonido de un mensaje de móvil interrumpió mis pensamientos. Solo podía ser de Utsuki Watanabe o de Takehiro Fujimoto, los únicos que tenían ese número. A decir verdad, solo el reportero de *Jiji Press* y el policía jubilado sabían que me había ido a Canadá. Después de todo lo que habían hecho por mí, por nosotros, podría decirse que les tenía aprecio. Que ambos eran tipos de fiar lo habían demostrado ejecutando el plan de forma eficaz. Para empezar, Watanabe se había encargado de que no hubiera una sola alma en los bajos fondos de Tokio que no supiera que Sato Hattori había dado cobijo a un agente infiltrado. Hizo correr el rumor de que era un soplón del Gobierno, algo que, sin duda, generaría mucha desconfianza y desestabilizaría a los clanes de la Yakuza. La intención era que estuvieran tan ocupados apuñalándose por la espalda entre ellos que se olvidaran de mí, de Mia, de que alguna vez habíamos representado una amenaza. Para cuando reaccionaran, ya estaríamos lejos. Y así había sido. En los últimos tiempos, las calles de Kabukichō se habían convertido en el escenario de una película de mafiosos donde abundaban las botellas rotas, los bates de béisbol, las navajas, los cuchillos, los machetes, las catanas cortas o las pistolas. Se derramaba sangre cada noche, había sed de venganza, odio, violencia a raudales que enrarecía el clima social y político. Fue todo idea mía. Quería castigar de alguna manera a Hattori, que no se fuera de rositas, pero también a la policía corrupta, a la prensa comprada por los poderes fácticos, a las instituciones, que continuaban sin entonar el *mea culpa*, a quien fuera necesario. Solo por si acaso, Fujimoto me cubriría las espaldas mientras me preparaba para ir en busca de Mia y ofrecerle en bandeja de plata la oportunidad de darle al sistema el tiro de gracia. Se lo debía, a ella más que a nadie. De eso hacía casi dos meses. Sin el respaldo de mis nuevos colaboradores, probablemente las cosas no habrían salido de la forma que lo habían hecho. A veces, hay que meter el bastón en los matorrales para expulsar a la serpiente.

Saqué el móvil del bolsillo de la chaqueta y abrí el mensaje. Era de Utsuki Watanabe, tal como había imaginado.

Decía:

> Sato Hattori ha muerto esta madrugada en un hospital de Tokio. Solo. Parece que tenía cáncer de hígado, metástasis, y nadie lo sabía. Muchos de los miembros del Suginami-rengō quieren integrarse de nuevo en el clan Itabashi. Se avecina una guerra interna de las gordas, la cosa está que arde. Es mejor que no vuelva a Tokio por un tiempo, aunque supongo que no necesita que yo le dé motivos para quedarse donde está. Por favor, cuide de Kobayashi-san y cuídese usted también. Fujimoto les manda saludos.

Un sonido inarticulado, entre el grito y el gemido, se me escapó de la garganta.

—Pero ¿qué...?

Impactado por la noticia, sentí que perdía el equilibrio y necesité apoyarme momentáneamente en la pared. ¿Cómo que Hattori tenía cáncer de hígado? ¿Y nadie lo sabía? Claro, por eso lo vi tan desmejorado en el interrogatorio, porque se estaba muriendo. Pensándolo bien, no era anormal que muchos yakuzas fueran proclives a padecer la enfermedad, sobre todo los de la vieja escuela, los que se tatuaban sin agujas debidamente esterilizadas. Primero contraían la hepatitis C y luego acababan desarrollando cáncer o cirrosis por el consumo desmesurado de alcohol. En realidad, la muerte de Sato Hattori no cambiaba ni uno solo de los hechos que me habían llevado a abandonar Japón, pero no pude evitar sentir cierta descarga. Me alegraba de la muerte de ese criminal, aunque tal vez hubiese preferido para él un final un poco menos anticlimático y más justo. Que pasara sus últimas horas en una celda de aislamiento, por ejemplo. Y también me alegraba que hubiera estado solo en el momento final, sin que nadie velara por su transición al otro mundo. Era el mejor castigo posible para un hombre que siempre había exigido una lealtad inquebrantable a los miembros de su familia.

Paradojas de la vida, muchos ni siquiera habían tenido la decencia de esperar a que se enfriara el cadáver del *oyabun* para manifestar su deseo de largarse con Hosokawa. Claro que la decencia no es lo que mejor define al hampa.

Vacié todo el aire de los pulmones. Necesitaba un trago para digerir aquello. Como no había nada lo bastante fuerte en el minibar, pedí un whisky doble con hielo al servicio de habitaciones. Mientras esperaba, me estiré en la cama, con los brazos flexionados por detrás de la cabeza y la vista fija en la lámpara de diseño moderno del techo. Pensé en Mia. En todo lo que había dicho, en lo que no, en el sabor de la felicidad que había paladeado para sentir al instante cómo se me escapaba. No dejaba de darle vueltas al pasado, recordando mis elecciones, las elecciones que otros me habían obligado a tomar. Si hubiera elegido de manera diferente, ¿estaría ahora en Canadá? ¿Habría llegado alguna vez al punto de tener que irme de mi propio país? La amenaza que se cernía sobre mí, y por extensión sobre Mia, seguía vigente, aunque Hattori estuviera muerto. Volver a Tokio no era una opción; lo único que quería era permanecer cerca de ella para asegurarme de que estaba bien. Me conformaba con eso. A fin de cuentas, el amor de verdad empieza cuando no se espera nada a cambio; ahora lo sabía. Un fogonazo de excitación engulló la idea. Entendía su rechazo, y a pesar de que me comprimía el pecho, también entendía que no deseara verme nunca más. Pero no iba a abandonarla otra vez. Me mantendría a una distancia prudente. Tenía dinero ahorrado, podía permitirme una temporada sabática; después, ya se vería.

Dos golpes suaves en la puerta me devolvieron al presente. «Ah, el whisky», pensé, mientras me incorporaba de un bote. Pero cuando abrí, vi que era ella quien estaba en el umbral.

—Mia-chan...

Tenía los ojos llorosos, el pelo lleno de nieve y las mejillas sonrosadas.

—¿No sabes que el cuatro trae mala suerte? —preguntó con una voz temblorosa.

Los japoneses lo consideramos el número de la mala fortuna porque se pronuncia igual que «muerte», aunque tengan distinta grafía. De ahí que en muchos edificios de Japón no haya cuarta planta, que era justamente donde se encontraba mi habitación, la 409.

Sonreí esperanzado.

—Nunca he sido supersticioso. ¿Quieres pasar?

Su leve gesto de asentimiento me calentó el corazón. Cogí su abrigo y su mochila, les sacudí la nieve de encima y los colgué en el perchero mientras ella se quitaba los zapatos, quizá más por costumbre que otra cosa. La invité a que se sentara en el borde de la cama. Yo hice lo mismo, procurando respetar su espacio personal. Parecía nerviosa. Movía la pierna como si tuviera un tic y no despegaba la vista de la moqueta.

Hubo un breve silencio, uno un poco incómodo, la clase de silencio que se da entre dos desconocidos que se ven obligados a compartir un espacio exiguo. Salvo que nosotros nos conocíamos muy bien.

—¿Te apetece tomar algo? —sugerí para romper el hielo—. No hay gran cosa en el minibar, pero puedo llamar y decirles que te traigan lo que sea. Un té caliente o algo más fuerte, si lo prefieres. Yo acabo de pedirme un whisky.

—No, gracias, estoy bien así. Oye, siento haberme presentado de repente, pero necesitaba decirte una cosa. —Inspiró hondo y por fin me miró a la cara—. Verás, de camino a casa he estado pensando en lo que has dicho acerca de escribir ese reportaje y enviárselo a Eugene desde una cuenta de correo que no se pueda rastrear. Yo..., bueno, creo que... quiero hacerlo. No solo por lo mucho que me he volcado con esta historia, sino porque siento que tengo el deber moral de hacerlo, aunque no sirva para que recupere mi trabajo.

Y ahí estaba otra vez.

Ese brillo en los ojos, esa hambre en la mirada.

—Es una decisión muy inteligente por tu parte —corroboré. Me saqué el *pendrive* del bolsillo del pantalón y se lo di de nuevo—. Ten, guárdatelo. Y, por lo que más quieras, esta vez no me lo devuelvas, ¿vale? De todas maneras, tengo una copia.

Mia negó con la cabeza como si fuera una alumna aplicada. Enroscó los dedos de los pies, inquieta.

—¿Tú… me ayudarías con esto? —Se mordió los labios, un gesto de lo más sensual—. Lo pregunto porque cuentas con información de primera mano, conoces bien el submundo de la Yakuza y, además, eres una fuente cien por cien fiable. No haría falta que mencionara tu nombre; siendo honestos, entendería que me pidieras mantener el anonimato. Y también entendería que no quisieras ayudarme, teniendo en cuenta lo injusta que he sido contigo hace un rato —agregó, tras una breve pausa. Volvió a agachar la cabeza.

Giré todo el cuerpo hacia ella y la tomé de la barbilla con suavidad para obligarla a encararme. El contacto con su piel desató una descarga que me entró por las yemas de los dedos.

—Te ayudaré si es lo que quieres, por supuesto que sí. Haré todo lo que esté en mi mano para que recuperes lo que es tuyo.

No añadí nada más.

El lenguaje corporal no miente.

Los ojos, tampoco.

Nunca.

—Gracias, Kenji. Significa mucho para mí.

La forma de pronunciar mi nombre, como si me acariciara con los labios, hizo que empezara a plantearme cuánta resistencia me quedaba. Retiré la mano y la dejé sobre la rodilla, sin saber muy bien qué hacer con ella para que no delatara mi dilema.

Silencio.

—¿Lo que has dicho antes iba en serio?

—¿Qué parte, exactamente?

—La de que no vas a volver a Japón.

—Si lo hago, será solo para recoger algunas cosas que he dejado allí. Como mi catana. —Exhalé, llevé la vista al techo un momento y luego la miré a los ojos—. Lo único que quiero es estar donde tú estés, nada más. Te necesito. No puedo vivir sin ti, Mia. Lo he intentado, pero no puedo. Nunca ha habido elección. Se trataba solo de aceptarlo.

La declaración sonó con fuerza y se quedó flotando entre los dos hasta que ella dijo por fin:

—Eso es muy elocuente para venir de un hombre al que no se le dan bien las palabras.

—Será que voy mejorando con la práctica.

Mi respuesta hizo que se le curvaran los labios de una forma que me enloquecía.

—Si te quedas en Vancouver, ¿qué harás con tu vida?

Resoplé.

—No tengo ni idea. Siempre me he dedicado a lo mismo, no sé hacer nada más, pero ya se me ocurrirá algo.

—Te equivocas, sí que sabes hacer algo más. Y muy bien, por cierto.

—Ah, ¿sí? ¿El qué?

—Cocinar.

Ahora fui yo el que sonreí, una sonrisa enorme que se me expandió por todo el rostro. Mia me hundió el dedo en un hoyuelo de modo espontáneo.

—Esta ciudad está llena de restaurantes japoneses, no acabo de verlo como oportunidad de negocio.

—Puede. Claro que ninguno hace una sopa de miso tan deliciosa como la tuya.

Algo cambió de repente en la atmósfera de aquella habitación. La manera que teníamos de mirarnos, con las pupilas centelleando entre un parpadeo y otro, se volvió más íntima.

Un presagio.

Últimamente, me perseguían los presagios.

Nos quedamos quietos un momento, cara a cara, y noté la atracción de siempre, como si una cuerda invisible me rodeara el corazón y lo uniera al suyo. Temí perder el control. Entonces, se me acercó un poco más, me envolvió el rostro con sus delicadas manos y me besó con tanta dulzura que me estremecí de arriba abajo. Sus labios suaves se amoldaron a los míos. En mi interior, la excitación crepitaba como los destellos de una bengala; una corriente eléctrica que me atravesó desde los pies hasta los dedos de las manos. Había en ese beso un ansia que crecía lentamente, como la gasolina para un fuego que arde despacio. Después, agotado el aliento, apoyó la frente contra la mía sin soltarme y se sinceró conmigo.

—No es verdad que quiera olvidarte. No podría, aunque quisiera. ¿Sabes por qué?

—¿Por qué? —susurré, turbado por su cercanía y su olor. No podía pensar en nada. Tan solo sentía, me dejaba envolver por ese aroma que se me adhería a la piel, a la ropa, a los recuerdos.

—Porque me has salvado la vida muchísimas veces.

—No. Tú me has salvado a mí. En todos los sentidos.

Fue a buscar algo a su mochila. Los treinta segundos que estuvimos separados antes de que volviera a mi lado me parecieron una condena.

—Mira —dijo, al tiempo que me enseñaba lo que tenía en la mano—. Siempre lo llevo conmigo. Es lo único que tengo de ti.

Era la grulla de origami que le hice en los Alpes japoneses. La misma que le guardé en la maleta sin que se diera cuenta antes de que se marchara. La había conservado.

Elevé la vista desde aquel trozo de papel marrón desgastado hasta sus ojos y lo vi todo con claridad.

—Te amo, Kenji Hatanaka. Te he amado siempre, en cualquiera de tus formas. Es inútil que trate de negármelo a mí misma.

—Y yo a ti, Mia Kobayashi. Yo también te amo.

Una sonrisa de líneas anchas y profundas se le abrió poco a poco en las mejillas.

—Entonces, empecemos de nuevo. O mejor aún, empecemos justo por donde lo dejamos. ¿Qué te parece... ahora mismo? De todas maneras, está nevando y no creo que pueda volver a casa. Podría ser peligroso.

—Lo que me parece es que Canadá te está volviendo muy sensata.

Me incliné sobre ella y la empujé con delicadeza para que se tumbara en la cama. Quería mirarla, necesitaba empaparme de cada centímetro de su rostro, hasta el último detalle.

—¿Esto te parece bien?

Mia me rodeó el cuello con los brazos y respondió:

—Solo si me prometes que no te irás nunca de mi lado.

—Nunca, Mia. Nunca más. Te lo prometo.

—Estás muy guapo con el pelo corto —confesó, acariciándome la nuca.

—Y tú estás preciosa justo así, debajo de mi cuerpo.

Creo que alguien llamó a la puerta de la habitación, aunque no estoy cien por cien seguro de haberlo oído. Me lo impedía el sonido de las risas, de las promesas, del impacto de dos bocas chocando la una contra la otra, de la ropa resbalando por la piel con urgencia, entre botones que saltan, cremalleras que se atascan y telas que se desgarran cuando los dedos ya no soportan la falta de tacto. Y, por encima de todos ellos, un eco aún más ensordecedor, más revelador, más expresivo, más sincero: el de dos corazones latiendo al mismo ritmo.

Fuera, nevaba cada vez con más intensidad. El invierno ya estaba al caer.

Epílogo

Tres años más tarde

Debería dejarse el pelo largo otra vez, piensa mientras se mira en el espejo. Justo como lo llevaba cuando se conocieron, para que le tapara las heridas de las orejas. Es la única forma de que su mujer no se dé cuenta de que ha vuelto a las andadas. A ella no le gusta que entrene sin protecciones, pero Kenji no concibe las artes marciales de otro modo; algunas cosas no cambian nunca, ni siquiera con el matrimonio. Aun así, Mia siempre ha sido muy observadora. Lo conoce bien. Solo necesita deslizarle una mirada rápida para saber que le está ocultando algo. Como cuando descubrió que había alquilado un local en Mount Pleasant, a dos calles de su nueva casa, sin decírselo. No lo había hecho a escondidas, ni mucho menos; simplemente quería darle una sorpresa. Al principio, se enfadó un poco con él, aunque una vez lo vio con sus propios ojos, cambió la cara de niña enfurruñada por una sonrisa enorme, y eso que todavía no estaba listo. Por suerte, la burocracia en Canadá no es tan lenta como en Japón, así que Kenji obtuvo los permisos necesarios para su apertura en un periodo de tiempo razonable. Su amigo Hazue se encargó de ponerlo a punto. Tiene una pequeña empresa de reformas y además es de ascendencia japonesa, por lo que supo interpretar a la perfección lo que buscaba: una combinación de tradición y modernidad.

A Hazue lo conoció precisamente en el *dōjō* de la avenida Cincuenta y nueve, cerca del parque Oak, el único en toda la ciudad con un club de kendo adecuado para él; de hecho, ha trabajado allí como instructor hasta hace poco. Congeniaron enseguida. Es un tipo discreto, que no hace preguntas incómodas ni emite juicios de valor, ni siquiera después de haber visto en el vestuario los tatuajes que su *uchidachi* lleva debajo del *kendogi*. Antes le daba vergüenza mostrar el torso o los brazos en público. Temía provocar miedo o rechazo. Y, sobre todo, temía que su pasado pudiera perjudicar de alguna manera a Mia, que intentaba hacerse un hueco como periodista de investigación en Vancouver. Pero a ella le fascinan sus carpas nadando a contracorriente. Dice que forman parte de él, de lo que fue ayer y de lo que es hoy, de las decisiones que ha tomado y de los motivos que lo han llevado a tomarlas, de las luces y de las sombras que ha habido a lo largo de su vida. Mia cree que esos peces de colores cuentan una historia de superación personal. Una vez hablaron sobre cómo varía el significado de un tatuaje según el grado de aceptación en un contexto social determinado. Para un japonés, ciertos diseños están indisolublemente ligados a la Yakuza y, por lo tanto, son inaceptables; mientras que, para un occidental, llevar los brazos, el pecho o incluso la espalda cubiertos de tinta responde, por lo general, a una cuestión estética. En cualquier caso, ya no están en Japón, y aunque él no sea occidental, lo que piensen los demás ha dejado de importarle.

La noche previa a la inauguración, llevó a Mia al local. Kenji quería que fuera la primera persona que comiera en su pequeña taberna japonesa. Los ojos se le iluminaron al ver los farolillos blancos en la entrada, las cortinas *noren* y las puertas correderas. Le encantó la decoración, que la cocina estuviera a la vista de los clientes y que la barra fuera de madera rústica, un detalle que le pareció muy auténtico. Sobre esa misma barra acabaron haciendo el amor mientras una gran olla de caldo *dashi* hervía a fuego lento. De eso hace un par de meses, y el negocio marcha bastante bien. Abren de martes a sábado, solo para el servicio de cenas. Kenji se encarga de la cocina y Riku, el hermano de Hazue, de servir las mesas. Más adelante, cuando empiece a obtener beneficios netos, le gustaría contratar a un ayudante y quizá a un *itamae* para el sushi. De momento, prepara los típicos platos que se encontrarían en cualquier *izakaya*, desde fideos *yakisoba*, cerdo empanado o brochetas de pollo marinado hasta ensalada de algas, verduras en tempura o *gyozas*; sin embargo, la especialidad de la casa es la sopa de miso en cualquiera de sus variantes, ya sea la clásica con tofu y cebolletas —él la llama «sopa Mia-chan» porque le recuerda a la primera que le preparó, en la casa de los Alpes japoneses— o la más elaborada.

A veces, echa de menos Japón y su elegancia atemporal. Aunque luego piensa en todo lo que está construyendo y se le pasa. Si compara los últimos tres años que pasó en Tokio con los tres que lleva en Vancouver, tiene la sensación de ser un hombre distinto. En parte, lo es. Allí era un poli infiltrado en la Yakuza; aquí, un hombre que ha encontrado la calma interior cocinando para otros. Le encantan esos momentos de evasión mientras elabora una receta, el tiempo fluyendo sin prisa incluso en plena efervescencia culinaria. Disfruta creando combinaciones de colores y sabores en el plato para hacer felices a los demás. Ha descubierto que cocinar es, en gran medida, un acto de generosidad.

A ella le sigue apasionando su trabajo. Ahora es redactora en *The Vancouver Sun*, pero no lo ha tenido fácil para volver a ejercer el periodismo. El currículum de Mia Brown no era el de Mia Kobayashi, de modo que no podía valerse de su experiencia en el *Washington Post* para que la contrataran en algún medio de comunicación local. Era frustrante para ella, y lo era para Kenji, que sabía lo mucho que le importaba su carrera. Mia conservaba la esperanza de que su exclusiva sobre Kaito Yamada le devolviera el estatus perdido. Por desgracia, Eugene Compton decidió publicar todo aquel material inédito sobre los tejemanejes entre Reggie B. Clark y la Yakuza, un auténtico bombazo, con la firma de Lamar Choi, el corresponsal del periódico en Asia-Pacífico. «¿En serio, Eugene? ¿Después de todo lo que he tenido que pasar para llegar al fondo de esta historia?», le había reprochado ella en un correo electrónico que su exjefe respondió con subterfugios. «Entiéndeme, Mia. Debo proteger el periódico por encima de todo. Pero tú has hecho un gran trabajo, y eso es lo que importa. Te adjunto una carta de recomendación, no dudes en usarla. Mucha suerte en tu próximo puesto, sea donde sea». Una marranada de las gordas que podría haberla hundido, de no ser porque, primero, estaba decidida a salir adelante como fuera. No volvería al *Post*, no lo necesitaba, ejercería en cualquier otro medio, uno donde la valorasen de verdad. Y porque, segundo, Kenji tampoco habría dejado que se hundiera. Antes se habría convertido en su tabla de flotación; la quiere demasiado. Con todo, resultó que la investigación de Mia no había servido para nada, aparte de para componer un par de titulares llamativos y unos cuantos debates sobre la honradez de los políticos en horario de máxima audiencia. Tal como vaticinaban las encuestas, Clark salió elegido presidente por una mayoría arrolladora y el casino se empezó a construir en Las Vegas durante el primer año de su mandato. Al final, el mundo sigue siendo un lugar demasiado grande y complicado como para intentar cambiarlo uno solo.

Pero algo sí que cambió.

Llevaban más o menos un año en Canadá cuando Mia dijo que quería renunciar al programa de protección de testigos. Al principio, él rechazó la idea de plano; hacerlo suponía un riesgo, además de un montón de papeleo, claro que eso no era más que una burda excusa para ocultar sus propios miedos. «¿Y adónde iremos, si nos vamos de aquí? ¿A Washington?», le preguntó, algo ofuscado. Eso habría sido lo natural, teniendo en cuenta que su madre estaba allí. «No me has entendido, Kenji. No quiero que nos vayamos de Vancouver, este es nuestro hogar ahora. Lo que quiero es recuperar mi identidad, solo eso». Él sintió cierto alivio al escuchar aquello, pues temía que deseara volver a Tokio. Pero Tokio también la había decepcionado a ella. Así las cosas, dejó las reticencias a un lado y recapacitó; al fin y al cabo, también sabía lo que significa habitar en la piel de alguien que no eres. Según le habían contado Utsuki Watanabe y Takehiro Fujimoto, las dos únicas personas con las que Kenji mantenía contacto regular en Japón, el Suginami-rengō se había convertido en un grupúsculo casi residual desde la muerte de Sato Hattori, lo que le hacía dudar de que aún constituyeran un objetivo primordial para la Yakuza. Eso no significaba que fuera a relajarse, ni por asomo. Como dice el refrán, puede que solo necesites tu sable una vez en la vida, pero es necesario que lo lleves siempre. Aun así, con el paso del tiempo la sensación de amenaza se iba diluyendo.

Había algo que sí le preocupaba: Mia quería recuperar su identidad y él, que retomara la relación con su madre cuanto antes. En casa, habían improvisado un pequeño altar sintoísta donde honraban la memoria de sus familiares —el padre de Mia, los padres de Kenji, su abuelo—. No obstante, centrarse en los muertos y olvidarse de los vivos no parecía tener mucho sentido a esas alturas. Fue difícil encontrar el momento adecuado para dar el primer paso, aunque no imposible. Después de todo lo que le había ocurrido en el último año, era natural que Mia añorara a su madre y que las razones que la habían mantenido alejada de ella se hubieran difuminado, al menos, en el plano emocional. Hace seis meses, después de muchas llamadas, por fin se reencontraron en Vancouver; ir a Washington D. C. todavía parecía arriesgado. Fue muy emotivo para ambas. Lloraron, se abrazaron y se hicieron muchas preguntas la una a la otra. Había una que inquietaba a Mia en particular, una que nunca se había atrevido a formular por teléfono. «Mamá, ¿qué has hecho con las cenizas de *otōsan*? ¿Las has tirado?». Su madre sonrió con indulgencia. «Claro que no. Están en casa, en la repisa que hay junto a la chimenea. Allí han estado siempre y allí seguirán. Que salga con otro hombre no quiere decir que me haya olvidado de tu padre; simplemente, que estoy menos sola. Eso jamás sucederá, te lo prometo». Fue entonces cuando Mia logró comprender de verdad a su madre; a perdonarla —y a perdonarse— ya había empezado tiempo atrás.

Seis meses es justo el tiempo que llevan casados. Se lo pidió Kenji una noche, mientras contemplaban el cielo estrellado desde la bahía. *Kekkon shiyouyo*, casémonos, le dijo. En realidad, ella ya era su mujer a todos los efectos, vivían juntos desde el principio, pero él deseaba formalizar la relación más que nada en el mundo. Había esperado pacientemente a que se reencontrara consigo misma, y solo cuando volvió a ser Mia Kobayashi, se atrevió a hacerlo. Ella dijo que sí y le hizo sentir el hombre más afortunado sobre la faz de la tierra. Fue una ceremonia civil íntima. Le habría encantado que sus padres hubieran tenido la oportunidad de conocer a la mujer de su vida; estaba seguro de que la habrían adorado tanto como él, con una devoción que crece día tras día. Y, por supuesto, habría sido un honor conocer al padre de Mia, inclinarse ante él en una profunda reverencia y prometerle que siempre cuidaría de su tesoro más preciado. Como hacía poco que la habían contratado en el *Sun* y él se había gastado casi todos sus ahorros en la reforma del local, su luna de miel consistió en alquilar una autocaravana para recorrer la Columbia Británica. Descubrieron costas, montañas y ríos, hicieron senderismo e incluso se bañaron en un lago. Fue sencillo, aunque muy romántico.

Claro que para ser feliz no hacen falta grandes lujos; tan solo la compañía adecuada, en el lugar y el momento adecuados.

El ruido de la puerta de casa reconecta a Kenji con el presente. Mia va directa a la habitación, donde él se está vistiendo antes de ir al trabajo. La observa a través del espejo. Tiene algo distinto en la mirada, un brillo que ya le ha visto por la mañana, mientras desayunaban, y que ha asociado a ese reportaje tan emocionante sobre las reivindicaciones del pueblo indígena de los haida que está escribiendo. No sabe qué es, pero está radiante. Más que nunca. Si es que eso es posible.

Se acerca a ella, la besa en los labios y le retira una hebra de pelo de la frente.

—Llegas pronto —dice—. ¿Todo bien?

De pronto, se fija en el sobre con el emblema del hospital Mount Saint Joseph que trae en las manos, y no puede evitar que un miedo afilado le recorra la columna vertebral de arriba abajo.

—¿Qué ocurre, Mia-chan? ¿Qué es eso? ¿Estás enferma?

Los ojos azules de su mujer reflejan la luz y centellean como el agua al atrapar los rayos del sol que se filtran a través de la ventana de la habitación.

—Tú solo ábrelo y mira lo que hay dentro.

—Vale.

Un informe.

Y, sujeta con un clip, una imagen en blanco y negro. De una ecografía.

Kenji traga saliva. Nota la garganta cerrada, la lengua como de trapo.

—¿Estás...?

Ella se ríe, y el dulce sonido de su risa inunda la estancia.

—De ocho semanas. Unos dos meses. Quería estar segura antes de decírtelo.

Lo inesperado de sus palabras lo golpea tan rápido que retrocede por instinto, hasta caer en la cama entre aturdido y maravillado con la noticia. Se toca la cara, percibe la oposición elástica de su barba de varios días. Pero ¿cómo? Hace unos cálculos mentales. Cree que sabe exactamente cuándo y dónde pasó. Ocho semanas. Dos meses. Tuvo que ser la noche previa a la inauguración. Al final va a resultar que ponerle «Unmei» a la taberna, «destino» en japonés, tenía todo el sentido el mundo.

Parpadea y se esfuerza por respirar hondo, despacio.

—Vamos a ser padres.

—Sí, Kenji. Vamos a tener un bebé.

No sabe ni qué decir. El corazón, alojado en lo alto de su garganta, le impide hablar. Esa felicidad es rara, distinta, única, le acelera las pulsaciones y se las ralentiza al mismo tiempo, le da miedo y lo completa. ¿Lo haré bien? ¿Seré un buen padre? Toma a Mia de la cintura y le hunde el rostro en el vientre. Todavía está tan plano que le parece increíble que ahí dentro, en ese lugar cálido, ajeno a la crueldad del mundo, pueda gestarse una vida humana, una cuya perspectiva ya gobierna la suya, la de ambos. Pero está sucediendo. Y lo único en lo que es capaz de pensar es en ese pequeño gran milagro.

De ahora en adelante, luchará el doble por su familia.

Siempre.

Algunas cosas no cambian.

—Por cierto, no creas que no me he dado cuenta —dice ella entonces. Él la oye sonreír a su lado, oye cómo se le separan los labios de los dientes.

Levanta la cabeza y la mira con el ceño fruncido.

—¿De qué? —pregunta.

—De que has vuelto a las andadas, Samurái —responde, tocándole el lóbulo de la oreja—. Esta vez te vas a librar, pero si vuelves a entrenar sin protecciones, me aseguraré de que duermes en el sofá hasta que nazca nuestro hijo.

No, definitivamente algunas cosas no cambian nunca.

Por suerte.

Agradecimientos

Se dice comúnmente que el oficio de escribir es muy solitario y en gran medida es cierto. Pero el libro que tenéis en las manos ahora mismo no habría salido adelante sin el apoyo de unas cuantas personas. A todas ellas, quiero agradecérselo de corazón.

Empiezo con Suma, que me ha acogido en su casa con los brazos abiertos, y en especial con Ana Lozano, mi editora, por creer en mí, en mi voz, en esta historia. Mimar el trabajo de un autor es la mejor forma de apostar por él, y así me he sentido yo durante todo el proceso de publicación, en cada una de sus etapas. Sé que, en esta nueva aventura profesional, estoy en muy buenas manos. No puedo ser más afortunada, de verdad.

Sigo con IMC, que se ha convertido en una pequeña gran familia para mí por su maravilloso trato, su implicación y su empeño en que vuele (más) alto. Siempre digo que la vida me cambió el día que conocí a Isabel Martí Castro, mi agente.

No puedo olvidarme de Fernanda, de Jacarandá, Marta Pérez, de Ler Zamora y Marta Cañigueral, de Giroglífic, mis libreras favoritas, auténticas heroínas. Gracias por tanto, que es muchísimo. Y gracias, sobre todo, por amar los libros con la pasión con que lo hacéis.

Esta novela no sería la que es sin la ayuda de Mokuyoh-san, mis ojos en Tokio, mi *sensei* y ahora también mi amigo. Ha sido un año lleno de conversaciones sobre cultura japonesa, tantas que darían para otro libro (quizá alguna vez me anime). Millones de gracias por responder siempre a todas mis preguntas (que no han sido precisamente pocas), por mostrarme la realidad de Japón lejos de idealismos y por acompañarme durante este largo camino. どうもありがとうございます!この本は私のものであるのと同じくらいあなたのものです！

Muy agradecida también a Noriko-san por enseñarme, entre otras muchas cosas, las normas básicas de la etiqueta japonesa. Cuando nos veamos en Okinawa, sabré exactamente a cuántos grados debo inclinarme; esto es lo que yo llamo una documentación inmersiva.

Especial mención a Manu Balfour, por llenar de luz la comunidad de Bookstagram.

Y, cómo no, a Noemí Expósito, Yolanda Carreras, Sandra Mir, Inma Cerezo, Anna García, Esmeralda González y Montse Martín, mis incondicionales en lo bueno, en lo malo y en lo peor.

A mi familia, por estar, por existir, por seguir remando incluso a contracorriente.

A Salva, mi otra mitad, y a Eric, mi mejor creación.

Y, por supuesto, gracias infinitas a mis queridos lectores por ser la gasolina que pone en marcha este motor. Sin vosotros, nada de esto tendría sentido. Os debo mucho. Todo.

«Para viajar lejos no hay mejor nave que un libro».

EMILY DICKINSON

Gracias por tu lectura de este libro.

En **penguinlibros.club** encontrarás las mejores recomendaciones de lectura.

Únete a nuestra comunidad y viaja con nosotros.

penguinlibros.club

penguinlibros